春愁何處是歸程

愛情如幻燈，遠望時光華燦爛，
一旦著迷，便覺味同嚼蠟

知幾何年月，我為遊戲來到人間，
想在這裡創造更美麗的夢境，更和諧的人生。
知不幸，我走的是崎嶇的路程，那裡沒有花沒有樹，
有牆頹瓦碎的古老禪林，一切法相，也只剩了剝蝕的殘身！

廬
隱

著

目錄

第一篇　曉風鴻影觸鳴琴

月夜孤舟……………………………………………………008

我願秋常駐人間……………………………………………011

戀愛不是遊戲………………………………………………013

男人和女人…………………………………………………014

吹牛的妙用…………………………………………………016

春的警鐘……………………………………………………018

碧濤之濱……………………………………………………020

美麗的姑娘…………………………………………………023

最後的命運…………………………………………………024

星夜…………………………………………………………025

窗外的春光…………………………………………………027

夜的奇蹟……………………………………………………030

夏的歌頌……………………………………………………032

目錄

第二篇　錦瑟流年感凡間

幾句實話 ································· 034

靈魂的傷痕 ····························· 038

月下的回憶 ····························· 041

醉後 ··································· 045

愧 ···································· 049

秋聲 ··································· 051

亡命 ··································· 052

東京小品 ······························ 059

代三百萬災民請命 ······················· 103

第三篇　寄語相知苦愁心

雷峰塔下 ······························ 106

郭君夢良行狀 ·························· 109

寄一星 ································· 114

贈李唯建 ······························ 115

寄梅窠舊主人 ·························· 117

愁情一縷付征鴻 ······················· 120

寄燕北故人 ···························· 124

寄天涯一孤鴻 ·························· 129

屈伸自如 ······························ 138

雲鷗情書選 ···························· 140

第四篇　歧路指歸說清狂

跳舞場歸來 ⋯⋯⋯⋯⋯⋯⋯⋯⋯⋯⋯⋯⋯⋯⋯⋯⋯166

幽弦⋯⋯⋯⋯⋯⋯⋯⋯⋯⋯⋯⋯⋯⋯⋯⋯⋯⋯⋯⋯172

何處是歸程 ⋯⋯⋯⋯⋯⋯⋯⋯⋯⋯⋯⋯⋯⋯⋯⋯⋯178

房東 ⋯⋯⋯⋯⋯⋯⋯⋯⋯⋯⋯⋯⋯⋯⋯⋯⋯⋯⋯⋯185

前塵 ⋯⋯⋯⋯⋯⋯⋯⋯⋯⋯⋯⋯⋯⋯⋯⋯⋯⋯⋯⋯194

一幕 ⋯⋯⋯⋯⋯⋯⋯⋯⋯⋯⋯⋯⋯⋯⋯⋯⋯⋯⋯⋯210

歧路 ⋯⋯⋯⋯⋯⋯⋯⋯⋯⋯⋯⋯⋯⋯⋯⋯⋯⋯⋯⋯216

擱淺的人們 ⋯⋯⋯⋯⋯⋯⋯⋯⋯⋯⋯⋯⋯⋯⋯⋯⋯231

一個情婦的日記 ⋯⋯⋯⋯⋯⋯⋯⋯⋯⋯⋯⋯⋯⋯⋯237

第一篇
曉風鴻影觸鳴琴

月夜孤舟

　　發發弗弗的飄風，午後吹得更起勁，遊人都帶著倦意尋覓歸程。馬路上人跡寥落，但黃昏時風已漸息，柳枝輕輕款擺，翠碧的景山巔上，斜輝散霞，紫羅蘭的雲幔，橫鋪在西方的天際。他們在松陰下，邁上輕舟，慢搖蘭槳，蕩向碧玉似的河心去。

　　全船的人都悄默地看遠山群岫，輕吐雲煙，聽舟底的細水潺湲，漸漸的四境包溶於模糊的輪廓裡，遠景地更清幽了。

　　他們的小舟，沿著河岸慢慢地前進。這時淡藍的雲幕上，滿綴著金星，皎月盈盈下窺，河上沒有第二只遊船，只剩下他們那一葉的孤舟，吻著碧流，悄悄地前進。

　　這孤舟上的人們 —— 有尋春的驕子，有飄泊的歸客， —— 在咿呀的槳聲中，夾雜著歡情的低吟和淒意的嘆息。把舵的阮君在清輝下，辨認著孤舟的方向，森幫著搖槳，這時他們的確負有偉大的使命，可以使人們得到安全，也可以使人們沉溺於死的深淵。森努力撥開牽絆的水藻，舟已到河心。這時月白光清，銀波雪浪動了沙的豪興，她扣著船舷唱道：

十里銀河堆雪浪，

四顧何茫茫？

這一葉孤舟輕蕩，

蕩向那天河深處，

只恐玉宇瓊樓高處不勝寒！

……

我欲叩蒼穹，

問何處是隔絕人天的離恨宮？

奈霧鎖雲封！

奈霧鎖雲封！

綿綿恨……幾時終！

這淒涼的歌聲使獨坐船尾的覉愔然了，她呆望天涯，悄數隕墮的生命之花；而今呵，不敢對冷月逼視，不敢向蒼天伸訴，這深抑的幽怨，使得她低默飲泣。

自然，在這展布天衣缺限的人間，誰曾看見過不謝的好花？只要在靜默中掀起心幕，摧毀和焚炙的傷痕斑斑可認。這時全船的人，都覺靈弦淒緊，虞斜倚船舷，彷彿萬千愁恨，都要向清流洗滌，都要向河底深埋。

天真的麗，他神經更脆弱，他凝視著含淚的覉，狂痴的沙，彷彿將有不可思議的暴風雨來臨，要摧毀世間的一切；尤其要搗碎雨後憔悴的梨花，他顫抖著稚弱的心，他發愁，他嘆息，這時的四境實在太淒涼了！

沙呢！她原是飄泊的歸客，並且歸來後依舊飄泊，她對著這涼雲淡霧中的月影波光，只覺幽怨淒楚，她幾次問青天，但蒼天冥冥依舊無言！這孤舟夜泛，這冷月隻影，都似曾相識 —— 但細聽沒有靈隱深處的鐘磬聲，細認也沒有雷峰塔痕，在她毀滅而不曾毀滅盡的生命中，這的確是一個深深的傷痕。

八年前的一個月夜，是她悄送掉童心的純潔，接受人間的綺情柔意，她和青在月影下，雙影廝並，她那時如依人的小鳥，如迷醉的荼蘼，她傲視冷月，她竊笑行雲。

　　但今夜呵！一樣的月影波光，然而她和青已隔絕人天，讓月兒蹂躪這寞落的心。她扎掙殘喘，要向月姊問青的消息，但月姊只是陰森的慘笑，只是傲然的凌視，——指示她的孤獨。唉！她枉將淒音衝破行雲，枉將哀調深滲海底，——天意永遠是不可思議！

　　沙低聲默泣，全船的人都罩在綺麗的哀愁中。這時船已穿過玉橋，兩岸燈光，映射波中，似乎萬蛇舞動，金彩飛騰，沙淒然道：「這到底是夢境，還是人間？」

　　覃道：「人間便是夢境，何必問哪一件是夢，哪一件非夢！」

　　「呵！人間便是夢境，但不幸的人類，為什麼永遠沒有快活的夢？……這慘愁，為什麼沒有焚化的可能？」

　　大家都默然無言，只有阮君依然努力把舵，森不住地搖槳，這船又從河心蕩向河岸，「夜深了，歸去罷！」森彷彿有些倦了，於是將船兒泊在岸旁。他們都離開這美妙的月影波光，在黑夜中摸索他們的歸程。

　　月兒斜倚翡翠雲屏，柳絲細拂這歸去的人們，——這月夜孤舟又是一番夢痕！

我願秋常駐人間

提到秋，誰都不免有一種淒迷哀涼的色調，浮上心頭；更試翻古往今來的騷人、墨客，在他們的歌詠中，也都把秋染上淒迷哀涼的色調，如李白的〈秋思〉：「……天秋木葉下，月冷莎雞悲，坐愁群芳歇，白露凋華滋。」柳永的〈雪梅香辭〉：「景蕭索，危樓獨立面晴空，動悲秋情緒，當時宋玉應同。」周密的〈聲聲慢〉：「……對西風休賦登樓，怎去得，怕淒涼時節，團扇悲秋。」

這種淒迷哀涼的色調，便是美的元素，這種美的元素只有「秋」才有。也只有在「秋」的季節中，人們才體驗得出，因為一個人在感官被極度的刺激和壓扎的時候，常會使心頭麻木。故在盛夏悶熱時，或在嚴冬苦寒中，心靈永遠如蟲類的蟄伏。等到一聲秋風吹到人間，也正等於一聲春雷，震動大地，把一些僵木的靈魂如蟲類般地喚醒了。

靈魂既經甦醒，靈的感官便與世界萬匯相接觸了。於是見到階前落葉蕭蕭下，而聯想到不盡長江滾滾來，更因其特別自由敏感的神經，而感到不盡的長江是千古常存，而倏忽的生命，譬諸曇花一現。於是悲來填膺，愁緒橫生。

這就是提到秋，誰都不免有一種淒迷哀涼的色調，浮上心頭的原因了。

其實秋是具有極豐富的色彩，極活潑的精神的，它的一切現象，並不像敏感的詩人墨客所體驗的那種淒迷哀涼。

　　當霜薄風清的秋晨，漫步郊野，你便可以看見如火般的顏色染在楓林、柿叢和濃紫的顏色潑滿了山巔天際，簡直是一個氣魄偉大的畫家的大手筆，任意趣之所之，勾抹塗染，自有其雄偉的豐姿，又豈是纖細的春景所能望其項背？

　　至於秋風的犀利，可以洗盡積垢，秋月的明澈，可以照燭幽微，秋是又犀利又瀟灑，不拘不束的一位藝術家的象徵。這種色調，實可以甦醒現代困悶人群的靈魂，因此我願秋常駐人間！

戀愛不是遊戲

沒有在浮沉的人海中，翻過筋斗的和尚，不能算善知識；沒有受過戀愛洗禮的人生，不能算真人生。

和尚最大的努力，是否認現世而求未來的涅槃，但他若不曾了解現世，他又怎能勘破現世，而跳出三界外呢？

而戀愛是人類生活的中心，孟子說：「食色性也。」所謂戀愛正是天賦之本能；如一生不了解戀愛的人，他又何能了解整個的人生？

所以凡事都從學習而知而能，只有戀愛用不著學習，只要到了相當的年齡，碰到合式（適）的機會，他和她便會莫名其妙地戀愛起來。

戀愛人人都會，可是不見得人人都懂，世俗大半以性慾偽充戀愛，以遊戲的態度處置戀愛，於是我們時刻可看到因戀愛而不幸的記載。

實在的戀愛絕不是遊戲，也絕不是墮落的人生所能體驗出其價值的，它具有引人向上的鞭策力，它也具有偉大無私的至上情操，它更是美麗的象徵。

在一雙男女正純潔熱愛著的時候，他和她內心充實著驚人的力量；他們的靈魂是從萬有的束縛中，得到了自由，不怕威脅，不為利誘，他們是超越了現實，而創造他們理想的樂園。

不幸物慾充塞的現世界，這種戀愛的光輝，有如螢火之微弱，而且「戀愛」有時適成為無知男女墮落之階，使維納斯不禁深深地嘆息：「自從世界人群趨向滅亡之途，戀愛變成了遊戲，哀哉！」

男人和女人

一個男人，正陰謀著要去會他的情人。於是滿臉柔情地走到太太的面前，坐在太太所坐的沙發椅背上，開始他的懺悔：「瓊，在這個世界上只有你能諒解我 —— 第一你知道我是一個天才，瓊多幸福呀，作了天才者的妻！這不是你時常對我的讚揚嗎？」

太太受催眠了，在她那感情多於意志的情懷中，漾起愛情至高的浪濤，男人早已抓住這個機會，接著說道：「天才的丈夫，雖然可愛，但有時也很討厭，因為他不平凡，所以平凡的家庭生活，絕不能充實他深奧的心靈，因此必須另有幾個情人；但是瓊你要放心，我是一天都離不得你的，我也永不會同你離婚，總之你是我的永遠的太太，你明白嗎？我只為要完成偉大的作品，我不能不戀愛，這一點你一定能諒解我，放心我的，將來我有所成就，都是你的賜予，瓊，你夠多偉大呀！尤其是在我的生命中。」

太太簡直為這技巧的情感所屈服了，含笑地送他出門 —— 送他去同情人幽會，她站在門口，看著那天才的丈夫，神光奕奕地走向前去，她覺得偉大，驕傲，幸福，真是哪世修來這樣一個天才的丈夫！

太太回到房裡，獨自坐著，漸漸感覺得自己的周圍，空虛冷寂，再一想到天才的丈夫，現在正抱在另一個女人的懷裡：「這簡直是侮辱，不對，這樣子妥協下去，總是不對的。」太太陡然如是覺悟了，於是「娜拉」那個新典型的女人，逼真地出現在她心頭：「娜拉的見解不錯，拋棄這傀儡家

庭，另找出路是真理！」太太急步跑上樓，從床底下拖出一隻小提箱來，把一些換洗的衣服裝進去。正在這個時候，門砰的一聲響，那個天才的丈夫回來了，看見太太的氣色不大對，連忙跑過來摟著太太認罪道：「瓊！恕我，為了我們兩個天真的孩子您恕我吧！」

太太看了這天才的丈夫，柔馴得像一隻綿羊，什麼心腸都軟了，於是自解道：「娜拉究竟只是易先生的理想人物呀！」跟著箱子恢復了它原有的地位，一切又都安然了！

男人就這樣永遠獲得成功，女人也就這樣萬劫不復地沉淪了！

吹牛的妙用

吹牛是一種誇大狂，在道德家看來，也許認為是缺點，可是在處事接物上卻是一種呱呱叫的妙用。假使你這一生缺少了吹牛的本領，別說好飯碗找不到，便連黃包車夫也不放你在眼裡的。

西洋人究竟近乎白痴，什麼事都只講究腳踏實地去做，這樣費力氣的勾當，我們聰明的中國人，簡直連牙齒都要笑掉了。西洋人什麼事都講究按部就班地慢慢來，從來沒有平地登天的捷徑，而我們中國人專門走捷徑，而走捷徑的第一個法門，就是善吹牛。

吹牛是一件不可看輕的藝術，就如修辭學上不可缺少「張喻」一類的東西一樣，像李太白什麼「黃河之水天上來」，又是什麼「白髮三千丈」，這在修辭學上就叫做「張喻」，而在不懂修辭學的人看來，就覺得李太白在吹牛了。

而且實際上說來，吹牛對於一個人的確有極大的妙用。人類這個東西，就有這麼奇怪，無論什麼事，你若老老實實地把實話告訴他，不但不能激起他共鳴的情緒，而且還要輕蔑你冷笑你，假使你見了那摸不清你根底的人，你不管你家裡早飯的米是當了被縟換來的，你只要大言不慚地說「某部長是我父親的好朋友，某政客是我拜把子的叔公，我認得某某巨商，我的太太同某軍閥的第五位太太是乾姊妹」吹起這一套法螺來，那摸不清你的人，便貼貼服服地向你合十頂禮，說不定碰得巧還恭而且敬地請你大吃一頓筵席呢！

　　吹牛有了如許的好處，於是無論哪一類的人，都各盡其力地大吹其牛了。但是且慢！吹牛也要認清對手方面的，不然的話必難打動他或她的心弦，那麼就失掉吹牛的功效了。比如說你見了一個仰慕文人的無名作家或學生時，而你自己要自充老前輩時，你不用說別的，只要說胡適是我極熟的朋友，郁達夫是我最好的知己，最妙你再轉彎抹角地去探聽一些關於胡適、郁達夫瑣碎的佚事，比如說胡適最喜聽什麼，郁達夫最討厭什麼，於是便可以親親切切地叫著「適之怎樣怎樣，達夫怎樣怎樣」，這樣一來，你便也就成了胡適、郁達夫同等的人物，而被人所尊敬了。

　　如果你遇見一個好虛榮的女子呢，你就可以說你周遊過列國，到過土耳其、南非洲，並且還是自費去的，這樣一來就可以證明你不但學識、閱歷豐富，而且還是個資產階級。於是乎你的戀愛便立刻成功了。

　　你如遇見商賈、官僚、政客、軍閥，都不妨察言觀色，投其所好，大吹而特吹之。總而言之，好色者以色吹之，好利者以利吹之，好名者以名吹之，好權勢者以權勢吹之，此所謂以毒攻毒之法，無往而不利。

　　或曰吹牛妙用雖大，但也要善吹，否則揭穿西洋鏡，便沒有戲可唱了。

　　這當然是實話，並且吹牛也要有相當的訓練，第一要不紅臉，你雖從來沒有著過一本半本的書，但不妨咬緊牙根說：「我的著作等身，只可恨被一把野火燒掉了！」你家裡因為要請幾個漂亮的客人吃飯，現買了一副碗碟，你便可以說：「這些東西十年前就有了」，以表示你並不因為請客受窘。假如你荷包裡只剩下一塊大洋，朋友要邀你坐下來入圈，你就可以說：「我的錢都放在銀行裡，今天竟勻不出工夫去取！」假如哪天你的太太感覺你沒多大出息時，你就可以說張家大小姐說我的詩作的好，王家少奶奶說我臉子漂亮而有丈夫氣，這樣一來太太便立刻加倍地愛你了。

　　這一些吹牛經，說不勝說，但神而明之，存乎其人！

春的警鐘

不知那一夜，東風逃出它美麗的皇宮，獨駕祥雲，在夜的暗影下，窺伺人間。

那時宇宙的一切正偃息於冷凝之中，東風展開它的翅兒向人間輕輕搧動，聖潔的冰凌化成柔波，平靜的湖水唱出潺湲的戀歌！

不知那一夜，花神離開了她莊嚴的寶座，獨駕祥雲，在夜的暗影下，窺伺人間。

那時宇宙的一切正抱著冷凝枯萎的悲傷，花神用她挽回春光的手段，剪裁綾羅，將宇宙裝飾得嫣紅柔綠，勝似天上宮闕，她悄立萬花叢中，讚嘆這失而復得的青春！

不知那一夜，司鐘的女神，悄悄地來到人間！

那時人們正飲罷毒酒，沉醉於生之夢中，她站在白雲端裡敲響了春的警鐘。這些迷惘的靈魂，都從夢裡驚醒，呆立於塵海之心，—— 風正跳舞，花正含笑，然而人類卻失去了青春！

他們的心已被冰凌刺穿，他們的血已積成了巨瀾，時時鼓起腥風吹向人間！

但是司鐘的女神，仍不住聲地敲響她的警鐘，並且高叫道：

「青春！青春！你們要捉住你們的青春！它有美麗的翅兒，善於逃遁，在你們躊躇的時候，它已逃去無蹤！青春！青春！你們要捉住你們的

青春！」

世界受了這樣的警告，人心撩亂到無法醫治。

然而，不知那一夜，東風已經逃回它美麗的皇宮。

不知那一夜，花神也躲避了悲慘的人間！

不知那一夜，司鐘的女神，也不再敲響她的警鐘！

青春已成不可挽回的運命，宇宙從此歸復於蕭殺沉悶！

碧濤之濱

今天的天氣燥熱極了，使得人異常睏倦。我從電車下來的時候，上眼皮已經蓋住下眼皮；若果這時有一根柱子支住我的搖撼的身體，我一定可以睡著了。

竹筠、玉亭、小酉、名濤、秀澄都主張到中國飯店去吃飯；我雖是正在睏倦中，不願多說話，但聽見了他們的建議，也非常贊成，便趕緊接下道：「好極！好極！」在中國飯店吃了一飽，便出來打算到我們預計的目的地 —— 碧濤之濱去。

一帶的櫻花樹遮住太陽，露出一道陰涼的路來。幾個日本的村女站在路旁對我們怔視，似乎很奇異的樣子；我們有時也對他們望望，那一雙闊大的赤腳，最足使我們注意。

櫻花的葉長得十分茂盛；至於櫻花呢，只餘些許的殘香在我意象中罷了。走盡了櫻花蔭，便是快到海濱了，眼前露出一片碧綠平滑的草地來。我這時走的很乏，便坐在草地上休息。這時一陣陣地草香打入鼻觀，使人不覺心醉。他們催促我前進，我努力地爬了起來，奔那難行滑濘的山徑。在半山上，我的汗和雨般流了下來；我的心禁不住亂跳。到山濱的時候，涼風打過來，海濤澎湃，激得我的心冷了，汗也止了，神情也消沉了。我獨自立在海濱，看波浪上的金銀花，和遠遠的雲山；又有幾艘小船，趁風破浪從東向西去，船身前後搖盪，那種不能靜止的表示，好像人們命運的寫生。我不禁想到我這次到日本的機遇，有些實在是我想不到；今天這些

同遊的人，除了玉亭、竹筠、秀澄是三年以來藝窗相共的同學外，小酉和名濤全都是萍水相逢，我和他們在十日以前，都沒有見過面，更說不到同好，何況同到這人跡稀少的鄉村裡來聽海波和松濤的鳴聲……

我正在這樣沉思的時候，他們忽催我走，我只得隨了他們更前奔些路程。後來到了一個所在，那邊滿植著青翠的松柏，豔麗的太陽從枝柯中射進來，更照到那斜坡上的群草，自然分出陰陽來。

我獨自坐在群草叢中，四圍的蘆葦差不多把我遮沒了；同來的人，他們都坐在上邊談笑。我拿了一枝禿筆，要想把這四圍的景色描寫些下來，作為遊橫濱的一個紀念；無如奔騰的海嘯，澎湃的松濤，還有那風動蘆葦刷刷的聲浪，支配了我的心靈，使我不知道要從什麼地方寫起來。

在蘆葦叢中沉思的我，心靈彷彿受到深醇的酒香，只覺沉醉和麻木。他們在上面喊道：「草上有大螞蟻，要咬著了！」但是我絕不注意這些，仍坐著不動。後來小酉他跑在我的面前來說：「他們走了，你還不回去嗎？」我只是搖頭微笑。這時我手裡的筆不能再往下寫了；我對著他不禁又想起一件事來。前此我想不到我會到日本來，現時我又想不到會到橫濱來，更想不到在這碧濤之濱，他伴著我作起小說來；這不只我想不到，便是他恐怕也想不到。天下想不到的事，原來很多；但是我的遭遇，恐怕比別人更不同些。

我無意的下寫，他無意的在旁邊笑；竹筠更不久也跑到這裡來，不住地催我走。我捨不得斜陽，我捨不得海濤，我怎能應許她就走呢？並且看見她，我更說不出來的感想，在西京的時候，我認識了一個朋友，和她的容貌正是一樣。現在我們相隔數百里，我看不見她天真的笑容，也聽不著她爽利的聲音；但她是我淘氣的同志，在我腦子裡所刻的印象，要比別的

人深一些。世界上是一個大劇場，人類都是粉墨登場的俳優；但是有幾個人知道自己是正在做戲，事事都十分認真，他們說人大了就不該淘氣，什麼事都要板起面孔，這就是道德，就是做人的第一要義；若果有個人他仍舊拿出他在娘懷裡時的赤子天真的樣子來，人家要說不會做人，我現在已經不是娘懷裡的赤子了，然而我有時竟忘了我是應該學做人，正經的面孔竟沒有機會板起，這種孩氣差不多會做人的人都要背後譏笑呢。想不到他又是一樣不會做人，不怕冷譏熱嘲，竟把赤子的孩氣拿出來了。── 我從前是孤立的淘氣鬼，現在不期而遇見同調了；所以我用不著人們介紹，也用不著剖肝瀝膽，我們竟彼此了解，彼此明白，雖是相聚只有幾天，然而我們卻做了很好的朋友。……我想到這裡，小酉又來催我歸去，我只顧向海波點頭，我何嘗想到歸去！

　　竹筠悄悄地站在我的身後，我無意回頭一看，竟嚇了一跳，不覺對她怔視；她也不說什麼，用手拊在我的肩上，很溫存地對我輕輕說道：「回去罷！」這種甜蜜的聲浪，使得我的心醉了……名濤從老遠的跑來道：「快交卷罷！不交便要搶了！」其實我的筆是隨我的心停或動的，而我的心意是要受四圍自然的支配的；若要我停筆，只有四圍的環境寂靜了，那時候我便可擲我的禿筆在那闊無際涯的海波裡……。現在呢，我的筆不能擲；不過我卻不能不同碧海暫且告別，也不能同濤聲暫時違離。我又絕不忍心叫這些自然寂寞；碧濤之濱的印象，要跟我生命相終始呢！

美麗的姑娘

他捧著女王的花冠，向人間尋覓你 —— 美麗的姑娘！

他如深夜被約的情郎，悄悄躲在雲幔之後，覷視著堂前的華燭高燒，歡宴將散。紅莓似的醉顏，朗星般的雙眸，左右流盼。但是，那些都是傷害青春的女魔，不是他所要尋覓的你 —— 美麗的姑娘！

他如一個流浪的歌者，手拿著銅鈸鐵板，來到三街六巷，慢慢地唱著醉人心魄的曲調，那正是他的詭計，他想利用這迷醉的歌聲尋覓你，他從早唱到夜，驚動多少嬌媚的女郎。她們如中了邪魔般，將他圍困在街心，但是那些都是粉飾青春的野薔薇，不是他所要尋覓的你 —— 美麗的姑娘！

他如一個隱姓埋名的俠客，他披著白羽織成的英雄氅，腰間掛著莫邪寶劍；他騎著嘶風嚙雪的神駒，在一天的黃昏裡，來到這古道荒林。四壁的山色青青，曲折的流泉沖激著沙石，發出悲壯的音韻，茅屋頂上縈繞著淡淡的炊煙和行雲。他立馬於萬山巔。

陡然看見你獨立於群山前，—— 披著紅色的輕衫，散著滿頭發光的絲髮，注視著遙遠的青天，噢！你象徵了神祕的宇宙，你美化了人間。—— 美麗的姑娘！

他將女王的花冠扯碎了，他將腰間的寶劍，劃開胸膛，他掏出赤血淋漓的心，拜獻於你的足前。只有這寶貴的禮物，可以獻納。支配宇宙的女神，我所要尋覓的你 —— 美麗的姑娘！

那女王的花冠，它永遠被丟棄於人間！

最後的命運

　　突如其來的悵惘，不知何時潛蹤，來到她的心房。她默默無語，她淒淒似悲，那時正是微雨晴後，斜陽正豔，葡萄葉上滾著圓珠，荼蘼花兒含著餘淚，涼飆嗚咽正苦，好似和她表深刻的同情！

　　碧草舒齊的鋪著，松蔭沉沉的覆著；她含羞凝眸，望著他低聲說：「這就是最後的命運嗎？」他看看她微笑道：「這命運不好嗎？」她沉默不答。

　　松濤慷慨激烈地唱著，似祝她和他婚事的成功。

　　這深刻的印象，永遠留在她和他的腦裡，有時變成溫柔的安琪兒，安慰她乾枯的生命，有時變成幽悶的微菌，滿布在她的全身血管裡，使她悵惘！使她煩悶！

　　她想：人們駕著一葉扁舟，來到世上，東邊漂泊，西邊流蕩，沒有著落困難是苦，但有了結束，也何嘗不感到平庸的無聊呢？

　　愛情如幻燈，遠望時光華燦爛，使人沉醉，使人迷戀，一旦著迷，便覺味同嚼蠟，但是她不解，當他求婚時，為什麼不由得就答應了他呢？她深憾自己的情弱，易動！回想到獨立蒼溟的晨光裡，東望滾滾江流，覺得此心赤裸裸毫無牽扯，呵！這是如何的壯美呵！

　　現在呢！柔韌的密網纏著，如飲醇醪，沉醉著，迷惘著！上帝呵！這便是人們最後的命運嗎？

　　她淒楚著，沉思著，不覺得把雨後的美景輕輕放過，黃昏的灰色幕，罩住世界的萬有，一切都消沉在寂寞裡，她不久就被睡魔引入勝境了！

星夜

在璀璨的明燈下，華筵間，我只有悄悄地逃逝了，逃逝到無燈光，無月彩的天幕下。叢林危立如鬼影，星光閃爍如幽螢，不必傷繁華如夢，──只這一天寒星，這一地冷霧，已使我萬念成灰，心事如冰！

唉？！天！運命之神！我深知道我應受的擺布和顛連，我具有的是夜鶯的眼，不斷地在密菁中尋覓，我看見幽靈的獰猙，我看見黑暗中的靈光！

唉！天！運命之神！我深知道我應受的擺布與顛連，我具有的是杜鵑的舌，不斷地哀啼於花蔭。枝不殘，血不乾，這艱辛的旅途便不曾走完！

唉！天！運命之神！我深知道我應受的擺布與顛連，我具有的是深刻慘凄的心情，不斷的追求傷毀者的呻吟與悲哭──這便是我生命的燃料，雖因此而靈毀成灰，亦無所怨！

唉！天！運命之神！我深知道我應受的擺布與顛連，我具有的是血跡狼藉的心和身，縱使有一天血化成青煙。這既往的鱗傷，料也難掩埋！咳！因之我不能慰人以柔情，更不能予人以幸福，只有這辛辣的心錐時時刺醒人們綺麗的春夢，將一天歡愛變成永世的咒詛！自然這也許是不可避免的報復！

在璀璨的明燈下，華筵間，我只有悄悄逃逝了！逃逝到無燈光，無月彩的天幕下。叢林無光如鬼影，星光閃爍如幽螢，我徘徊黑暗中，我躑躅

星夜下，我恍如亡命者，我恍如逃囚，暫時脫下鐵鎖和鐐銬。不必傷繁華如夢 —— 只這一天寒星，這一地冷霧，已使我萬唸成灰，心事如冰！

窗外的春光

幾天不曾見太陽的影子，沉悶包圍了她的心。今早從夢中醒來，睜開眼，一線耀眼的陽光已映射在她紅色的壁上，連忙披衣起來，走到窗前，把灑著花影的素幔拉開。前幾天種的素心蘭，已經開了幾朵，淡綠色的瓣兒，襯了一顆朱紅色的花心，風致真特別，即所謂「冰潔花叢豔小蓮，紅心一縷更嫣然」了。同時一股沁人心脾的幽香，噴鼻醒腦，平板的週遭，立刻湧起波動，春神的薄翼，似乎已搧動了全世界凝滯的靈魂。

說不出是喜悅，還是惆悵，但是一顆心靈漲得滿滿的，──莫非是滿園春色關不住，──不，這連她自己都不能相信；然而僅僅是為了一些過去的眷戀，而使這顆心不能安定吧！本來人生如夢，在她過去的生活中，有多少夢影已經模糊了，就是從前曾使她惆悵過，甚至於流淚的那種情緒，現在也差不多消逝淨盡，就是不曾消逝的而在她心頭的意義上，也已經變了色調，那就是說從前以為嚴重了不得的事，現在看來，也許僅僅只是一些幼稚的可笑罷了！

蘭花的清香，又是一陣濃厚的包襲過來，幾隻蜜蜂嗡嗡地在花旁兜著圈子，她深切地意識到，窗外已充滿了春光；同時二十年前的一個夢影，從那深埋的心底復活了。

一個僅僅十零歲的孩子，為了脾氣的古怪，不被家人們的了解，於是把她送到一所囚牢似的教會學校去寄宿。那學校的校長是美國人，──一個五十歲的老處女，對於孩子們管得異常嚴厲，整月整年不許孩子走出

那所築建莊嚴的樓房外去。四圍的環境又是異樣的桔燥，院子是一片沙土地；在角落裡時時可以發現被孩子們踏陷的深坑，坑裡縱橫著人體的骨骼，沒有樹也沒有花，所以也永遠聽不見鳥兒的歌曲。

春風有時也許可憐孩子們的寂寞吧！在那灑過春雨的土地上，吹出一些青草來──有一種名叫「辣辣棍棍」的，那草根有些甜辣的味兒，孩子們常常伏在地上，尋找這種草根，放在口裡細細地嚼咀；這可算是春給她們特別的恩惠了！

那個孤零的孩子，處在這種陰森冷漠的環境裡，更是倔強，沒有朋友，在她那小小的心靈中，雖然還不曾認識什麼是世界；也不會給這個世界一個估價，不過她總覺得自己所處的這個世界，是有些乏味；她追求另一個世界。在一個春風吹得最起勁的時候，她的心也燃燒著更熱烈的希冀。但是這所因牢似的學校，那一對黑漆的大門仍然嚴嚴的關著，就連從門縫看看外面的世界，也只是一個夢想。於是在下課後，她獨自跑到地窖裡去，那是一個更森嚴可怕的地方，四圍是石板作的牆，房頂也是冷冰冰的大石板，走進去便有一股冷氣襲上來，可是在她的心裡，總覺得比那死氣沉沉的校舍，多少有些神祕性吧。最能引誘她當然還是那幾扇矮小的窗子，因為窗子外就是一座花園。這一天她忽然看見窗前一叢蝴蝶蘭和金鐘罩，已經盛開了，這算給了她一個大誘惑，自從發現了這窗外的春光後，這個孤零的孩子，在她生命上，也開了一朵光明的花，她每天像一隻貓兒般，只要有工夫，便蜷伏在那地窖的窗子上，默然地幻想著窗外神祕的世界。

她沒有哲學家那種富有根據的想像，也沒有科學家那種理智的頭腦，她小小的心，只是被一種天所賦與的熱情緊咬著。她覺得自己所坐著的這個地窖，就是所謂人間吧──一切都是冷硬淡漠，而那窗子外的世界卻

不一樣了。那裡一切都是美麗的，和諧的，自由的吧！她欣羨著那外面的神祕世界，於是那小小的靈魂，每每跟著春風，一同飛翔了。她覺得自己變成一隻蝴蝶，在那盛開著美麗的花叢中翱翔著，有時她覺得自己是一隻小鳥，直撲天空，伏在柔軟的白雲間甜睡著。她整日支著頤不動不響地盡量陶醉，直到夕陽逃到山背後，大地垂下黑幕時，她才快快地離開那靈魂的休憩地，回到陌生的校舍裡去。

她每日每日照例地到地窖裡來，——一直過完了整個的春天。忽然她看見蝴蝶蘭殘了，金鐘罩也倒了頭，只剩下一叢深碧的葉子，蒼茂地在薰風裡撼動著，那時她竟莫名其妙地流下眼淚來。這孩子真古怪得可以，十零歲的孩子前途正遠大著呢，這春老花殘，綠肥紅瘦，怎能惹起她那麼深切的悲感呢？！但是孩子從小就是這樣古怪，因此她被家人所摒棄，同時也被社會所摒棄。在她的童年裡，便只能在夢境裡尋求安慰和快樂，一直到她是否認現實世界的一切，她終成了一個疏狂孤介的人。在她三十年的歲月裡，只有這些片段的夢境，維繫著她的生命。

陽光漸漸地已移到那素心蘭上，這目前的窗外春光，撩撥起她童年的眷戀，她深深地嘆息了：「唉，多缺陷的現實的世界呵！在這春神努力地創造美麗的剎那間，你也想遮飾起你的醜惡嗎？人類假使連這些夢影般的安慰也沒有，我真不知道人們怎能延續他們的生命喲！」

但願這窗外的春光，永駐人間吧！她這樣虔誠地默祝著，素心蘭像是解意般的向她點著頭。

夜的奇蹟

宇宙僵臥在夜的暗影之下，我悄悄地逃到這黝黑的林叢，—— 群星無言，孤月沉默，只有山隙中的流泉潺潺濺濺的悲鳴，彷彿孤獨的夜鶯在哀泣。

山巔古寺危立在白雲間，刺心的鐘磬，斷續的穿過寒林，我如受彈傷的猛虎，奮力地躍起，由山麓竄到山巔，我追尋完整的生命，我追尋自由的靈魂，但是夜的暗影，如厚幔般圍裹住，一切都顯示著不可挽救的悲哀。籲！我何愛惜這被苦難剝蝕將盡的屍骸？我發狂似地奔回林叢，脫去身上血跡斑斕的征衣，我向群星懺悔。我向悲濤哭訴！

這時流雲停止了前進，群星忘記了閃爍，山泉也住了嗚咽，一切一切都沉入死寂！

我繞過叢林，不期來到碧海之濱，呵！神祕的宇宙，在這裡我發現了夜的奇蹟！黝黑的夜幔輕輕地拉開，群星吐著清幽的亮光，孤月也躑躅於雲間，白色的海浪吻著翡翠的島嶼，五彩繽紛的花叢中隱約見美麗的仙女在歌舞。她們顯示著生命的活躍與神妙！

我驚奇，我迷惘，夜的暗影下，何來如此的奇蹟！

我佇立海濱，注視那島嶼上的美景，忽然從海裡湧起一股凶浪，將島嶼全個淹沒，一切一切又都沉在死寂！

我依然回到黝黑的林叢，—— 群星無言，孤月沉默，只有山隙中的流泉潺潺濺濺的悲鳴，彷彿孤獨的夜鶯在哀泣。

籲！宇宙布滿了羅網，任我百般掙扎，努力地追尋，而完整的生命只如曇花一現，最後依然消逝於惡浪，埋葬於塵海之心，自由的靈魂，永遠是夜的奇蹟！── 在色相的人間，只有汙穢與殘骸，籲！我何愛惜這被苦難剝蝕將盡的屍骸── 總有一天，我將焚燬於自己鬱怒的靈焰，拋這不值一錢的膿血之軀，因此而釋放我可憐的靈魂！

這時我將摘下北斗，拋向陰霾滿布的塵海。

我將永遠歌頌這夜的奇蹟！

夏的歌頌

出汗不見得是很壞的生活吧，全身感到一種特別的輕鬆。尤其是出了汗去洗澡，更有無窮的舒暢，僅僅為了這一點，我也要歌頌夏天。

其久被壓迫，而要掙扎過 —— 而且要很坦然的過去，這也不是毫無意義的生活吧，—— 春天是使人柔困，四肢癱軟，好像受了酒精的毒，再無法振作；秋天呢，又太高爽，輕鬆使人忘記了世界上有駱駝 —— 說到駱駝，誰也忘不了牠那高峰凹谷之間的重載，和那慢騰騰，不尤不怨地往前走的姿勢吧！冬天雖然是風雪嚴厲，但頭腦尚不受壓扎。只有夏天，它是無隙不入地壓迫你，你每一個毛孔，每一根神經，都受著重大的壓扎；同時還有臭蟲蚊子蒼蠅助虐的四面夾攻，這種極度緊張的夏日生活，正是訓練人類變成更堅強而有力量的生物。因此我又不得不歌頌夏天！

二十世紀的人類，正度著夏天的生活 —— 縱然有少數階級，他們是超越天然，而過著四季如春享樂的生活，但這太暫時了，時代的輪子，不久就要把這特殊的階級碎為齏粉！—— 夏天的生活是極度緊張而嚴重，人類必要努力地掙扎過，尤其是我們中國不論士農工商軍，哪一個是喘著氣，出著汗，與緊張壓迫的生活拚命呢？脆弱的人群中，也許有詛咒，但我卻以為只有虔敬地承受，我們盡量地出汗，我們盡量地發洩我們生命之力，最後我們的汗液，便是甘霖的源泉，這炎威逼人的夏天，將被這無盡的甘霖所毀滅，世界變成清明爽朗。

夏天是人類生活中，最雄偉壯烈的一個階段，因此，我永遠地歌頌它。

第二篇
錦瑟流年感凡間

幾句實話

一個終朝在風塵中奔波倦了的人，居然能得到與名山為伍、清波作伴的機會，難道說不是獲天之福嗎？不錯，我是該滿意了！── 回想起從前在北平充一個小教員，每天起早睏晚，吃白粉條害咳嗽還不算，晚上改削那山積般的文卷真夠人煩。而今呵，多麼幸運！住在山青水秀的西子湖邊，推窗可以直窺湖心；風雲變化，煙波起伏，都能盡覽無餘。至於夕陽晚照，漁樵歸休，游侶行歌互答，又是怎樣美妙的環境呢！

但是冤枉，這兩個月以來，我過的，卻不是這種生活。最大的原因，湖色山光，填不滿我的飢腸轆轆。為了吃飯，我與一支筆桿兒結了不解緣，一時一刻離不開它。如是，自然沒有心情、時間去領略自然之美了。── 所以我這才明白，吟風弄月，充風流名士，那只有資產階級配享受，貧寒如我，那只好算了吧，算了吧！

那麼，我現在過的又是什麼生活呢？── 每天早晨起來，好歹吃上兩碗白米粥，花生米嚼得噴鼻香，慣會和窮人搗亂的肚子算是有了交代。於是往太師椅上一坐，打開抽屜，東京帶回來的漂亮稿紙，還有一大堆，這很夠我造謠言發牢騷用的了。於是由那暫充筆筒用的綠瓷花瓶裡，請出那三寸小毛錐，開宗明義第一件事，是瞪著眼，東張西望，搜尋一個好題目。── 這真有點不易，至少要懂點心理學，才好捉摸到編輯先生的脾味；不然題目不對眼，惱了編輯先生，一聲「狗屁」，也許把它扔在字紙簍裡換火柴去。好容易找到又新鮮又時髦的題目了，那麼寫吧。一行，兩

行，三行，……一直寫滿了一張稿紙。差不多六百字，這要是運氣好，就能換到塊把大洋。如是來上十幾頁，這個月的開銷不愁了。想到這裡，臉上充滿了欣慰之色。但是且慢高興！昨天刮了一頓西北風，天氣驟然冷下來，回頭看看床上，只有一床棉被，不夠暖。無論如何，要添做一床才過得去。

再說廚房裡的老葉，今早來報告：柴快沒了；煤只剩了幾塊；米也該叫了。這一道催命符真凶，立刻把我的文思趕跑了。腦子裡塞滿了債主自私的刻薄的面像，和一切未來的不幸。……不能寫了，放下筆吧！不成，那更是飢荒！勉強的東拉西湊吧。夜深了，頭昏眼花，膀子疼，腰桿酸，「唉呀」真不行了，明天再說吧！數數稿紙，只寫了四張半，每張六百字，再除去空白，整整還不到兩千五百字。棉被還是沒著落，窗外的北風，仍然虎吼狼嘯，更覺單衾欠暖。然而真睏，還是睡下吧。把一件大衣蓋在被上，幸喜睡魔光顧得快，倒下頭來便夢入黑甜。我正在好睡，忽聽撲冬一聲，把我驚醒。翻身爬起來一看：原來是小花貓把熱水瓶打倒了。這個傢伙真可恨，好容易花一塊多錢買了一隻熱水瓶，還沒有用上幾天，就被牠毀了，真叫做「活該」！我氣哼哼地把小花貓摔了出去，再躺下睡，這一來可睡不著了。忽見隔床上的他，從睡夢裡跳起有半尺高，一連跳了五、六下，我連忙叫醒他說：「你夢見什麼了，怎麼睡夢裡跳起來？」他「哎喲」了一聲道：「真累死我了！我夢見爬了多少座高高低低的山峰，此刻還覺得一身痠痛！」

「唉！不用說了，你白天翻了多少書？……大概是累狠了？！」他說：「是了。我今天差不多寫了五千字吧！」

「明天還是少寫點好。」我說。

「不過今天已經十五了，房錢電燈錢都還沒有著落，少寫行嗎？」

我聽了這話不能再勉強安慰他了。大半夜，我只是為這些問題盤算，直到天色發白時，我才又睡著了。

八點半了，他把我喊醒。我一睜眼看太陽光已晒在窗子上，我知道時候不早了。連忙起來，胡亂吃了粥，就打算繼續寫下去，但是當我坐在太師椅上時，我覺得我的頭部，比壓了一塊鉛板還重，眼睛發花，耳朵發聾。不寫吧，真怕到月底沒法交代；寫吧，沒有靈感不用說，頭痛得也真支不住。但是生活的壓迫，使我到底屈服了。一手抱著將要暴裂的頭，一手不停地寫下去。

連我自己都不知道我在紙上畫的是什麼？──「苦悶可以產生好文藝」，在無可如何之時，我便拿它來自慰！來解嘲！

這時他由街上次來，看見我那狼狽像，便說道：「你又頭痛了吧，快不要寫，去歇歇呀！──我譯的小說稿已經寄去了，月底一定可以領到稿費。我想這篇稿子譯得不錯，大約總可以賣到十五塊錢，屜子裡還有五塊，湊合著也就過去了。」

「唉！只要能湊合著過去，我還愁什麼？但是上個月我們寄出去三、四萬字的稿子，到現在只收回十幾塊錢，誰曉得月底又是怎樣呢？只好多寫些，希望還多點，也許可以碰到一、兩處給錢的就好了！」

他平常是喜說喜笑，這一來也只有皺了一雙眉頭道：「你本來身體就不好，所以才辭去教員不幹，到這裡休養。誰想到賣文章度日，竟有這些說不出的壓扎的苦楚！早知道這樣，打死我也不想充什麼詩人藝術家了。……怎麼人家菊池寬就那麼走紅運，住洋房坐汽車，在飛機上打麻雀！……」

「人家是日本人呵！……其實又何止菊池寬，外國的作家比我們舒服的多著呢！所以人家才有歌德，有莎士比亞，有拜倫，有易卜生等等的大藝術家出現。至於我們中國，藝術家就非得同時又充政治家，或教育家等，才能生活，誰要打算把整個的生命獻給藝術，那只有等著挨餓吧！在這種怪現象之下，想使中國產生大藝術家，不是做夢嗎？唉！吃飯是人生的大問題，── 非天才要吃飯，天才也要吃飯，為了吃飯去奮鬥，絕大的天才都不免要被埋葬；何況本來只有兩、三分天才的作家，最後恐怕要變成白痴了……」我像煞有些憤慨似的發著牢騷，同時我的頭部更加不舒服起來。他叫我不要亂思胡想，立刻要我去睡覺。我呢，也真支不住了，睡去吧！正在有些昏迷的時候，郵差送信來了。我拆開一看，正是從北平一個朋友寄來的，他說：「聽說你近狀很窘，還是回來教書吧！文藝家那麼容易做？尤其在我們貴國！……」

不錯，從今天起，我要燒掉和我締了盟約的那一支造謠言的毛錐子，規規矩矩去為人之師，混碗飽飯吃，等到哪天發了橫財，我再來充天才作家吧！正是「放下毛錐，立地得救」。哈哈！善哉！

靈魂的傷痕

我沒有事情的時候，往往喜歡獨坐深思，這時我便把我自己站在高高的地方，── 暫且和那旅館作別，不軒敞的屋子 ── 矮小的身體 ── 和深閉的窗子 ── 兩隻懶睜開的眼睛 ── 我遠遠地望著，覺得也有可留戀的地方，所以我雖然和它是暫別，也不忍離它太遠，不過在比較光亮的地方，玩耍些時，也就回來了。

有一次我又和我的旅館分別了，我站在月亮光底下，月亮光的澄澈便照見了我的全靈魂。這時自己很驕傲的，心想我在那矮小旅館裡，住得真夠了，我的腰向來沒伸直過，我的頭向來沒抬起來過，我就沒看見完全的我，到底是什麼樣子，今天夜裡我可以伸腰了！我可以抬頭了！我可以看見我自己了！月亮就彷彿是反光鏡，我站在它的面前，我是透明的，我細細看著月亮中透明，自己十分的得意。後來我忽發見在我的心房的那裡，有一個和豆子般的黑點，我不禁嚇了一跳，不禁用手去摩，誰知不動還好，越動著這個黑點越大，並且覺得微微發痛了！黑點的擴張竟把月亮遮了一半，在那黑點的圈子裡，不很清楚的影片一張一張地過去了，我把我所看見的記下來：──

眼前一所學校門口掛著一個木牌，寫的是：「京都市立高等女學校」。我走進門來，覺得太陽光很強，天氣有些燥熱，外圍的氣壓，使得我異常沉悶，我到講堂裡看她們上課，有的做刺繡，有的做裁縫，有的做算學，她們十分的忙碌，我十分的不耐煩，我便悄悄地出了課堂的門，獨自站在

院子裡，想藉著松林裡吹來的風，和綠草送過來的草花香，醫醫我心頭的燥悶。不久下堂了，許多學生站在石階上，和我同進去的參觀的同學也出來了，我們正和她們站個面對面，她們對我們做好奇的觀望，我們也不轉眼地看著她們。在她們中間，有一個穿著紫色衣裙的學生，走過來和我們談話，然而她用的是日本語言，我們一句也不能領悟，石階上她的同學們都拍著手笑了。她羞紅了兩頰，低頭不語，後來竟用手巾拭起淚來，我們滿心罩住疑雲，狹窄的心，也幾乎進出急淚來！

我們彼此忙忙地過了些時，她忽然蹲在地下，用一塊石頭子，在土地上寫道：「我是中國廈門人」。這幾個字打到大家眼睛裡的時候，都不禁發出一聲驚喜，又含著悲哀的嘆聲來！

那時候我站在那學生的對面，心裡似喜似悲的情緒，又勾起我無窮的深思。我想，我這次離開我自己的家鄉，到此地來，不是孤寂的，我有許多同伴，我，不是飄泊天涯的客子，我為什麼見了她 —— 聽說是同鄉，我就受了偌大的刺激呢？……但是想是如此想，無奈理性制不住感情。當她告訴我，她在這裡，好像海邊一隻雁那麼孤單，我竟為她哭了。她說她想說北京話，而不能說，使她的心急得碎了，我更為她止不住淚了！她又說她的父母現在住在臺灣，她自幼就看見臺灣不幸的民族的苦況，……她知道在那裡永沒有發展的機會，所以她才留學到此地來，……但她不時思念祖國，好像想她的母親一樣，她更想到北京去，只恨沒有能力，見了我們增無限的淒楚！她傷心得哭腫了眼睛，我看著她那黯淡的面容，瑩瑩的淚光；我實在覺得十分刺心，我亦不忍往下看了，也忍不住往下聽了！我一個人走開了，無意中來到一株姿勢蒼老的松樹底下來。在那樹蔭下，有一塊平滑的白石頭，石頭旁邊有一株血般的紅的杜鵑花，正迎風作勢；我就坐在石上，對花出神；無奈興奮的情緒，正好像開了機關的車輪，不絕

地旋轉。我想到她孤身作客 —— 她也許有很好的朋友，但是不自然的藩籬，已從天地開始，就布置了人間，她和她們能否相容，誰敢回答呵！

她說她父親現在臺灣，使我不禁更想到臺灣，我的朋友招治，——她是一個臺灣人 —— 曾和我說：「進了臺灣的海口，便失了天賦的自由：若果是有血氣的臺灣人，一定要為應得的自由而奮起，不至像夜般的消沉！」唉！這話能夠細想嗎？我沒有看見臺灣人的血，但是我卻看見眼前和血一般的杜鵑花了；我沒有聽見臺灣人的悲啼，我卻聽見天邊的孤雁嘹栗的哀鳴了！

呵！人心是肉做的。誰禁得起鐵錘打，熱炎焚呢？我聽見我心血的奔騰了，我感到我鼻管的酸辣了！我也覺得熱淚是緣兩頰流下來了！

天賦我思想的能力，我不能使他不想；天賦我沸騰的熱血，我不能使他不沸；天賦我淚泉我不能使他不流！

呵！熱血沸了！

淚泉湧了！

我不怕人們的冷嘲，也不怕淚泉有乾枯的時候。

呵！熱血不住地沸吧！

淚泉不竭地流吧！

萬事都一瞥過去了，只靈魂的傷痕，深深地印著！

月下的回憶

晚涼的時候，睏倦的睡魔都退避了，我們便乘興登大連的南山，在南山之巔，可以看見大連全市。我們出發的時候，已經是暮色蒼茫，看不見嬌媚的夕陽影子了。登山的時候，眼前模糊，只隱約能辨人影；漱玉穿著高底皮鞋，幾次要摔倒，都被淡如扶住，因此每人都存了戒心，不敢大意了。

到了山巔，大連全市的電燈，如中宵的繁星般，密密層層滿布太空，淡如說是鑽石綴成的大衣，披在淡裝的素娥身上；漱玉說比得不確，不如說我們乘了雲梯，到了清虛上界，下望諸星，吐豪光千丈的情景為逼真些。

他們兩人的爭論，無形中引動我們的幻想，子豪仰天吟道：「舉首問明月，不知天上今夕是何年？」她的吟聲未竭，大家的心靈都被打動了，互相問道：「今天是陰曆幾時？有月亮嗎？」有的說十五；有的說十七；有的說十六，漱玉高聲道：「不用爭了。今日是十六，不信看我的日記本去！」子豪說：「既是十六，月光應當還是圓的，怎麼這時候還沒有看見出來呢？」淡如說：「你看那兩個山峰的中間一片紅潤；不是月亮將要出來的預兆嗎？」我們集中目力，都望那邊看去了，果見那紅光越來越紅，半邊灼灼的天，像是著了火，我們靜悄悄地望了些時，那月兒已露出一角來了；顏色和丹沙一般紅，漸漸大了也漸漸淡了，約有五分鐘的時候，全個團團的月兒，已經高高站在南山之巔，下窺芸芸眾生了。我們都拍著手，

表示歡迎的意思；子豪說：「是我們多情歡迎明月？還是明月多情，見我們深夜登山來歡迎我們呢？」這個問題提出來後，大家議論的聲音，立刻破了深山的寂靜和夜的消沉，那酣眠高枝的鷗鵑也嚇得飛起來了。

淡如最喜歡在清澈的月下，嫵媚的花前，作蒼涼的聲音讀詩吟詞，這時又在那裡高唱南唐李後主的〈虞美人〉，誦到「故國不堪回首月明中」聲調更加淒楚；這聲調隨著空氣震盪，更輕輕浸進我的心靈深處；對著現在玄妙籠月的南山的大連，不禁更回想到三日前所看見汙濁充滿的大連，不能不生一種深刻的回憶了！

在一個廣場上，有無數的兒童，拿著幾個球在那裡橫穿豎衝的亂跑，不久鈴聲響了，一個一個和一群蜜蜂般地湧進學校門去了；當他們往裡走的時候，我腦膜上已經張好了白幕，專等照這形形式式的電影；頑皮沒有禮貌的行動，憔悴帶黃色的面龐，受壓迫含抑悶的眼光，一色色都從我面前過去了，印入心幕了。

進了課堂，裡頭坐著五十多個學生，一個三十多歲，有一點鬍鬚的男教員，正在那裡講歷史，「支那之部」四個字端端正正寫在黑板上；我心裡忽然一動，我想大連是誰的地方啊？用的可是日本的教科書 —— 教書的又是日本教員 —— 這本來沒有什麼，教育和學問是沒有國界的，除了政治的臭味 —— 它是不許藩籬這邊的人和藩籬那邊的人握手以外，人們的心都和電流一般相通的 —— 這個很自然……

「這是哪裡來的，不是日本人嗎？」靠著我站在這邊的兩個小學生在那竊竊私語，遂打斷我的思路，只留心聽他們的談話。過了些時，那個較小的學生說：「這是支那北京來的，你沒有看見先生在揭示板寫的告白嗎？」我聽了這口氣真奇怪，分明是日本人的口氣，原來大連人已受了軟

化了嗎？不久，我們出了這課堂，孩子們的談論聽不見了。

那一天晚上，我們住的房子裡，燈光特別明亮；在燈光之下有一個瘦長臉的男子，在那裡指手劃腳演說：「諸君！諸君！你們知道用瑪啡培成的果子，給人吃了，比那百萬雄兵的毒還要大嗎？教育是好名詞，然而這種含毒質的教育，正和瑪啡果相同……你們知道嗎？大連的孩子誰也不曉得有中華民國呵！他們已經中了瑪啡果的毒了！

「中了毒無論怎樣，終久是要發作的，你看那一條街上是西崗子，一連有一千餘家的暗娼，是誰開的？原來是保護治安的警察老爺和暗探老爺們勾通地棍辦的，警察老爺和暗探老爺，都是吃了瑪啡果子的大連公學校的卒業生呵！」

他說到那裡，兩個拳頭不住在桌上亂擊，口裡不住地詛咒，眼淚不竭地湧出，一顆赤心幾乎從嘴裡跳了出來！歇了一歇他又說：──

「我有一個朋友，在一天下午，從西崗子路過；就見那灰色的牆根底下每一家的門口，都有一個邪形鳩面的男子蹲在那裡，看見他走過去的時候，由第一個人起，連續著打起呼嘯來；這種奇異的暗號，真是使人驚嚇，好像一群惡魔要捕人的神氣；更奇怪的，打過這呼嘯以後立刻各家的門又都開了：有妖態蕩氣的婦人，向外探頭；我那個朋友，看見她們那種樣子，已明白她們要強留客人的意思，只得低下頭，急急走過；經過她們門前，有的捉他的衣袖，有的和他調笑，幸虧他穿的是西裝，她們不知道他到底是什麼來歷不敢過於造次，他才得脫了虎口。當他才走出胡同口的時候，從胡同的那一頭，來了一個穿著黃灰色短衣褲的工人；他們依樣的作那呼嘯的暗號，他回頭一看，那人已被東首第二家的一個高顴骨的婦人拖進去了！」

唉！這不是瑪啡果的種子，開的沉淪的花嗎？

我正在回憶從前的種種，忽漱玉在我肩上擊了一下說：「好好的月亮不看，卻在這漆黑樹影底下發什麼怔。」

漱玉的話打斷我的回憶，現在我不再想什麼了，東西張望，只怕辜負了眼前的美景！

遠遠地海水放出寒慄的光芒來；我寄我的深愁於流水，我將我的苦悶付清光；只是那多事的月亮，無論如何把我塵濁的影子，清清楚楚反射在那塊白石頭上；我對著她，好像憐她，又好像惱她；憐她無故受盡了苦痛的磨折，恨她為什麼自己要著跡，若沒這有形的她，也沒有這影子的她了；無形無跡，又何至被有形有跡的世界折磨呢？……連累得我的靈魂受苦惱……

夜深了！月兒的影子偏了，我們又從來處去了。

醉後

━━━━━━━━━━━━━━━━━━━━━━━━

　　—— 最是惱人拚酒，欲澆愁偏惹愁！回看血淚相和流 ——

　　我是世界上最怯弱的一個，我雖然硬著頭皮說「我的淚泉乾了，再不願向人間流一滴半滴眼淚」，因此我曾博得「英雄」的稱許，在那強振作的當兒，何嘗不是氣概軒昂……

　　北京城重到了，黃褐色的飛塵下，掩抑著琥珀牆、琉璃瓦的房屋，疲驟瘦馬，拉著笨重的煤車，一步一顛地在那坑陷不平的土道上，努力地走著；似曾相識的人們，坐著人力車，風馳電掣般跑過去了……一切不曾改觀。可是疲憊的歸燕呵，在那堆浪湧波的靈海裡，都覺到十三分的淒惶呢！

　　車子走過順城根，看見三、四匹矮驢，搖動著牠們項下琅琅的金鈴，傲然向我冷笑，似笑我轉戰多年的敗軍，還鼓得起從前的興致嗎……

　　正是一個旖旎美妙的春天，學校裡放了三天春假，我和涵、鹽、琪四個人，披著殘月孤星和迷濛的晨霧奔順城根來，雇好矮驢，跨上驢背，輕揚竹鞭，得得聲緊，西山的路上驟見熱鬧。這時道旁籠煙含霧的垂柳枝，從我們的頭上拂過，嬌鳥輕轉歌喉，朝陽美意酣暢，驢兒們馱著這欣悅的青春主人，奔那如花如夢的前程：是何等的興高采烈……而今怎堪回道！歸來的疲燕，裹著滿身漂泊的悲哀，無情的瘦驢！請你不要逼視吧！

　　強抑靈波，防它搗碎了靈海，及至到了舊遊的故地，惝淡白牆，陳跡依稀可尋，但滄桑幾經的歸客，不免被這荊棘般的陳跡，刺破那不曾復元

的舊傷，強將淚液嚥下，努力地嚥下。我曾被人稱許我是「英雄」喲！

我靜靜在那裡懺悔，我的怯弱，為什麼總打不破小我的關頭，我記得：我曾想像我是「英雄」的氣概，手裡拿著明晃晃的雌雄劍，獨自站在喜瑪拉雅的高峰上，傲然的下視人寰。彷彿說：我是為一切的不平，而犧牲我自己的，我是為一切的罪惡，而揮舞我的雙劍的呵！「英雄」，偉大的英雄，這是多麼可崇拜的，又是多麼可欣慰的呢！

但是怯弱的人們，是經不起撩撥的，我的英雄夢正濃酣的時候，波姊來叩我的門，同時我久閉的心門，也為她開了。為什麼四年不見，她便如此的憔悴和消瘦？她悄然地說：「你還是你呵！」她這一句話，好像是利刃，又好像是百寶匙；她掀開我祕密的心幕，她打開我勉強鎖住的淚泉，與一切的煩惱，但是我為了要證實是英雄，到底不曾哭出來。

我們彼此矜持著，默然坐夜來了。於是我說：「波，我們喝它一醉吧，何若如此扎掙，酒可以蒙蓋我們的臉面！」波點頭道：「我早預備陪你一醉。」於是我們如同瘋了一般，一杯，一杯，接連著向唇邊送，好像鯨吞鯢飲，也不知道什麼時候，把一小罈子的酒吃光了，可是我還舉著杯「酒來！酒來！」叫個不休！波握住我拿杯子的手說：「隱！你醉了，不要喝了吧！」我被她一提醒，才知道我自己的身子，已經像駕雲般支持不住，伏在她的膝上。唉！我一身的筋肉鬆弛了，我矜持的心解放了。風寒雪虐的春申江頭，涵撒手歸真的印影，我更想起萱兒還不曾斷奶，便離開她的乳母，扶她父親的靈柩歸去。當她抱著牛奶瓶，宛轉哀啼時，我彷彿是受絞刑的荼毒；更加著吳淞江的寒潮淒風，每在我獨伴靈幃時，撕碎我抖顫的心。……一向茹苦含辛的扎掙自己，然而醉後，便沒有扎掙的力量了，我將我淚泉的水閘開放了，乾枯的淚池，立刻波濤洶湧，我盡量地哭，哭那已經摧毀的如夢前程，哭那滿嘗辛苦的命運，唉！真痛恨呵，我一年以

來，不曾這樣哭過。但是苦了我的波姊，她也是苦海裡浮沉的戰將，我們可算是一對「天涯淪落人」。她嗚咽著說：「隱！你不要哭了，你現在是做客，看人家忌諱！你扎掙著吧！你若果要哭，我們到空郊野外哭去，我陪你到陶然亭哭去。那裡是我埋愁葬恨的地方，你也可以借他人酒杯，澆自己塊壘，在那裡我們可盡量地哭，把天地哭毀滅也好，只求今天你嚥下這眼淚去罷！」慚愧！我不知英雄氣概拋向哪裡去了，恐怕要從喜瑪拉雅峰，直墮入冰涯愁海裡去，我仍然不住地哭，那可憐雙鬢如雪的姨母，也不住為她不幸的甥女，老淚頻揮，她顫抖著嘆息著，於是全屋裡的人，都悄默地垂著淚！可憐的萱兒，她對這半瘋半醉的母親，小心兒怯怯地驚顫著，小眼兒怔怔地呆望著。呵！無辜的稚子，母親對不住你，在別人面前，縱然不英雄些，還沒有多大羞愧，只有在萱兒面前不英雄，使她天真未鑿的心靈裡，了解傷心，甚至於陪著流淚，我未免太忍心，而且太罪過了。後來萱兒投在我的懷裡，輕輕地將小嘴，吻著淚痕被頰的母親，她忽然哭了！唉！我詛咒我自己，我憤恨酒，她使我怯弱，使我任性，更使我羞對我的萱兒！我決定止住我的淚液，我領著萱兒走到屋裡，只見滿屋子月華如水，清光幽韻，又逗起我無限的淒楚，在月姊的清光下，我們的陳跡太多了！我們曾向她誠默地祈禱過；也曾向她悄悄地賭誓過，但如今，月姊照著這飄泊的隻影，他呢 —— 人間天上。我如餓虎般的憤怒，緊緊掩上窗紗，我摟著萱兒悄悄地躲在床上，我真不敢想像月姊怎樣奚落我。不久萱兒睡著了，我彷彿也進了夢鄉，只覺得身上滿披著縞素，獨自站在波濤起伏的海邊，四顧遼闊，沒有岸際，沒有船隻，天上又是蒙著一層濃霧，一切陰森森的。我正在徬徨驚懼的時候，忽見海裡湧起一座山來，削壁玲瓏，峰崖峻崎，一個女子披著淡藍色的輕綃，向我微笑點頭唱道：

獨立蒼茫愁何多？

撫景傷飄泊！

繁華如夢，

姹紫嫣紅轉眼過！

何事傷飄泊！

我聽那女子唱完了，正要向她問明來歷，忽聽霹靂一聲，如海倒山傾，嚇了我一身冷汗，睜眼一看，波姊正拿著醒酒湯，叫我喝。我恰一轉身，不提防把那碗湯碰潑了一地，碗也打得粉碎，我們都不禁笑了。波姊說：「下回不要喝酒吧，簡直鬧得滿城風雨！……我早想到見了你，必有一番把戲，但想不到鬧得這樣凶！還是扎掙著裝英雄吧！」

「波姊！放心吧！我不見你，也沒有淚，今天我把整個兒的我，在你面前赤裸裸地貢獻了，以後自然要裝英雄！」波姊拍著我的肩說：「天快亮了，月亮都斜了，還不好好睡一覺，病了又是白受罪！睡吧！明天起大家努力著裝英雄吧！」

愧

在整理舊稿時，發現了一個孩子給我的信，那是一顆如水晶般透明的心，熱誠地貢獻給我；而且這個孩子，正走到滿是荊棘的園地裡，家庭使他受苦，社會又使他惶惑，他那顆稚嫩的心，便開始受傷，隱隱地滴血，正在這時候，他抓住了我，叫道：「老師！你領導我呀，你給我些止血的聖藥呀！」唉，偉大，這霎時間，在我心靈中閃光，我覺得我的確充實著力量，而且我很願意，摧毀一切的虛偽，一樣地把我赤裸裸的心，貢獻於他，於是兩顆無疵無瑕的心，攜著手，互相地撫摸安慰。

但惡魔從暗陬裡閃了進來，把我靈宮中曇花一現的神光遮蔽了，在漸積的世故人情的威權下，我忽略了那孩子所貢獻給我的心，他是那樣飢餓地盼望我的救助，而我只是淡淡地對他一瞥便躲開了。

殘酷的流年，變遷了一切，這顆孩子的心，恐也不免被漸積的世故人情所汙染。這自然未必都是我的錯，可是在事隔五年的今天，翻出那孩子所給我心的供狀。我的臉不禁火般地灼熱，我的心難免戰抖，呵，我怎能避免良心的鞭策？

而且就是如今，我仍繼續著，幹這殘忍的勾當，我不能如我想像般應付那些透明孩子的心，當他們將純潔的心淚，流向我面前時，只有我受恩惠，因為在那一霎時，我真燭見無掩無飾的人生，而我又給他們些什麼呢？

慚愧，我對於一切的孩子的心抱愧，在這譎詭奸詐的社會裡，孩子們

　　從所謂教育家那裡所能得到，僅是一些齷齪的人世經驗。唉，這個世界上只有孩子才配稱得起人們之師吧！

秋聲

　　我曾酣睡於溫柔芬芳的花心，周圍環繞著旖旎的花魂和美麗的夢影；我曾翱翔於星月之宮，我歌唱生命的神祕，那時候正是芳草如茵，人醉青春！

　　不知幾何年月，我為遊戲來到人間，我想在這裡創造更美麗的夢境，更和諧的人生。誰知不幸，我走的是崎嶇的路程，那裡沒有花沒有樹，只有牆頹瓦碎的古老禪林，一切法相，也只剩了剝蝕的殘身！

　　我躑躅於憧憧的鬼影之中，眷懷著綺麗的舊夢，忽然吹來一陣歌聲，嘹栗而淒清，它似一把神祕的鑰匙，崛起我心深處的傷痛。

　　我如荒山的一顆隕星，從前是有著可貴的光耀，而今已消失無蹤！

　　我如深秋裡的一片枯葉，從前雖有著可愛的青蔥，而今只飄零隨風！

　　可怕的秋聲！世間竟有幸福的人，他們正期望著你的來臨，但，請你千萬莫向寒窗悲吟，那裡面正昏睡著被苦難壓迫的病人，他的一切都埋沒於華年的匆匆，而今是更荷著一切的悲愁，正奔赴那死的途程。這陣陣的悲吟怕要喚起他葬埋了的心魂，徘徊於哀傷的荒塚！

　　呵！秋聲！你吹破青春的憂境，你喚醒長埋的心魂 ── 這原是運命的撥弄，我何敢怨你的殘忍！

亡命

　　夜半聽見藤蘿架上沙沙的雨滴聲，我曾掀開帳幔向窗外張望，藤蘿葉子在黑暗裡擺動，彷彿幢幢的鬼影。天容如墨，四境寂寥，心裡有些悚然，連忙放下帳幔，翻身向裡面睡，床頭的掛鐘滴答滴答響個不住。心緒如怒潮般的湧掀。重新翻轉身來，窗外的雨滴聲越發淒緊，依然睡不著。頭部微微有些漲悶，眼睛發酸，心裡煩躁極了。只得起來，撚亮了電燈，枕旁有臨時放的一本《三俠五義》，翻起來看了，但見一行行如黑點般的閃過，一點沒有領會到書裡的意思。

　　忽聽門外有人走路的腳步聲，心房由不得怦怦亂跳，莫非是來逮捕我的嗎？……今午庚曾告訴我：市黨部有十五起人，告我是反革命，將要逮捕我，承庚的好意叫我出去躲一躲。這真彷彿青天裡一個霹靂，不過我又仔細地想了一想，似乎像我這麼一個微小的人兒，值不得加上這麼一個尊嚴的罪名，所以我對庚說：「也許是人們開玩笑吧？我想不要緊，因為我從沒有做過這種活動。……」

　　但是庚很誠摯的對我說：「現在正是一切都在搖動的時候，我看還是走一步好，只當出去玩一趟。」

　　我說：「也好吧！就出去走一趟……不過真冤！」

　　庚嘆息道：「好漢不吃眼前虧，……況且熬到有被逮捕的資格也就不錯。」

　　庚這種解嘲的話，使得我們都不自然地慘笑了。當時我就決定第二天

早晨到天津去，夜裡收拾了一個小藤箱，但是心亂如麻，不知帶些什麼東西才好，直弄到十二點鐘才睡下，正朦朧間，就被雨點驚醒。

真是門外的聲音，越來越大，還似乎有人在竊竊耳語。我這時連忙起來，悄悄地把那小藤箱提在手裡，只要聽見打門，我就從後門逃到我舅舅家裡去暫避，我按定亂跳的心，把耳朵向外靜靜的聽著。過了些時，還沒有人叫門，而且說話的聲音似乎遠了，我的心漸漸的平定了，吁了一口氣，把小藤箱仍然放在地下，擰了電燈，打算再睡，可是東方已經發白了。要趕六點半的那一趟車，自然睡不成，因輕輕開了房門，把老媽子叫了起來，替我預備臉水，我一面洗臉，一面盤算，我到天津去住在什麼地方呢？那裡雖也有朋友，但是預先沒有寫信去通知他們，怎好貿然去攪擾人家？住旅館？一個人孤孤淒淒……想到這裡心緒更亂，怔怔地站了許久，這時候已五點半了。沒有辦法，到天津再說罷！提著藤箱無精打采的走吧！回頭看見羅紗帳裡小寶兒，正睡得濃酣，不忍去驚醒她，只悄悄在她額上吻了一吻，心裡由不得一陣悵惘，雖然只是暫別，但是她醒來時不見了媽媽……今夜又不見媽媽回來和她同睡，她弱小的靈魂，一定要受重大的打擊了。我不禁流淚了，同時我詛咒人類的偏狹，在互相排擠的中間，不知發生多少悲慘的事實。唉！我真憤恨！不由得把藤箱向地下一摔，似乎這樣一來，我也總算得了勝利：因為我至少也欺負死幾個螞蟻吧！

車子已經叫來了，我把藤箱放在車上，我年老的姑媽對於這嚴重亡命，更感覺得情形緊張，她握住我的手，含著眼淚說：「這實在是想不到的禍事！但願你此去平安……並且多方請人疏通，得早些回來！……都要留心！……」我點了點頭，要想說話覺得喉頭哽咽，連忙跳上車子，不敢抬頭向姑媽看，幸喜車夫已經拉起車子如飛地走了。這時候只有五點三

刻，街上的行人很少，清涼寂靜，我一夜不曾睡的睏倦，這時都被晨氣驅散了，腦子裡種種思想，又一都一幕一幕地湧出來。車子走到十字路口的時候，我忽然轉了一念，亡命為什麼一定要到天津去，北京地方大得很，誰又準知道我住在哪裡？於是我決定無論如何我不離開北京，因告訴車夫，叫他拉我到西長安街去，不久我就在西長安街一家醫院門口下車了。── 這醫院的院長，是我的鄉親，那裡房屋很多，── 我到醫院裡，因為時間尚早，我那鄉親還沒有來，我只得在會客廳裡等著。九點鐘的時候，他才來了。我將一切情形和盤托出，請他借我一間房子暫住，從此我就充起病人來了！

這個醫院，是臨街的三層高樓，在樓上窗子裡，可以看見大馬路的車馬奔馳，並且可以聽見隆隆嗚嗚的車輪和汽笛聲。我生性最怕熱鬧，因在西北角上，選了一間離街較遠的屋子，但是推開後窗，依然可以看見大馬路上的一切，並且這窗子是朝東的，早晨的太陽正耀人眼目地照射著。天氣又非常悶熱，我忙把這面窗關上，又加上黑色的帳幔，屋子裡的光線立刻微弱了，心神的壓迫也似乎輕鬆些。我坐在一張椅子上，看醫院裡的傭人，替我換床上的褥單和枕頭布，他走後我便睡下了。頭頂上的白雲一朵朵的向西北飄去，形狀變化離奇：有時候像一頭伏虎，有時像一條臥龍。……

我因昨夜失眠，今天精神極壞，本想在這隔絕一切的屋子裡用一點功，或者寫一篇稿子，誰知躺下後，就癱軟得無法起來。而且頭昏目眩，似睡非睡地迷沉了一天，到夜晚的時候，街上的聲音也比較少點，我起來把前後的窗門都開了。屋裡的空氣，立刻流通起來，一陣陣的溫風，吹拂在我的臉上，神思清楚多了。仰頭看見頭頂上的天空，好像經海水洗過似的，非常碧清，在那上面綴著成千成萬鑽石般的星星，我在那繁星之中，

找到其中最小的一個，代表我自己，但是同時我又覺得我不止那麼一點。我雖然不願意，但是這黑夜中最光芒，最惹人注意的一顆星……但是事實上，我也不是那最無光，最小的一顆，因為藏在井底的一群蛙，牠們都張著闊口向我呱呱地叫，似乎說：「你防備著吧！我們都在注意你呢！……你雖然在千萬的繁星之中，是最不足輕重的一個，但是我們不敢希冀那第一等的大星的地位，只要我們能取得你的地位，我們已經很夠了！」……於是乎我明白了，在這種世界上，我應當由一顆最小而弱的星的地位，悄悄逃出，去做一朵輕巧的雲，來去無心，到毫不著跡的時候，便是我得救的時候了。

這思想真太渺茫，不知不覺已走入夢境，夢中我覺得我已真是一朵輕巧的雲了。我飄然停在半天空，下面是一片大海，這時一點風都沒有，海面上的波紋，輕輕地漾著，清涼的月光，照在這波浪上，閃出奇異的銀花，我正想低下（頭）來，吻著那可愛的海的時候，忽然從海底跳出一條鱷魚來，立時鼓起海浪，彷彿山崩地塌般的掀動，澎湃起來，我嚇極了。幸喜我這時已是不著跡的行雲了！我輕輕浮起，無心的歇在一座山上，那山上正開著五色燦爛的山花，一陣的清香，又引誘我要去和它們接近。忽砰的一聲，一個獵人的槍彈，直射在樹梢頭，那股凶猛的煙焰，把我沖散了。漸漸不是白雲了。睜眼一看，依然是個著跡的人類，無精打采地睡在病院的鋼絲床上。唉！我明白了！到如今我還只是一個著跡而微弱的人類喲！

我悵惘，我暗暗撕碎了不值一笑的雄心，我搗碎了希望的花蕊，眼前的一切，只是煩悶可憐！

馬路上隆隆軋軋的車聲，人聲，又將我從天空拖到地獄似的人間，在這時候，我沒有辦法安慰我自己，只想睡去，或者夢裡，還有不可捉摸的

樂園，任我休養我的沉疴。無奈輾轉反側，再也不能入夢。正在苦悶萬分的時候，聽見有人敲門，我應道：「誰？請進來吧！」門呀的一聲開了，我的朋友莉走了進來，她一看見我的臉色，不禁驚叫道：「呵！隱，怎麼你真病了吧？……臉色青黃得好不怕人！」

「也許是要病了，但是我知道不是身體上的病，你知道我的心是傷上加傷……我如何支持得住呢？……」

「唉！何必呢？什麼事看開點就好了，莫非你作了亡命，就使你這樣傷心嗎？……其實呢，這正足以驕傲，至少你是被人注意了，我們昨天和庚說笑話說你真熬出來了，居然成了時代的大人物了。」

莉說完笑了笑，我呢，也只得報之以苦笑：「真的，我不明白，我為什麼這樣脆弱？常常覺得這個世界上的陰霾太濃重了，如果再壓下去，我將要在濃重的陰霾下嚥氣了。」我這樣對莉說。

莉聽了我的話也不由得嘆了一口氣，一時竟想不出說什麼話來安慰我才好，那神氣彷徨得使我也不忍。我轉過臉去，看著窗外，好久好久莉才找到一些話，一些使人嚥著眼淚苦笑的話了。她說：「這年頭可不就是那回事嗎？咱們看戲吧，有的是呢，將來也許反叛又成了英雄，……好好地掙扎著幹吧！

「看吧……自然有的是毀裂破碎的悲劇呢！……不過我已經覺得倦了！……」實在的情形，我近來對於什麼事，都覺得非常的無聊。在我心裡最大的痛苦，是我猜不透人類的心，我所想望的光明，永遠只是我自己的想望，不能在第二個人心裡，掘出和我同樣的想望。本來淺薄的人類，誰不願意作個被人尊敬愛慕的英雄呢？於是不惜使千萬人的枯骨，堆積起來，做成一個高臺，將自己高高舉起，使萬眾瞻仰。唉！我沒有人們那種

魄力，只有深藏在幽祕的蘆葦裡，聽那些磷火悲切的申訴，將我傷了又傷的心，重新一刀刀地宰割了。

今天莉也很不快活，大概是受了我的影響，我們在沒話可說的時候，彼此只有對坐默視著，其實呢，我們的悲苦，早已充滿了我們的心靈，但是我們不願意說什麼，為了這淺近的語言，實在形容不出我們心頭的痛苦。黃昏將近了，莉替我掩上了西邊的窗，因為斜陽正射在我的眼上。她走了，屋裡特別冷寂，幾次走下床來，想在露臺上看一看，但是剛走到露臺口時，心裡一驚，又忙退了回來，彷彿街上來來往往的行人，都將不存善意的眼光投射著我，要拿我開心呢。我忙忙退回，坐在一張籐椅上，我真感到人們對我太冷酷了，我彷彿是孤島上一隻失群的羊，任我咩咩地喊破了喉嚨，也沒有一個人給我一個同情的應和，並用沿著孤島的四圍的怒浪正伸著巨爪，想伺隙將我拖下海去。

我心裡又淒楚，又憤恨，為什麼我永遠是被摧殘的呢？……但是我同時要咒詛我自己太無能了，既是沒有人來同情你就該痛快地離開這社會，去尋找較好的社會。現在呢，是又不滿意這個社會，卻又要留戀著這個社會，多麼沒出息呵！唉，好愚鈍的人類！人們都在酣睡的時候，只有你一個人唱著神曲有什麼用呢？你應當大膽敲響他們的門，使他們由噩夢中清醒，然後你的神曲唱得才有意義啊！

我想到這裡，我不知不覺流起淚來，這眼淚有懺悔，有澈悟，還有慚愧，種種的意味呢！最後我感謝顛簸的命運，……這不值一笑的亡命，使我發現了應走的新道路。

我深切地祝福使我下次的亡命，比這次有意義，便是綁到天橋吃槍子，也要值得。這一次真是太可恥了，簡直不明白為什麼，要從家裡逃出

來，唉，天呵，太滑稽了！

　　不知不覺在醫院又過了一夜，外面一無消息，中午時莉又來看我，她笑道：「沒事了，回去吧！原來他們所以要逮捕你，是為了要你的地盤，現在你既經退出，他們也就不注意你的個人了，這正是匹夫無罪，懷璧其罪……」

　　在傍晚的時候，我收拾了桌上亂堆的書籍，重新提起我的小藤箱，惘然地走出了醫院的大門。我站在石階上看來往不絕的行人，我好像和他們隔絕了許久。正在瞭望的時候，遠遠兩個穿西裝的青年，向我站的地方走來，舉手含笑向我招呼道：「隱！你上什麼地方？……昨天聽人說你到天津去了呵！」

　　「是的，」我想接下去說今天才回來，但是臉上有些發熱，莉又在旁邊向我笑，我只得趕忙跳上洋車走了。到了家裡，走進我那小別三天的屋子，有說不出來的一種情緒兜上心來……

東京小品

咖啡店

◇◇◇◇◇◇◇◇

橙黃色的火雲包籠著繁鬧的東京市，烈炎飛騰似的太陽，從早晨到黃昏，一直光顧著我的住房；而我的脆弱的神經，彷彿是林叢裡的飛螢，喜歡憂鬱的青蔥，怕那太厲害的陽光，只要太陽來統領了世界，我就變成了冬令的蟄蟲，了無生氣。這時只有煩躁疲弱無聊占據了我的全意識界；永不見如春波般的靈感蕩漾，……呵！壓迫下的呻吟，不時打破木然的沉悶。

有時勉強振作，拿一本小說在地席上睡下，打算潛心讀兩行，但是看不到幾句，上下眼皮便不由自主地合攏了。這樣昏昏沉沉挨到黃昏，太陽似乎已經使盡了威風，漸漸地偃旗息鼓回去，海風也湊趣般吹了來，我的麻木的靈魂，陡然驚覺了，「呵！好一個苦悶的時間，好像換過了一個世紀！」在自嘆自傷的聲音裡，我從地席上爬了起來，走到樓下自來水管前，把頭臉用冷水沖洗以後，一層遮住心靈的雲翳遂向蒼茫的暮色飛去，眼前現出鮮明的天地河山，久已凝閉的雲海也慢慢掀起波浪，於是過去的印象和未來的幻影，便一種種地在心幕上開映起來。

忽然一陣非常刺耳的東洋音樂不住地送來耳邊，使聽神經起了一陣痙攣。唉！這是多麼奇異的音調，不像幽谷裡多靈韻的風聲，不像叢林裡清脆婉轉的鳴鳥之聲，也不像碧海青崖旁的激越澎湃之聲……而只是為衣食

而奮鬥的勞苦掙扎之聲，雖然有時聲帶顫動得非常婉妙，使街上的行人不知不覺停止了腳步，但這只是好奇，也許還含著些不自然的壓迫，發出無告的呻吟，使那些久受生之困厄的人們同樣的嘆息。

這奇異的聲音正是從我隔壁的咖啡店裡一個粉面朱唇的女郎櫻口裡發出來的。── 那所咖啡店是一座狹小的日本式樓房改造成的，在三、四天以前，我就看見一張紅紙的廣告貼在牆上，上面寫著本咖啡店擇日開張，從那天起，有時看見泥水匠人來洗刷門面，幾個年輕精壯的男人布置壁飾和桌椅，一直忙到今天早晨，果然開張了。當我才起來，推開玻璃窗向下看的時候，就見這所咖啡店的門口，兩旁放著兩張紅白夾色紙糊的三角架子，上面各支著一個滿綴紙花的華麗的花圈，在門楣上斜插著一枝姿勢活潑鮮紅色的楓樹，沿牆根列著幾種松柏和桂花的盆栽，右邊臨街的窗子垂著淡紅色的窗簾，襯著那深咖啡色的牆，真有一種說不出的鮮明豔麗。

在那兩個花圈的下端，各綴著一張彩色的廣告紙，上面除寫著本店即日開張，歡迎主顧以外，還有一條寫著「本店用女招待」字樣。── 我看到這裡，不禁回想到西長安街一帶的飯館門口那些紅綠紙寫的僱用女招待的廣告了。呵！原來東方的女兒都有招徠主顧的神通！

我正出神地想著，忽聽見叮叮噹噹的響聲，不免尋聲看去，只見街心有兩個年輕的日本男人，身上披著紅紅綠綠彷彿袈裟式的半臂，頭上頂著像是涼傘似的一個圓東西，手裡拿著鐃鈸，像戲臺上的小丑一般，在街心連敲帶唱，扭扭捏捏，怪樣難描，原來這就是活動的廣告。

他們雖然這樣辛苦經營，然而從清晨到中午還不見一個顧客光臨，門前除卻他們自己做出熱鬧聲外，其餘依然是冷清清的。

黃昏到了，美麗的陽光斜映在咖啡店的牆隅，淡紅色的窗簾被晚涼的海風吹得飄了起來，隱約可見房裡有三個年輕的女人盤膝跪在地席上，對著一面大菱花鏡，細細地擦臉，塗粉，畫眉，點胭脂，然後袒開前胸，又厚厚地塗了一層白粉，遠遠看過去真是「膚如凝脂，領如蝤蠐」，然而近看時就不免有石灰牆和泥塑美人之感了。其中有一個是梳著兩條辮子的，比較最年輕也最漂亮，在打扮頭臉之後，換了一身藕荷色的衣服，腰裡拴一條橙黃色白花的腰帶，背上馱著一個包袱似的東西，然後款擺著柳條似的腰肢，慢慢下樓來，站在咖啡店的門口，向著來往的行人「巧笑倩兮，美目盼兮，」大施其外交手段。果然沒有經過多久，就進去兩個穿和服木履的男人。從此冷清清的咖啡店裡驟然笙簫並奏，笑語雜作起來。有時那個穿藕荷色衣服的雛兒唱著時髦的愛情曲兒，燈紅酒綠，直鬧到深夜兀自不散。而我呢，一雙眼的上眼皮和下眼皮簡直分不開來，也顧不得看個水落石出。總而言之，想錢的錢到手，賞心的開了心，圓滿因果，如是而已，只應合十唸一聲「善哉！」好了，何必神經過敏，發些牢騷，自討苦趣呢！

廟會

正是秋雨之後，天空的雨點雖然停了，而烏雲兀自密布太虛。夜晚時的西方的天，被東京市內的萬家燈火照得起了一層烏灰的絳紅色。晚飯後，我們照例要到左近的森林中去散步。這時地上的雨水還不曾乾，我們各人都換上破舊的皮鞋，拿著雨傘，踏著泥滑的石子路走去。不久就到了那高矗入雲的松林裡。林木中間有一座土地廟，平常時都是很清靜的閉著山門，今夜卻見廟門大開，門口掛著兩盞大紙燈籠。上面寫著幾個藍色的

字 ── 天主社 ── 廟裡面燈火照耀如同白晝，正殿上搭起一個簡單的戲臺，有幾個戴著假面具穿著綵衣的男人 ── 那面具有的像龜精鱉怪，有的像判官小鬼，大約有四、五個人，忽坐忽立，指手畫腳地在那裡扮演，可惜我們語言不通，始終不明白他們演的是什麼戲文。看來看去，總感不到什麼趣味，於是又到別處去隨喜。在一間日本式的房子前，圍著高才及肩的矮矮的木柵欄，裡面設著個神龕，供奉的大約就是土地爺了。可是我找了許久，也沒找見土地爺的法身，只有一個圓形銅製的牌子懸在中間，那上面似乎還刻著幾個字，離得遠，我也認不出是否寫著本土地神位，── 反正是一位神明的象徵罷了。在那佛龕前面正中的地方懸著一個幡旌似的東西，飄帶低低下垂。我們正在仔細揣摩賞鑑的時候，只見一位年紀五十上下的老者走到神龕面前，將那幡旌似的飄帶用力扯動，使那上面的銅鈴發出零丁之聲，然後從錢袋裡掏出一個銅錢 ── 不知是十錢的還是五錢的，只見他便向佛龕內一甩，頓時發出鏗鏘的聲響，他合掌向神前三擊之後，閉眼凝神，躬身膜拜，約過一分鐘，又合掌連擊三聲，這才慢步離開神龕，心安意得地走去了。

自從這位老者走後，接二連三來了許多人，男的女的，老的少的，── 還有尚在娘懷抱裡的嬰孩也跟著母親向神前祈禱求福，凡來頂禮的人都向佛龕中舍錢布施。還有一個年紀二十多歲的女人，身上穿著白色的圍裙，手中捧著一個木質的飯匜，滿滿裝著白米，向神座前貢獻。禮畢，那位道袍禿頂的執事僧將飯匜接過去，那位善心的女施主便滿面欣慰地退出。

我們看了這些善男信女禮佛的神氣，不由得也滿心緊張起來，似乎冥冥之中真有若干神明，他們的權威足以支配昏昧的人群，所以在人生的道途上，只要能逢山開路，見廟燒香，便可獲福無窮了。不然，自己勞苦得

來的銀錢柴米，怎麼便肯輕輕易易雙手奉給僧道享受呢？神祕的宇宙！不可解釋的人心！

我正在發呆思量的時候，不提防同來的建扯了我的衣襟一下，我不禁「呀！」了一聲，出竅的魂靈兒這才復了原位，我便問道：「怎麼？」建含笑道：「你在想什麼？好像進了夢境，莫非神經病發作了嗎？」我被他說得也好笑起來，便一同離開神龕到後面去觀光。嚇！那地方更是非常熱鬧，有許多倩裝豔服，然而腳著木屐的日本女人，在那裡購買零食的也有，吃冰淇淋的也有。其中還有幾個西裝的少女，腳上穿著長統絲襪和皮鞋，──據說這是日本的新女性，也在人叢裡擠來擠去，說不定是來參禮的，還是也和我們一樣來看熱鬧的。總之，這個小小的土地廟裡，在這個時候是包羅萬象的。不過倘使佛有眼睛，瞧見我滿臉狐疑，一定要瞪我幾眼吧。

迷信──具有偉大的威權，尤其是當一個人在倒楣不得意的時候，或者在心靈失卻依據徘徊歧路的時候，神明便成人心的主宰了。我有時也曾經歷過這種無歸宿而想像歸宿的滋味，然而這在我只像電光一瞥，不能堅持久遠的。

說到這裡，使我想起童年的時候──我在北平一個教會學校讀書，那一個秋天，正遇著耶穌教徒的復興會，──期間是一來復。在這一來復中，每日三次大祈禱，將平日所做虧心欺人的罪惡向耶穌基督懺悔，如是，以前的一切罪惡便從此洗滌盡淨，──哪怕你是個殺人放火的強盜，只要能悔罪便可得救，雖然是苦了倒楣釘在十架的耶穌，然而那是上帝的旨意，叫他來捨身救世的，這是耶穌的光榮，人們的福音。──這種無私的教理，當時很能打動我弱小的心弦，我覺得耶穌太偉大了，而且法力無邊，凡是人類的困苦艱難，只要求他，便一切都好了。所以當我被

他們強迫的跪在禮拜堂裡向上帝祈禱時，—— 我是無情無緒的正要到夢鄉去逛逛，恰巧我們的校長朱老太太顫顫巍巍走到我面前也一同跪下，並且撫著我的肩說：「呵！可憐的小羊，上帝正是我們的牧羊人，你快些到他的面前去罷，他是仁愛的偉大的呵！」我聽了她那熱烈誠摯的聲音，竟莫名其妙的怕起來了，好像受了催眠術，覺得真有這麼一個上帝，在睜著眼看我呢，於是我就在那些因懺悔而痛哭的人們的哭聲中流下淚來了。朱老太太更緊緊地把我摟在懷裡說道：「不要傷心，上帝是愛你的。只要你虔心地相信他，他無時無刻不在你的左右……」最後她又問我：「你信上帝嗎？……好像相信我口袋中有一塊手巾嗎？」我簡直不懂這話的意思，不過這時我的心有些空虛，想到母親因為我太頑皮送我到這個學校來寄宿，自然她是不喜歡我的，倘使有個上帝愛我也不錯，於是就回答道：「朱校長，我願意相信上帝在我旁邊。」她聽了我肯皈依上帝，簡直喜歡得跳了起來，一面笑著一面擦著眼淚……從此我便成了耶穌教徒了。不過那年以後，我便離開那個學校，起初還是滿心不忘上帝，又過了幾年，我腦中上帝的印象便和童年的天真一同失去了。最後我成了個無神論者了。

　　但是在今晚這樣熱鬧的廟會中，虔誠信心的善男信女使我不知不覺生出無限的感慨，同時又勾起既往迷信上帝的一段事實，覺得大千世界的無量眾生，都只是些怯弱可憐的不能自造命運的生物罷了。

　　在我們回來時，路上依然不少往廟會裡去的人，不知不覺又聯想到故國的土地廟了，唉！……

鄰居
◇◇◇◇◇◇◇

　　別了，繁華的鬧市！當我們離開我們從前的住室門口的時候，恰恰是

早晨七點鐘。那耀眼的朝陽正照在電車線上，發出燦爛的金光，使人想像到不可忍受的悶熱。而我們是搭上市外的電車，馳向那屋舍漸稀的郊野去；漸漸看見陂陀起伏的山上，林木蔥蘢，綠影婆娑，叢竹上滿綴著清晨的露珠，兀自向人閃動。一陣陣的野花香撲到臉上來，使人心神爽快。經過三十分鐘，便到我們的目的地。

在許多整飭的矮牆裡，幾株姣豔的玫瑰迎風裊娜，經過這一帶碧綠的矮牆南折，便看見那一座鬱鬱蔥蔥的松柏林，穿過樹林，就是那些小巧精潔的日本式的房屋掩映於萬綠叢中。微風吹拂，樹影摩蕩，明窗淨幾間，簾幔低垂，一種幽深靜默的趣味，頓使人忘記這正是炎威猶存的殘夏呢。

我們沿著鵝卵石壘成的馬路前進，走約百餘步，便見斜刺裡有一條窄窄的草徑，兩旁長滿了紅蓼白荻和狗尾草，草葉上朝露未乾，沾衣皆溼。草底鳴蟲唧唧，清脆可聽。草徑盡頭一帶竹籬，上面攀緣著牽牛蔦蘿，繁花如錦，清香醉人。就在竹籬內，有一所小小精舍，便是我們的新家了。淡黃色木質的牆壁門窗和米黃色的地席，都是纖塵不染。我們將很簡單的家具稍稍布置以後，便很安然地坐下談天。似乎一個月以來奔波匆忙的心身，此刻才算是安定了。

但我們是怎麼的沒有受過操持家務的訓練呵！雖是一個很簡單的廚房，而在我這一切生疏的人看來，真夠嚴重了。怎樣煮飯 —— 一碗米應放多少水，煮肉應當放些什麼澆料呵！一切都不懂，只好憑想像力一件件地去嘗試。這其中最大的難題是到後院井邊去提水，老大的鉛桶，滿滿一桶水真夠累人的。我正在提著那亮晶晶發光的水桶不知所措的時候，忽見鄰院門口走來一個身軀胖大，滿面和氣的日本女人，—— 那正是我們頭一次拜訪的鄰居胖太太 —— 我們不知道她姓什麼，可是我們贈送她這個綽號，總是很合適的吧。

　　她走到我們面前，向我們咕哩咕嚕說了幾句日本話，我們是又聾又啞的外國人，簡直一句也不懂，只有瞪著眼向她呆笑。後來她接過我手裡的水桶，到井邊滿滿地汲了一桶水，放在我們的新廚房裡。她看見我們那些新買來的鍋呀、碗呀，上面都微微沾了一點灰塵，她便自動地替我們一件一件洗乾淨了，又一件件安置得妥妥帖帖，然後她鞠著躬說聲サセテナラ（再見）走了。

　　據說這位和氣的鄰居，對中國人特別有感情，她曾經幫中國人做過六、七年的事，並且，她曾嫁過一個中國男人，……不過人們談到她的歷史的時候，都帶著一種猜度的神氣，自然這似乎是一個比較神祕的人兒呢，但無論如何，她是我們的好鄰居呵！

　　她自從認識我們以後，沒事便時常過來串門。她來的時候，多半是先到廚房，遇見一堆用過的鍋碗放在地板上，或水桶裡的水完了，她就不用吩咐地替我們洗碗打水。有時她還拿著些泡菜、辣椒粉之類零星物件送給我們。這種出乎我們意外的熱誠，不禁使我有些赧然。

　　當我沒有到日本以前，在天津大阪公司買船票時，為了一張八扣的優待券，——那是由北平日本公使館發出來的——同那個留著小鬍子的賣票員搗了許久的麻煩。最後還是拿到天津日本領事館的公函，他們這才照辦了。而買票後找錢的時候，只不過一角錢，那位含著狡獪面相的賣票員竟讓我們等了半點多鐘。當時我曾賭氣犧牲這一角錢，頭也不回地離開那裡。他們這才似乎有些過不去，連忙喊住我們，從桌子的抽屜裡拿出一角錢給我們。這樣尖酸刻薄的行為，無處不表現島國細民的小氣。真給我一個永世不會忘記的壞印象。

　　及至我們上了長城丸（日本船名）時，那兩個日本茶房也似乎帶著些

欺侮人的神氣。比如開飯的時候，他們總先給日本人開，然後才輪到中國人。至於那些同渡的日本人，有幾個男人嘴臉之間時時表現著夜郎自大的氣概，——自然也由於我國人太不爭氣的緣故。——那些日本女人呢，個個對於男人低首下心，柔順如一隻小羊。這雖然惹不起我們對她們的憤慨，卻使我們有些傷心，「世界上最沒有個性的女性呵，你們為什麼情願做男子的奴隸和傀儡呢！」我不禁大聲地喊著，可惜她們不懂我的話，大約以為我是個瘋子吧。

總之我對於日本人從來沒有好感，豺狼虎豹怎樣凶狠惡毒，你們是想像得出來的，而我也同樣地想像那些日本人呢。

但是不久我便到了東京，並且在東京住了兩個禮拜了。我就覺得我太沒出息——心眼兒太窄狹，日本人——在我們中國橫行的日本人，當然有些可恨，然而在東京我曾遇見過極和藹忠誠的日本人，他們對我們客氣，有禮貌，而且極熱心地幫忙，的確的，他們對待一個異國人，實在比我們更有理智更富於同情些。至於做生意的人，無論大小買賣，都是言不二價，童叟無欺，——現在又遇到我們的鄰居胖太太，那種慈和忠實的行為，更使我慚愧我的小心眼了。

我們的可愛的鄰居，每天當我們煮飯的時候，她就出現在我們的廚房門口。

「奧サン（太太）要水嗎？」柔和而熟習的聲音每次都激動我對她的感愧。她是怎樣無私的人兒呢！有一天晚上，我從街上次來，穿著一件淡青色的綢衫，因為時間已晏，忙著煮飯，也顧不得換衣服，同時又怕弄髒了綢衫，我就找了一塊白包袱權作圍裙，胡亂地紮在身上，當然這是有些不舒服的。正在這時候，我們的鄰居來了。她見了我這種怪樣，連忙跑到她

自己房裡，拿出一件她穿著過於窄小的白圍裙送給我，她說：「我現在胖了，不能穿這圍裙，送給你很好。」她說時，就親自替我穿上，前後端詳了一陣，含笑學著中國話道：「很好！很好！」

她胖大的身影，穿過遮住前面房屋的樹叢，漸漸地看不見了。而我手裡拿著炒菜的勺子，竟怔怔的如同失了魂。唉！我接受了她的禮物，竟忘記向她道謝，只因我接受了她的比衣服更可寶貴的仁愛，將我驚嚇住了；我深自懺悔，我知道世界上的人類除了一部分為利慾所沉溺的以外，都有著豐富的同情和純潔的友誼，人類的大部分畢竟是可愛的呵！

我們的鄰居，她再也想不到她在一些瑣碎的小事中給了我偌大的啟示吧。願以我的至誠向她祝福！

沐浴

說到人，有時真是個怪神祕的動物，總喜歡遮遮掩掩，不大願意露真相；尤其是女人，無時無刻不戴假面具，不管老少肥瘠，臉上需要脂粉的塗抹，身上需要衣服的裝扮，所以要想賞鑑人體美，是很不容易的。

有些藝術團體，因為畫圖需要模特兒，不但要花錢，而且還找不到好的，——多半是些貧窮的婦女，看白花花的洋錢面上，才不惜向人間現示色相，而她們那種不自然的姿勢和被物質壓迫的苦相，常常給看的人一種惡感，什麼人體美，簡直是怪肉麻的醜像。

至於那些上流社會的小姐太太們，若是要想從她們裡面發見人體美，只有從細紗軟綢中隱約的曲線裡去想像了。在西洋有時還可以看見半裸體的舞女，然而那個也還有些人工的裝點，說不上赤裸裸的。至於我們禮教森嚴的中國，那就更不用提了。明明是曲線豐富的女人身體，而束腰扎

胸，把個人弄得成了泥塑木雕的偶像了。所以我從來也不曾夢想賞鑑各式各樣的人體美。

但是，當我來到東京的第二天，那時正是炎熱的盛夏，全身被汗水沸溢，加之在船上悶了好幾天，這時要是不洗澡，簡直不能忍受下去。然而說到洗澡，不由得我蹙起雙眉，為難起來。

洗澡，本是平常已極的事情，何至於如此嚴重？然而日本人的習慣有些別緻。男人女人對於身體的祕密性簡直沒有。在大街上，可以看見穿著極薄極短的衫褲的男人和赤足的女人。有時從玻璃窗內可以看見赤身露體的女人，若無其事似的，向街上過路的人們注視。

他們的洗澡堂，男女都在一處，雖然當中有一堵板壁隔斷了，然而許多女人脫得赤條條的在一個湯池裡沐浴，這在我卻真是有生以來破題兒第一遭的經驗。這不能算不是一個大難關吧。

「去洗澡吧，天氣真熱！」我首先焦急著這麼提議。好吧，拿了澡布，大家預備走的時候，我不由得又躊躇起來。

「呵，陳先生，難道日本就沒有單間的洗澡房嗎？」我向領導我們的陳先生問了。

「有，可是必須到大旅館去開個房間，那裡有西式盆湯，不過每次總要三、四元呢。」

「三、四元！」我驚奇地喊著，「這除非是資本家，我們哪裡洗得起。算了，還是去洗公共盆湯吧。」

陳先生在我決定去向以後，便用安慰似的口吻向我道：「不要緊的，我們初來時也覺著不慣，現在也好了。而且非常便宜，每人只用五分錢。」

　　我們一路談著，沒有多遠就到了。他們進了左邊門的男湯池去。我呢，也只得推開女湯池這邊的門，呵，真是奇觀，十幾個女人，都是一絲不掛的在屋裡。我一面脫鞋，一面躊躇，但是既到了這裡，又不能作唐明皇光著眼看楊太真沐浴，只得勉強脫了上身的衣服，然後慢慢地脫襯裙襪子，……先後總費了五分鐘，這才都脫完了。急忙拿著一塊極大的洗澡手巾，連遮帶掩地跳進溫熱的湯池裡，深深地沉在裡面，只露出一個頭來。差不多泡了一刻鐘，這才出來，找定了一個角落，用肥皂亂擦了一遍，又跳到池子裡洗了洗。就算完事大吉。等到把衣服穿起時，我不禁噓了一口長氣，嚴緊的心脈才漸漸地舒暢了。於是悠然自得地慢慢穿襪子。同時抬眼看著那些浴罷微帶嬌慵的女人們，她們是多麼自然的，對著亮晶晶的壁鏡理髮擦臉，抹粉塗脂，這時候她們依然是一絲不掛，並且她們忽而起立，忽而坐下，忽而一條腿豎起來半跪著，各式各樣的姿勢，無不運用自如。我在旁邊竟得飽覽無餘。這時我覺得人體美有時候真值得歌頌，── 那細膩的皮膚，豐美的曲線，圓潤的足趾，無處不表現著天然的藝術。不過有幾個雞皮鶴髮的老太婆，滿身都是瘢皺的，那還是披上一件衣服遮醜好些。

　　我一面賞鑑，一面已將襪子穿好，總不好意思再坐著呆著。只得拿了手巾和換下來的衣服，離開這現示女人色相的地方了。

　　在回家的路上，我的神經似乎有些興奮，我想到人間種種的束縛，種種的虛偽，據說這些是歷來的聖人給我們的禮賜 ── 尤其嚴重的是男女之大防，然而日本人似乎是個例外。究竟誰是更幸福些呢？

櫻花樹頭

◇◇◇◇◇◇◇◇◇◇◇◇◇

春天到了，人人都興高采烈盼望看櫻花，尤其是一個初到日本留學的青年，他們更是渴慕著名聞世界的蓬萊櫻花，那紅豔如天際火雲，燦爛如黃昏晚霞的色澤真足使人迷戀呢。

在一個黃昏裡，那位豐姿翩翩的青年，抱著書包，懶洋洋地走回寓所，正在門口脫鞋的時候，只見那位房東西川老太婆接了出來，行了一叩首的敬禮後便說道：「陳樣（日本對人之尊稱）回來了，樓上有位客人在等候你呢！」那位青年陳樣應了一聲，便匆匆跑上樓去，果見有一人坐在矮几旁翻《東方雜誌》呢，聽見陳樣的腳步聲便回過頭叫道：

「老陳！今天回來得怎麼這樣晚呀？」

「老張，你幾時來的？我今天因為和一個朋友打了兩盤球，所以回來遲些。有什麼事？我們有好久不見了。」

那位老張是個矮胖子，說話有點土腔，他用勁地說道：

「沒有……什麼大事，……只是……現在天氣很，── 好！櫻花有的都開了，昨天一個日本朋友 ── 提起來，你大概也認得 ── 就是長澤一郎，他家裡有兩棵大櫻花已開得很好……他請我們明天一早到他家裡去看花，你去不？」

「哦，這麼一回事呀！那當然奉陪。」

老張跟著又嘻嘻笑道：「他家還有……很好看的漂亮姑娘呢！」

「你這個東西，真太不正經了。」老陳說。

「怎麼太不正經呀！」老張滿臉正色地說。

「得了！得了！那是人家的女眷，你開什麼玩笑，不怕長澤一郎惱

你！」老陳又說。

老張露著輕薄的神色笑道：

「日本的女兒，生來就是替男人開……心的呀！在他們德川時代，哪一個將軍不是把酒與女人看成兩件消遣品呢？你不要發痴了，要想替日本女人樹貞節坊，那真是太開玩笑了！」

老陳一面蹙眉一面搖頭道：「咳！這是怎麼說，老張簡直愈變愈下流了……正經地說吧，明天我們怎麼樣去法？」

老張眯著眼想了想道：「明早七點鐘我來找你同去好了。」

「好吧！」老陳道：「你今天在這裡吃晚飯吧！」

「不！」老張站起來說：「我還要去……看一個朋友，……不打攪你了，明天會吧？」

「明天會！」老陳把老張送到門口回來，吃了晚飯，看了幾頁書，又寫了兩封家信就去睡了。

第二天七點鐘時，老張果然跑來了。他們穿好衣服便一同到長澤一郎家裡去，走到門口已看見兩棵大櫻花樹，高出牆頭，那上面花蕊異常稠密，現在只開了一小部分，但是已經很動人了。他們敲了兩下門，長澤一郎已迎了出來，請他們在一間六鋪席的客堂裡坐下。不久，有一個十四五歲的女郎托著一個花漆的茶盤，裡面放著三盞新茶，中間還有一把細磁的小巧茶壺放在他們圍坐著的那張小矮几上，一面恭恭敬敬地說了一聲：「諸位請用茶。」那聲音嬌柔極了，不禁使老陳抬起頭來，只見那女孩頭上盤著鬆鬆的墜馬髻，一張長圓形的臉上，安置著一個端正小巧的鼻子，鼻梁兩旁一雙日本人特有的水秀細長的眼睛，兩片如花瓣的唇含著馴良的微笑 ── 老陳心裡暗暗地想道：這個女孩倒不錯，只因初次見面不好意思

有什麼表示。但是老張卻張大了眼睛，看著那女孩嘻嘻地笑道：「呵！這位貴娘的相貌真漂亮！」

長澤一郎道：「多謝張樣誇獎，這是我的小舍妹，今年才十四歲，年紀還小呢，她還有一個阿姊比她大四歲……」長澤一郎得意揚揚地誇說她的妹子，同時又看了陳樣一眼，向老張笑了笑。老張便向他擠眉弄眼的暗傳消息。

長澤一郎敬過茶後便站起來道：「我們可以到外面去看櫻花吧！」

他們三個一同到了長澤一郎的小花園裡，那是一個頗小而布置得有趣的花園：有玫瑰茶花的小花畦，在花畦旁還有幾塊假山石。長澤一郎同老張走到假山後面去了。這裡只剩下老陳。他站在櫻花樹下，仰著頭向上看時，只聽見一陣推開玻璃窗的聲音，跟著樓窗旁露出一個十八、九歲少女的艷影。她身上穿著一件淡綠色大花朵的和服，腰間繫了一根藕荷色的帶子，背上背著一個繡花包袱，那面龐兒和適才看見的那個小女孩有些相像，但是比她更艷麗些。有一枝櫻花正伸在玻璃窗旁，那女郎便伸出纖細而白嫩的手摘了一朵半開的櫻花，放在鼻旁嗅了嗅，同時低頭向老陳嫣然一笑。這真使老陳受寵若驚，連忙低下頭裝作沒理會般。但是覺得那一剎那的印象竟一時抹不掉，不由自主地又抬起頭來，而那個捻花微笑的女孩似乎害羞了，別轉頭去吃吃地笑，這些做作更使老陳靈魂兒飛上半天去了，不過老陳是一個很有操守的青年，而且他去年暑假才同他的愛人結婚，—— 這一個誘惑其勢來得太凶，使老陳不敢兜攬，趕緊懸崖勒馬，離開這個危險的處所，去找老張他們。

走到假山後，正見他們兩人坐在一張長凳上，見他來了，長澤一郎連忙站起來讓坐，一面含笑說道：「陳樣看過櫻花了嗎？覺得怎麼樣？」

老陳應道：「果然很美麗，尤其遠看更好，不過沒有梅花香味濃厚。」

「是的，櫻花的好看只在它那如荼如火的富麗，再過幾天我們可以到上野公園去看，那裡櫻花非常多，要是都開了，倒很有看頭呢。」長澤一郎非常熱烈地說著。

「那麼很好，哪一天先生有工夫，我們再來相約吧。我們打擾了一早晨，現在可要告別了。」

「陳樣事情很忙吧！那麼我們再會吧！」

「再會！」老張老陳說著就離開了長澤一郎家裡。在路上的時候，老張嬉皮笑臉地向老陳說道：

「名花美人兩爭豔，到底是哪一個更動心些呢？」老陳被他這一奚落不覺紅了臉道：「你滿嘴裡胡說些什麼？」

「得了！別裝腔吧！適才我們走出門的時候，還看見人家美目流盼的在送你呢？你唸過詞沒有 ──『若問行人去哪邊，眉眼盈盈處』。真算是為你們寫真了。」

老陳急得連頸都紅了道：「你真是無中生有，越說越離奇，我現在還要到圖書館去，沒工夫和你鬥口，改日閒了，再同你慢慢地算帳呢！」

「好吧！改天我也正要和你談談呢，那麼這就分手 ──好好的當心你的桃花運！」老張狡獪地笑著往另一條路上去了。老陳就到圖書館裡看了兩點多鐘的書，在外面吃過午飯後才回到寓所，正好他的妻子的信到了，他非常高興拆開讀後，便急急地寫回信，寫到正中，忽然間停住筆，早晨那一齣劇景又浮上在心頭，但是最後他只歸罪於老張的愛開玩笑，一切都只是偶然的值不得什麼。這麼一想，他的心才安定下來，把其餘的半封信續完，又看了些時候的書，就把這天混過去了。第二天是星期一，老早便

起來到學校去，走到半路的時候，他忽然想起他到學校去的那條路是要經過長澤一郎的門口的，當他走到長澤一郎家的圍牆時，那兩棵櫻花樹枝在溫暖的春風裡微微向他點頭，似乎在說「早安呵，先生！」這不禁使他站住了。正在這時候，那樓窗上又露出一張熟識的女郎笑靨來，那女郎向他微微點著頭，同時伸手折了一枝盛開的櫻花含笑地扔了下來，正掉在老陳的腳旁，老陳躊躇了一下，便撿了起來說了一聲「謝謝，」又急急地走了。隱隱還聽見女郎關玻璃窗的聲音，老陳一路走一路捉摸，這果真是偶然嗎？但是怎麼這樣巧，有意嗎？太唐突人了。不過老張曾說過日本女人是特別馴良，是特別沒有身分的，也許是有意吧？管她呢，有意也罷，無意也罷，縱使「小」姑居處本無郎，而「使君自有婦」……或者是我神經過敏，那倒冤枉了人家，不過魔由自招，我明天以後換條路走好了。

過了三、四天，老張又來找他，一進門便嚷道：

「老陳！你真是紅鸞星照命呵！恭喜恭喜！」

「喂！老張，你真沒來由，我哪裡又有什麼紅鸞星照命，你不知道我已經結過婚嗎？」

「自然！你結婚的時候還請我喝過喜酒，我無論如何不會把這件事忘了，可是誰叫你長得這麼漂亮，人家一定要打你的主意，再三央告我做個媒，你想我受人之託怎好不忠人之事呢！」

「難道你不會告訴他我已經結過婚了嗎？」老陳焦急地說。

「唉！我怎麼沒說過啊，不過人家說你們中國人有的是三房四妾，結過婚，再結一個又有什麼要緊。只要分開兩處住，不是也很好的嗎？」老張說了這一番話，老陳更有些不耐煩了，便道：「老張，你這個人的思想竟是越來越落伍，這個三妻四妾的風氣還應當保持到我們這種時代來嗎？

難道你還主張不要愛情的婚姻嗎？你知道愛情是要有專一的美德的啊！」

「老陳，你慢慢的，先別急得臉紅筋暴，做媒只管做，允不允還在你。其實我早就知道這事一定是碰釘子的，不過我要你相信我一向的話——日本女人是太沒個性，沒身分的，你總以為我刻薄。就拿你這回事說吧，長澤一郎為什麼要請你看櫻花，就是想叫你和他的妹妹見面。他很知道青年人是最易動情的，所以他讓他妹妹向你賣盡風情，要使這婚事易於成功……」

「哦！原來如此啊！怪道呢！……」

「你現在明白了吧！」老張插言道：「日本人家裡只要有女兒，他便逢人就宣傳這個女兒怎樣漂亮，怎樣賢慧，好像買賣人宣傳他的貨品一樣，唯恐銷不出去。尤其是他們覺得嫁給中國留學生是一個最好的機會，因為留學生家裡多半有錢，而且將來回國後很容易得到相當的地位，並且中國女人也比較自由舒服。有了這些優點，他情願把女兒給中國人做妾，而不願為本國人的妻。所以留學生不和日本女人發生關係的可以說是很難得，而他們對於女人的貞操又根本沒有這個觀念。日本女人的性的解放在世界上可算首屈一指了，並且和她們發生關係之後，只要不生小孩，你便可以一點責任不負地走開，而那個女孩依然可以光明正大地嫁人。其實呢，講到貞操本應男女兩方面共同遵守才公平。如像我們中國人，專責備女人的貞操而男子眠花宿柳養情婦都不足為怪，倘使哪個女孩失去處女的貞潔便終身要為人所輕視，再休想抬頭，這種殘酷的不平等的習慣當然應當打破。不過像日本女人那樣毫沒有處女神聖的情感和尊嚴，也是太可怕的。哼！我是來做媒的，誰知道打開話匣子便不知說到哪裡去了。怎麼樣，你是絕對否認的，是不是？」

「當然否認！那還成問題嗎？」

「那麼我的喜酒是喝不成了。好吧，讓我給他一個回話，免得人家盼望著。」

「對了！你快些去吧！」

老張走後，老陳獨自睡在地席上看著玻璃窗上靜默的陽光，不禁把這件出乎意料的滑稽劇從頭到尾想了一遍，心頭不免有些不痛快。女權的學說儘管像海潮般湧了起來，其實只是為人類的歷史裝些好看的幌子，誰曾受到實惠？—— 尤其是日本女人，到如今還只幽囚在十八層的地獄裡呵！難怪社會永遠呈露著畸形的病態了！……

那個怯弱的女人

我們隔壁的那所房子，已經空了六、七天了。當我們每天打開窗子晒陽光時，總有意無意地往隔壁看看。有時我們並且討論到未來的鄰居，自然我們希望有中國人來住，似乎可以壯些膽子，同時也熱鬧些。

在一天的下午，我們正坐在窗前讀小說，忽見一個將近三十歲的男子經過我們的窗口，到後邊去找那位古銅色面容而身體胖大的女僕說道：

「哦！大嬸，那所房子每月要多少房租啊？」

「先生！你說是那臨街的第二家嗎？每月十六元。」

「是的，十六元，倒不貴，房主人在這裡住嗎？」

「你看那所有著綠頂白色牆的房子，便是房主人的家；不過他們現在都出去了。讓我引你去看看吧！」

那個男人同著女僕看過以後，便回去了。那女僕經過我們的窗口，我

不覺好奇地問道：

「方才租房子的那個男人是誰？日本人嗎？」

「哦！是中國人，姓柯……他們夫婦兩個。……」

「他們已決定搬來嗎？」

「是的，他們明天下午就搬來了。」

我不禁向建微笑道：「是中國人多好呵？真的，從前在國內時，我不覺得中國人可愛，可是到了這裡，我真渴望多看見幾個中國人！……」

「對了！我也有這個感想；不知怎麼的他們那副輕視的狡猾的眼光，使人看了再也不會舒服。」

「但是，建，那個中國人的樣子，也不很可愛呢，尤其是他那撅起的一張嘴唇，和兩頰上的橫肉，使我有點害怕。倘使是那位溫和的陳先生搬來住，又是多麼好！建，我真感覺得此地的朋友太少了，是不是？」

「不錯！我們這裡簡直沒有什麼朋友，不過慢慢的自然就會有的，比如隔壁那家將來一定可以成為我們的朋友！……」

「建，不知他的太太是哪一種人？我希望她和我們談得來。」

「對了！不知道他的太太又是什麼樣子？不過明天下午就可以見到了。」

說到這裡，建依舊用心看他的小說；我呢，只是望著前面綠森森的叢林，幻想這未來的鄰居。但是那些太沒有事實的根據了，至終也不曾有一個明瞭的模型在我腦子裡。

第二天的下午，他們果然搬來了，汽車夫扛著沉重的箱籠，喘著放在地席上，發出些許的呼聲。此外還有兩個男人說話和布置東西的聲音。但是還不曾聽見有女人的聲音，我悄悄從竹籬縫裡望過去，只看見那個姓柯

的男人，身上穿了一件灰色的絨布襯衫，鼻梁上架了一副羅克式的眼鏡，額前的頭髮蓬蓬的蓋到眼皮，他不時用手往上梳掠，那嘴唇依然撅著，兩頰上一道道的橫肉，依然惹人害怕。

「建，奇怪，怎麼他的太太還不來呢？」我轉回房裡對建這樣說。建正在看書，似乎不很注意我的話，只「哦」了聲道：「還沒來嗎？」

我見建的神氣是不願意我打攪他，便獨自走開了。藉口晒太陽，我便坐到窗口，正對著隔壁那面的竹籬笆。我只怔怔地盼望柯太太快來。不久，居然看見門前走進一個二十多歲的少婦；穿著一件紫色底子上面有花條的短旗袍，腳上穿的是一雙黑色高跟皮鞋，剪了髮，向兩邊分梳著。身子很矮小，樣子也長得平常，不過比柯先生要算強點。她手裡提了一個白花布的包袱，走了進來。她的影子在我眼前撩過去以後，陡然有個很強烈的印象黏在我的腦膜上，一時也抹不掉。 —— 這便是她那雙不自然的腳峰，和她那種移動呆板直撅的步法，彷彿是一個裝著高腳走路的，木硬無生氣。這真夠使人不痛快。同時在她那臉上，近俗而簡單的表情裡，證明她只是一個平凡得可以的女人，很難引起誰對她發生什麼好感，我這時真是非常的掃興！

建，他現在放了書走過來了。他含笑說：

「隱，你在思索什麼？……隔壁的那個女人來了嗎？」

「來是來了，但是呵……」

「但是怎麼樣？是不是樣子很難惹？還是過分的俗不可耐呢？」

我搖頭應道：「難惹倒不見得，也許還是一個老好人。然而離我的想像太遠了，我相信我永不會喜歡她的。真的！建，你相信嗎？我有一種可以自傲的本領，我能在見任何人的第一面時，便已料定那人和我將來的友

誼是怎樣的。我舉不出什麼了不起的理由；不過最後事實總可以證明我的直覺是對的。」

建聽了我的話，不回答什麼，只笑笑，仍回到他自己的屋子裡去了。

我的心怏怏的，有一點思鄉病。我想只要我能回到那些說得來的朋友面前，便滿足了。我不需要更多認識什麼新朋友，鄰居與我何干？我再也不願關心這新來的一對，彷彿那房子還是空著呢！

幾天平平安安的日子過去了。大家倒能各自滿意。忽然有一天，大約是星期一吧，我因為星期日去看朋友，回來很遲；半夜裡肚子痛起來，星期一早晨便沒有起床。建為了要買些東西，到市內去了。家裡只剩我獨自一個，靜悄悄地正是好睡。陡然一個大鬧聲，把我從夢裡驚醒，竟自出了一身冷汗。我正在心跳著呢，那鬧聲又起來了。先是砰磅砰磅地響，彷彿兩個東西在撲跌；後來就聽見一個人被捶擊的聲音，同時有女人尖銳的哭喊聲：

「哎唷！你打死人了！打死人了！」

呀！這是怎樣可怕的一個暴動呢？我的心更跳得急，汗珠兒沿著兩頰流下來，全身打顫。我想，「打人……打死人了！」唉！這是多麼嚴重的事情？然而我沒有膽量目擊這個野蠻的舉動。但隔壁女人的哭喊聲更加淒厲了。怎麼辦呢？我聽出是那個柯先生在打他矮小的妻子。不問誰是有理，但是女人總打不過男人；我不覺有些憤怒了。大聲叫道：「野蠻的東西！住手！在這裡打女人，太不顧國家體面了呀！……」但是他們的打鬧哭喊聲竟壓過我這微弱的呼喊。我正在想從被裡跳起來的時候，建正好回來了。我便叫道：「隔壁在打架，你快去看看吧！」建一面躊躇，一面自言自語道：「這算是幹什麼的呢？」我不理他，又接著催道：「你快去呀！你聽，

那女人又在哭喊打死人了！……」建被我再三催促，只得應道：「我到後面找那個女僕一同去吧！我也是奈何不了他們。」

不久就聽見那個老女僕的聲音道：「柯樣！這是為什麼？不能，不能，你不可以這樣打你的太太！」捶擊的聲音停了，只有那女人嗚咽悲涼的高聲哭著。後來彷彿聽見建在勸解柯先生，——叫柯先生到外面散散步去。——他們兩人走了。那女人依然不住聲地哭。這時那女僕走到我們這邊來了，她滿面不平道地：「柯樣不對！……他的太太真可憐！……你們中國也是隨便打自己的妻子嗎？」

「不！」我含羞地說道：「這不是中國上等人能做出來的行為，他大約是瘋子吧！」老女僕嘆息著走了。

隔壁的哭聲依然繼續著，使得我又煩躁又苦悶。掀開棉被，坐起來，披上一件大衣，把頭髮攏攏，就跑到隔壁去。只見那位柯太太睡在四鋪地席的屋裡，身上蓋著一床紅綠道的花棉被，兩淚交流的哭著。我坐在她身旁勸道：「柯太太，不要傷心了！你們夫妻間有什麼不了的事呢？」

「哎唷！黃樣，你不知道，我真是一個苦命的人呵！我的歷史太悲慘了，你們是寫小說的人，請你們替我寫寫。哎！我是被人騙了喲！」

她無頭無尾地說了這一套，我簡直如墮入五里霧中，只怔怔地望著她，後來我就問她道：

「難道你家裡沒有人嗎？怎麼他們不給你做主？」

「唉！黃樣，我家裡有父親，母親，還有哥哥嫂嫂，人是很多的。不過這其中有一個緣故，就是我小的時候我父親替我定下了親，那是我們縣裡一個土財主的獨子。他有錢，又是獨子，所以他的父母不免太縱容了他，從小就不好生讀書，到大了更是吃喝嫖賭不成材料。那時候我正在中

學讀書，知識一天一天開了。漸漸對於這種婚姻不滿意。到我中學畢業的時候，我就打算到外面來升學。同時我非常不滿意我的婚姻，要請求取消婚約。而我父親認為這個婚姻對於我是很幸福的，就極力反對。後來我的兩個堂房侄兒，他們都是受過新思潮洗禮的，對於我這種提議倒非常表同情。並且答應幫助我，不久他們到日本來留學，我也就隨後來了。那時日本的生活，比現在低得多，所以他們每月幫我三、四十塊錢，我倒也能安心讀書。」

「但是不久我的兩個侄兒都不在東京了。一個回國服務，一個到九洲進學校去了。只剩下我一個人在東京。那時我是住在女生寄宿舍裡。當我侄兒臨走的時候，他便託付了一位同鄉照應我，就是柯先生，所以我們便常常見面，並且我有什麼疑難事，總是去請教他，請他幫忙。而他也非常殷勤地照顧我。唉！黃樣！你想我一個天真爛漫的女孩，哪裡有什麼經驗？哪裡猜到人心是那樣險詐？……」

「在我們認識了幾個月之後，一天，他到寄宿舍來看我，並且約我到井之頭公園去玩。我想同個朋友出去逛逛公園，也是很平常的事，沒有理由拒絕人家，所以我就和他同去了。我們在井之頭公園的森林裡的長椅上坐下，那裡是非常寂靜，沒有什麼遊人來往，而柯先生就在這種時候開始向我表示他對我的愛情。—— 唉！說的那些肉麻話，到現在想來，真要臉紅。但在那個時候，我純潔的童心裡是分別不出什麼的，只覺得承他這樣的熱愛，是應當有所還報的。當他要求和我接吻時，我就對他說：『我一個人跑到日本來讀書，現在學業還沒有成就，哪能提到婚姻上去？即使要提到這個問題，也還要我慢慢想一想；就是你，也應當仔細思索思索。』他聽了這話，就說道：『我們認識已經半年了，我認為對你已十分了解，難道你還不了解我嗎？……』那時他仍然要求和我接吻，我說你一定要吻

就吻我的手吧；而他還是堅持不肯。唉，你想我一個弱女子，怎麼強得過他，最後是被他占了勝利，從此以後，他向我追求得更加厲害。又過了幾天，他約我到日光去看瀑布，我就問他：『當天可以回來嗎？』他說：『可以的。』因此我毫不遲疑的便同他去了。誰知在日光玩到將近黃昏時，他還是不肯回來，看看天都快黑了，他才說：『現在已沒有火車了，我們只好在這裡過夜吧！』我當時不免埋怨他，但他卻做出種種哀求可憐的樣子，並且說：『倘使我再拒絕他的愛，他立即跳下瀑布去。』唉！這些恐嚇欺騙的話，當時我都認為是愛情的保障，後來我就說：『我就算答應你，也應當經過正當的手續呵！』他於是就發表他對於婚姻制度的意見，極力毀詆婚姻制度的壞習，結局他就提議我們只要兩情相愛，隨時可以共同生活。我就說：『倘使你將來負了我呢？』他聽了這話立即發誓賭咒，並且還要到鐵鋪裡去買兩把鋼刀，各人拿一把，倘使將來誰背叛了愛情，就用這刀取掉誰的生命。我見這種信誓旦旦的熱烈情形，簡直不能再有所反對了，我就說：『只要你是真心愛我，那倒用不著耍刀弄槍的，不必買了吧！』他說，『只要你允許了我，我就一切遵命。』」

「這一夜我們就找了一家旅館住下，在那裡我們私自結了婚。我處女的尊嚴，和未來的光明，就在沉醉的一霎那中失掉了。」

「唉！黃樣……」

柯太太述說到這裡，又禁不住哭了。她嗚咽著說：「從那夜以後，我便在淚中過日子了！因為當我同他從日光回來的時候，他仍叫我回女生寄宿舍去，我就反對他說：『那不能夠，我們既已結了婚，我就不能再回寄宿舍去過那含愧疚心的生活。』他聽了這話，就變了臉說：『你知道我只是一個學生，雖然每月有七、八十元的官費，但我還須供給我兄弟的費用。』在這種情形之下，我不免氣憤道：『柯泰南，你是個男子漢，娶了妻

子能不負養活的責任嗎？當時求婚的時候，你不是說我以後的一切事都由你負責嗎？』他被我問得無言可答，便拿起帽子走了，一去三、四天不回來，後來由他的朋友出來調停，才約定在他沒有畢業的時候，我們的家庭經濟由兩方彼此分擔——在那時節我侄兒還每月寄錢來，所以我也就應允了。在這種條件之下，我們便組織了家庭。唉！這只是變形的人間地獄呵，在我們私自結婚的三個月後，我家裡知道這事，就寫信給我，叫我和柯泰南非履行結婚的手續不可。同時又寄了一筆款作為結婚時的費用；由我的侄兒親自來和柯辦交涉。柯被迫無法，才勉強行過結婚禮。在這事發生以後，他對我更壞了。先是罵，後來便打起來了。哎！我頭一個小孩怎麼死的呵？就是因為在我懷孕八個月的時候，他把我打掉了的。現在我又已懷孕兩個月了，他又是這樣將我毒打。你看我手臂上的傷痕！」

柯太太說到這裡，果然將那紫紅的手臂伸給我看。我禁不住一陣心酸，也陪她哭起來。而她還在繼續地說道：「唉！還有多少的苦楚，我實在沒心腸細說。你們看了今天的情形，也可以推想到的。總之，柯泰南的心太毒，到現在我才明白了，他並不是真心想跟我結婚，只不過拿我耍耍罷了！」

「既是這樣，你何以不自己想辦法呢？」我這樣對她說了。

她哭道：「可憐我自己一個錢也沒有！」

我就更進一步地對她說道：「你是不是真覺得這種生活再不能維持下去？」

她說：「你想他這種狠毒，我又怎麼能和他相處到老？」

「那麼，我可要說一句不客氣的話了，」我說，「你既是在國內受過相當的教育，自謀生計當然也不是絕對不可能，你就應當為了你自身的幸

福，和中國女權的前途，具絕大的勇氣，和這惡魔的環境奮鬥，乾脆找個出路。」

她似乎被我的話感動了，她說：「是的，我也這樣想過，我還有一個堂房的姊姊，她在京都，我想明天先到京都去，然後再和柯泰南慢慢地說話！」

我握住她的手道：「對了！你這個辦法很好！在現在的時代，一個受教育有自活能力的女人，再去忍受從前那種無可奈何的侮辱，那真太沒出息了。我想你也不是沒有思想的女人，縱使離婚又有什麼關係？倘使你是決定了，有什麼用著我幫忙的地方，我當盡力！……」

說到這裡，建和柯泰南由外面散步回來了。我不便再說下去，就告辭走了。

這一天下午，我看見柯太太獨自出去了，直到深夜才回來。第二天我趁柯泰南不在家時，走過去看她，果然看見地席上擺著捆好的行李和箱籠，我就問道：「你吃了飯嗎？」

她說：「吃過了，早晨剩的一碗粥，我隨便吃了幾口。唉！氣得我也不想吃什麼！」

我說：「你也用不著自己戕賊身體，好好地實行你的主張便了。你幾時走？」

她正伏在桌上寫行李上的小牌子，聽見我問她，便抬頭答道：「我打算明天乘早車走！」

「你有路費嗎？」我問她。

「有了，從這裡到京都用不了多少錢，我身上還有十來塊錢。」

「希望你此後好好努力自己的事業，開闢一個新前途，並希望我們能

常通消息。」我對她說到這裡，只見有一個男人來找她，——那是柯泰南的朋友，他聽見他們夫妻決裂，特來慰問的。我知道再在那裡不便，就辭了回來。

　　第二天我同建去看一個朋友，回來的時候，已經下午七點了。走過隔壁房子的門外，忽聽有四、五個人在談話，而那個捆好了行李，決定今早到京都去的柯太太，也還是談話會中之一員。我不免低聲對建說：「奇怪，她今天怎麼又不走了？」

　　建說：「一定他們又講和了！」

　　「我可不能相信有這樣的事！並不是兩個小孩子吵一頓嘴，隔了會兒又好了！」我反對建的話。但是建冷笑道：「女孩兒有什麼膽量？有什麼獨立性？並且說實在話，男人離婚再結婚還可以找到很好的女子，女人要是離婚再嫁可就難了！」

　　建的話何嘗不是實情，不過當時我總不服氣，我說：「從前也許是這樣，可是現在的時代不是從前的時代呵！縱使一輩子獨身，也沒有什麼關係，總強似受這種的活罪。哼！我不瞞你說，要是我，寧願給人家去當一個傭人，卻不甘心受他的這種凌辱而求得一碗飯吃。」

　　「你是一個例外；倘使她也像你這麼有志氣，也不至於被人那樣欺負了。」

　　「得了，不說吧！」我攔住建的話道：「我們且去聽聽他們開的什麼談判。」

　　似乎是柯先生的聲音，說道：「要叫我想辦法，第一種就是我們乾脆離婚。第二種就是她暫時回國去；每月生活費，由我寄日金二十元，直到她分娩兩個月以後為止。至於以後的問題，到那時候再從長計議。第三種

就是仍舊維持現在的樣子，同住下去，不過有一個條件，我的經濟狀況只是如此，我不能有豐富的供給，因此她不許找我麻煩。這三種辦法隨她選一種好了。」

但是沒有聽見柯太太回答什麼，都是另外諸個男人的聲音，說道：「離婚這種辦法，我認為你們還不到這地步。照我的意思，還是第二種比較穩當些。因為現在你們的感情雖不好，也許將來會好，所以暫時隔離，未嘗沒有益處，不知柯太太的意思以為怎樣？……」

「你們既然這樣說，我就先回國好了。只是盤費至少要一百多塊錢才能到家，這要他替我籌出來。」

這是柯太太的聲音，我不禁唉了一聲。建接著說：「是不是女人沒有獨立性？她現在是讓步了，也許將來更讓一步，依舊含著苦痛生活下去呢！……」

我也不敢多說什麼了，因為我也實在不敢相信柯太太做得出非常的舉動來，我只得自己解嘲道：「管她三七二十一，真是吹皺一池春水，干卿底事？……我們去睡了吧。」

他們的談判直到夜深才散。第二天我見著柯太太，我真有些氣不過，不免譏諷她道：「怎麼昨天沒有走成呢？柯太太，我還認為你已到了京都呢！」她被我這麼一問，不免紅著臉說：「我已定規月底走！……」

「哦，月底走！對了，一切的事情都是慢慢的預備，是不是？」她真羞得抬不起頭來，我心想饒了她吧，這只是一個怯弱的女人罷了。

果然建的話真應驗了，已經過了兩個多月，她還依然沒走。

「唉！這種女性！」我最後發出這樣嘆息了，建卻含著勝利的笑……

柳島之一瞥

　　我到東京以後，每天除了上日文課以外，其餘的時間多半花在漫遊上。並不是一定自命作家，到處采風問俗，只是為了滿足我的好奇心；同時又因為我最近的三、四年裡，困守在舊都的灰城中，生活太單調，難得有東來的機會，來了自然要盡量地享受了。

　　人間有許多祕密的生活，我常抱有採取各種祕密的野心。但據我想像最祕密而且最足以引起我好奇心的，莫過於娼妓的生活。自然這是因為我沒有逛妓女的資格，在那些慣於章臺走馬的王孫公子們看來，那又算得什麼呢？

　　在國內時，我就常常夢想：哪一天化裝成男子，到妓館去看看她們輕顰淺笑的態度和紙迷金醉的生活，也許可以從那裡發見些新的人生。不過，我的身材太矮小，裝男子不夠格，又因為中國社會太頑固，不幸被人們發見，不一定疑神疑鬼地加上些什麼不堪的推測。我存了這個懷懼，絕對不敢輕試。—— 在日本的漫遊中，我又想起這些有趣的探求來。有一天早晨，正是星期日，補習日文的先生有事不來上課，我同建坐在六鋪席的書房間，秋天可愛的太陽，晒在我們微感涼意的身上；我們非常舒適地看著窗外的風景。在這個時候，那位喜歡遊逛的陸先生從後面房子裡出來，他兩手插在磨光了的斜紋布的褲袋裡，拖著木屐，走近我們書屋的窗戶外，向我們用日語問了早安，並且說道：「今天天氣太好了，你們又打算到哪裡去玩嗎？」

　　「對了，我們很想出去，不過這附近的幾處名勝，我們都走遍了，最好再發現些新的；陸樣，請你替我們作領導，好不好？」建回答說。

　　陸樣「哦」了一聲，隨即仰起頭來，向那經驗豐富的腦子裡，搜尋所

謂好玩的地方。而我忽然心裡一動，便提議道：「陸樣，你帶我們去看看日本娼妓生活吧！」

「好呀！」他說：「不過她們非到四點鐘以後是不做生意的，現在去太早了。」

「那不要緊，我們先到郊外散步，回來吃午飯，等到三點鐘再由家裡出發，不就正合適了嗎？」我說。建聽見我這話，他似乎有些詫異，他不說什麼，只悄悄地瞟了我一眼。我不禁說道：「怎麼，建，你覺得我去不好嗎？」建還不曾回答。而陸樣先說道：「那有什麼關係，你們寫小說的人，什麼地方都應當去看看才好。」建微笑道：「我並沒有反對什麼，她自己神經過敏了！」我們聽了這話也只好一笑算了。

午飯後，我換了一件西式的短裙和薄綢的上衣。外面罩上一件西式的夾大衣，我不願意使她們認出我是中國人。日本近代的新婦女，多半是穿西裝的。我這樣一打扮，她們絕對看不出我本來的面目。同時，陸樣也穿上他那件藍地白花點的和服，更可以混充日本人了。據陸樣說日本上等的官妓，多半是在新宿這一帶，但她們那裡門禁森嚴，女人不容易進去。不如到柳島去。那裡雖是下等娼妓的聚合所，但要看她們生活的黑暗面，還是那裡看得逼真些。我們都同意到柳島去。我的手錶上的短針正指在三點鐘的時候，我們就從家裡出發，到市外電車站搭車，——柳島離我們的住所很遠，我們坐了一段市外電車，到新宿又換了兩次的市內電車才到柳島。那地方似乎是東京最冷落的所在，當電車停在最後一站——柳島驛——的時候，我們便下了車。當前有一座白石的橋梁，我們經過石橋，沿著荒涼的河邊前進，遠遠看見幾根高矗雲霄的煙筒，據說那便是紗廠。在河邊接連都是些簡陋的房屋，多半是工人們的住家。那時候時間還早，工人們都不曾下工。街上冷冷落落的只有幾個下女般的婦人，在街市

上來往地走著。我雖仔細留心，但也不曾看見過一個與眾不同的女人。我們由河岸轉灣，來到一條比較熱鬧的街市，除了幾家店鋪和水果攤外，我們又看見幾家門額上掛著「待合室」牌子的房屋。那些房屋的門都開著，由外面看進去，都有一面高大的穿衣鏡，但是裡面靜靜的不見人影。我不懂什麼叫做「待合室」，便去問陸樣。他說，這種「待合室」專為一般嫖客，在外面釣上了妓女之後，便邀著到那裡去開房間。我們正在談論著，忽見對面走來一個姿容妖豔的女人，臉上塗著極厚的白粉，鮮紅的嘴唇，細彎的眉梢，頭上梳的是蟠龍髻；穿著一件藕荷色繡著鳳鳥的和服，前胸袒露著，同頭項一樣的僵白，真彷彿是大理石雕刻的假人，一些也沒有肉色的鮮活。她用手提著衣襟的下幅，姍姍地走來。陸樣忙道：「你們看，這便是妓女了。」我便問他怎麼看得出來。他說：「你們看見她用手提著衣襟嗎？她穿的是結婚時的禮服，因為她們天天要和人結婚，所以天天都要穿這種禮服，這就是她們的標識了。」

「這倒新鮮！」我和建不約而同地這樣說了。

穿過這條街，便來到那座「龜江神社」的石牌樓前面。陸樣告訴我們這座神社是妓女們燒香的地方，同時也是她們和嫖客勾誘的場合。我們走到裡面，果見正當中有一座廟，神龕前還點著紅蠟和高香，有幾個豔裝的女人在那裡虔誠頂禮呢。廟的四面布置成一個花園的形式，有紫藤花架，有花池，也有石鼓形的石凳。我們坐在石凳上休息，見來往的行人漸漸多起來，不久工廠放哨了，工人們三五成群從這裡走過。太陽也已下了山，天色變成淡灰，我們就到附近中國料理店吃了兩碗蕎麥麵，那時候已快七點半了。陸樣說：「正是時候了，我們去看吧。」我不知為什麼有些膽怯起來，我說：「她們看見了我，不會和我麻煩嗎？」陸樣說：「不要緊，我們不到裡面去，只在門口看看也就夠了。」我雖不很滿意這種辦法，可是我

也真沒膽子衝進去，只好照陸樣的提議做了。我們繞了好幾條街，好容易才找到目的地，一共約有五、六條街吧，都是一式的白木日本式的樓房，陸樣和建在前面開路，我像怕貓的老鼠般，悄悄怯怯地跟在他倆的後面。才走進那胡同，就看見許多階級的男人，——有穿洋服的紳士，有穿和服的浪游者；還有穿制服的學生和穿短衫的小販。人人臉上流溢著慾望的光焰，含笑地走來走去。我正不明白那些妓人都躲在什麼地方，這時我已來到第一家的門口了。那紙隔扇的木門還關著。但再一仔細看，每一個門上都有兩塊長方形的空隙處，就在那裡露出一個白石灰般的臉，和血紅的唇的女人的頭。誰能知道這時她們眼裡是射的哪種光？她們門口的電燈特別的陰暗，陡然在那淡弱的光線下，看見了她們故意做出的嬌媚和淫蕩的表情的臉；禁不住我的寒毛根根豎了起來。我不相信這是所謂人間，我彷彿曾經經歷過一個可怕的夢境：我覺得被兩個鬼卒牽到地獄裡來。在一處滿是膿血腥臭的院子裡，擺列著無數株豔麗的名花，這些花的後面，都藏著一個缺鼻爛眼，全身毒瘡潰爛的女人。她們流著淚向我望著，似乎要向我訴說什麼；我嚇得閉了眼不敢抬頭。忽然那兩個鬼卒，又把我帶出這個院子！在我回頭再看時，那無數株名花不見蹤影，只有成群男的女的骷髏，僵立在那裡。「呀！」我為驚怕發出慘厲的呼號，建連忙回頭問道：「隱，你怎麼了？……快看，那個男人被她拖進去了。」這時我神志已漸清楚，果然向建手所指的那個門看去，只見一個穿西服的男人，用手摸著那空隙處露出來的臉，便聽那女人低聲喊道：「請，哥哥……洋哥哥來玩玩吧！」那個男人一笑，木門開了一條縫，一隻纖細的女人的手伸了出來，把那個男人拖了進去。於是木門關上，那個空隙處的紙簾也放下來了，裡面的電燈也滅了。……

我們離開這條胡同，又進了第二條胡同，一片「請呵，哥哥來玩玩」

的聲音在空氣中震盪。假使我是個男人，也許要覺得這嬌媚的呼聲裡藏著可以滿足我慾望的快樂，因此而魂不守舍地跟著她們這聲音進去的吧。但是實際我是個女人，竟使那些嬌媚的呼聲變了色彩。我彷彿聽見她們在哭訴她們的屈辱和悲慘的命運。自然這不過是我的神經作用。其實呢，她們是在媚笑，是在挑逗，引動男人迷蕩的心。最後她們得到所要求的代價了。男人們如夢初醒地走出那座木門，她們重新在那裡招徠第二個主顧。我們已走過五條胡同了。當我們來到第六條胡同口的時候，看見第二家門口走出一個穿短衫的小販。他手裡提著一根白木棍，笑迷迷的，似乎還在那裡回味什麼迷人的經過似的。他走過我們身邊時，向我看了一眼，臉上露出驚詫的表情，我連忙低頭走開。但是最後我還逃不了挨罵。當我走到一個沒人照顧的半老妓女的門口時，她正伸著頭在叫「來呵！可愛的哥哥，讓我們快樂快樂吧！」一面她伸出手來要拉陸樣的衣袖。我不禁「呀」了一聲，──當然我是怕陸樣真被她拖進去，那真太沒意思了。可是她被我這一聲驚叫，也嚇了一跳，等到仔細認清我是個女人時，她竟惱羞成怒地罵起我來。好在我的日本文不好，也聽不清她到底說些什麼，我只叫建快走。我逃出了這條胡同，便問陸樣道：「她到底說些什麼？」陸樣道：「她說你是個摩登女人，不守婦女清規，也跑到這個地方來逛，並且說你有膽子進去嗎？」這一番話，說來她還是存著忠厚呢！我當然不願怪她，不過這一來我可不敢再到裡邊去了。而陸樣和建似乎還想再看看。他們說：「沒關係，我們既來了，就要看個清楚。」可是我極力反對，他們只好隨我回來了。在歸途上，我問陸樣對於這一次漫遊的感想，他說：「當我頭一次看到這種生活時，的確心裡有些不舒服；不過看過幾次之後，也就沒有什麼了。」建他是初次看，自然沒有陸樣那種鎮靜，不過他也不像我那樣神經過敏。我從那裡回來以後，差不多一個月裡頭每一閉眼就看見

那些可怕的灰白臉，聽見含著罪惡的「哥哥！來玩」的聲音。這雖然只是一瞥，但在心幕上已經留下不可磨滅的印象了！

井之頭公園

自從我們搬到市外以來，天氣漸漸涼快了。當那些將要枯黃的毛豆葉子，和白色的小野菊，一叢叢由草堆裡鑽出頭來，還有小朵的黃色紫色的野花，在涼勁的秋風中抖顫，景像是最容易勾起人們的秋思，使人興「簾卷西風人比黃花瘦」的感慨。

這種心情是包含著悵惘，同時也有興奮，很難平心靜氣地躲在單調的書房裡工作。而且窗外蔚藍色的天空，和淡金色的秋陽，還有夾了桂花香的冷風，這一切都含著極強的挑撥人們心弦的力量，我們很難勉強繼續死板的工作了。吃過午飯以後，建便提議到附近吉祥寺的公園去看楓景；在三點十分的時候，我們已到了那裡。從電車軌道繞過，就是一條石子大馬路，前面有一座高聳的木牌坊，上面寫著幾個很大的漢字：「井之頭恩賜公園」。過了牌坊，便見馬路旁樹木濃密，綠蔭沉沉，陡然有一種幽祕的意味縈纏著我們的心情，使人想像到深山的古林中，一個披著黃金色柔髮赤足嬌麗而拖著絲質白色的長袍的仙女，舉著短笛在白毛如雪的羊群中遠眺沉思。或是孤獨的詩人，抱著滿腔的詩思，徘徊於這濃綠森翠的帷幔下歌頌自然。我們自己慢步其中，簡直不能相信這僅僅是一個人間的公園而已。

走過這一帶的森林，前面露出一條鵝卵石堆成的斜坡路，旁邊植著修剪整齊的冬青樹，陣陣的青草香從風裡吹過來。我們慢慢地散著步，只覺心神爽疏，塵慮都消。下了斜坡，陡見面前立著一所小巧的日本式茶

館，裡面陳設著白色的坐墊和紅漆的矮几，兩旁櫃臺上擺著水果及各種的零食。

「呵，這個地方多麼眼熟呀！」我不禁失聲喊了出來。於是潛伏於心底的印象，如蟄蟲經過春雷的震撼驚醒起來。唉，這時我簡直被那種感懷往事的情緒所激動了，我的雙眼怔住了，胸膈間充塞著悵惘，心脈緊急地搏動著，眼前分明的現出那些曾被流年蹂躪過的往事。

唉！往事！只是不堪回首的往事喲！

那一群驕傲於幸福的少女們，正憧憬於未來的希望中，享樂於眼前的風光裡；當她將由學校畢業的那一年夏天，曾隨著她們的師長，帶著歡樂的心情渡過日本海，來訪蓬萊的名勝。那時候恰是暮春的天氣，溫和的楊柳風，和到處花開如錦的景色，更使她們樂遊忘倦了。當她們由上野公園看過櫻花的殘妝後，便回到東京市內，第二天清晨便乘電車到井之頭公園裡來，為了奔走的疲倦也曾到這所小茶館休息過 ── 大家團團圍著矮几坐下，酌著日本的清茶，嚼著各式的甜點心；有幾個在高談闊論，有幾個在低歌宛轉；她們真如初出谷的雛鶯，只覺到處都是生機。的確，她們是被按在幸福之神的兩臂中，充滿了青春的愛嬌和快樂活潑的心情；這是多麼值得豔羨的人生呵！

但是，誰能相信今天在這裡低徊感嘆的我，也正是當年幸福者之一呢！哦，流年，殘刻的流年喲！它帶走了我的青春，它蹂躪了我的歡樂，而今舊地重遊，當年的幸福都變成可詛咒的回憶了！

唉！這僅僅是七年後的今天呀，這短短的七年中，我走的是什麼樣的人生的路？我迎接的是哪一種神明？唉！我攀援過陡峭的崖壁，我曾被隕墜於險惡的幽谷；雖是惡作劇的運命之神，祂又將我由死地救活，使我更

忍受由心頭滴血的痛苦，牠要我吮乾自己的血，如像喝玫瑰酒汁般。幸福之神，牠遺棄我，正像遺棄牠的仇人一樣。這時我禁不住流出辛酸的淚滴，連忙躲開這激動情感的地方，向前面野草叢中，花徑不掃的密松林裡走去。忽然聽見一陣悲惻的唏噓，我彷彿望到張著黑翅的秋神，徘徊於密葉背後；立時那些枝柯，都抖顫起來，草底下的促織和紡車兒也都淒淒切切奏著哀樂；我也禁不住全身發冷，不敢再向前去，便在路旁的長木凳上坐了。我用凝澀的眼光，向密遮的矮樹叢隙睜視，不時看見那潺湲的碧水，經過一陣秋風後，水面上湧起一層細微的波紋來，兩個少女乘著一隻小划子在波心搖著畫槳，低低地唱著歌。我看到這裡，又無端傷感起來，覺得喉頭梗塞，不知不覺嘆道：「故國不堪回首呵！」同時那北海的綠漪清波便浮現在眼前。那些攜了情侶的男男女女，恐怕也正搖著畫槳指點眼前倩麗的秋景，低語款款吧！況且又是菊茂蟹肥的時候，長安市上正不少歡樂的宴聚；這被摒棄在異國的飄泊者，當然再也沒有人想起她了。不過她卻晨夕常懷著祖國，希望得些國內的好消息呢。並且她的神經又是怎樣的過敏呵，她竟會想到樹葉凋落的北平市，淒風吹著，冷雨灑著那些窮苦無告的同胞，正向陰黯的蒼穹哭號。唉！破碎紊亂的祖國呵，北海的風光能掩蓋那淒涼的氣像嗎？來今雨軒的燈紅酒綠能夠安慰憂懼的人心嗎？這一切我都深深地懷念著呵！

連環不斷的憂思占據了我整個的心靈，眼底的景色我竟無心享受了。我忙忙辭別了曾經二度拜訪過的井之頭公園。雖然如少女酡顏的楓葉，我還不曾看過，而它所給我靈魂的禮贈已經太多了；真的，太多了喲！

烈士夫人

$\diamond\!\!\!\!\diamond\!\!\!\!\diamond\!\!\!\!\diamond\!\!\!\!\diamond\!\!\!\!\diamond\!\!\!\!\diamond\!\!\!\!\diamond\!\!\!\!\diamond$

　　異國的生涯，使我時時感到陌生和飄泊。自從遷到市外以來，陳樣和我們隔得太遠，就連這唯一的朋友也很難有見面的機會。我同建只好終日幽囚在幾張蓆子的日本式的房屋裡讀書寫文章 —— 當然這也是我們的本分生活，一向所企求的，還有什麼不滿足，不過人總是群居的動物，不能長久過這種單調的生活而不感到不滿意。

　　在一天早飯後，我們正在那臨著草原的窗子前站著，—— 這一帶的風景本不壞，遠遠有滴翠的群峰，稍近有萬株矗立的松柯，草原上雖僅僅長些蓼荻同野菊，但色彩也極鮮明，不過天天看，也感不到什麼趣味。我們正發出無聊的嘆息時，忽見從松林後面轉出一位中年以上的女人。她穿著黑色白花紋的和服，拖著木屐往我們的住所的方向走來，漸漸近了，我們認出正是那位嫁給中國人的柯太太。唉！這真彷彿是那稀有而陡然發現的空谷足音，使我們驚喜了，我同建含笑地向她點頭。

　　來到我們屋門口，她脫了木屐上來了，我們請她在矮几旁的墊子上坐下，她溫和地說：

　　「怎麼，你們住得慣嗎？」

　　「還算好，只是太寂寞些。」我有些悵然地說。

　　「真的，」建接著說：「這四周都是日本人，我們和他們言語不通，很難發生什麼關係。」

　　柯太太似乎很了解我們的苦悶，在她沉思以後，便替我們出了以下的一條計策。她說：「我方才想起在這後面西川方裡住著一位老太婆，她從前曾嫁給一個四川人，她對於中國人非常好，並且她會煮中國菜，也懂得

幾句中國話。她原是在一個中國人家裡幫忙，現在她因身體不好，暫且在這裡休息。我可以去找她來，替你們介紹，以後有事情僅可請她幫忙。」

「那真好極了，就是又要麻煩柯太太了！」我說。

「哦，那沒有什麼，黃樣太客氣了，」柯太太一面謙遜著，一面站起來，穿了她的木屐，繞過我們的小院子，往後面那所屋裡去。我同建很高興地把坐墊放好，我又到廚房打開瓦斯管，燒上一壺開水。一切都安派好了，恰好柯太太領著那位老太婆進來 —— 她是一個古銅色面孔而滿嘴裝著金牙的碩胖的老女人，在那些外表上自然引不起任何人的美感，不過當她慈和同情的眼神射在我們身上時，便不知不覺想同她親近起來。我們請她坐下，她非常謙恭地伏在席上向我們問候。我們雖不能直接了解她的言辭，但那種態度已夠使我們清楚她的和藹與厚意了。我們請柯太太當翻譯隨意地談著。

在這一次的會見之後，我們的廚房裡和院子中便時常看見她那碩大而和藹的身影。當然，我對於煮飯洗衣服是特別的生手，所以飯鍋裡發出焦臭的氣味，和不曾擰乾的衣服，從晒竿上往下流水等一類的事情是常有的；每當這種時候，全虧了那位老太婆來解圍。

那一天上午因為忙著讀一本新買來的《日語文法》，煮飯的時候完全「心不在焉」，直到焦臭的氣味一陣陣衝到鼻管時，我才連忙放下書，然而一鍋的白米飯，除了表面還有幾顆淡黃色的米粒可以辨認，其餘的簡直成了焦炭。我正在不知所措的時候，那位老太婆也為著這種濃重的焦臭氣味趕了來。她不說什麼，立刻先把瓦斯管關閉，然後把飯鍋裡的飯完全傾在鉛筒裡，把鍋拿到井邊刷洗乾淨；這才重新放上米，小心地燒起來。直到我們開始吃的時候，她才含笑地走了。

　　我們在異國陌生的環境裡，居然遇到這樣熱腸無私的好人，使我們忘記了國籍，以及一切的不和諧，常想同她親近。她的住室只和我們隔著一個小院子。當我們來到小院子裡汲水時，便能看見她站在後窗前向我們微笑；有時她也來幫我，抬那笨重的鉛筒；有時閒了，她便請我們到她房裡去坐，於是她從櫥裡拿出各式各種的糖食來請我們吃，並教我們那些糖食的名辭；我們也教她些中國話。就在這種情形之下，大家漸漸也能各抒所懷了。

　　在一個星期六的下午，建跟我都不到學校去。天氣有些陰，陣陣初秋的涼風吹動院子裡的小松樹，發出竦竦的響聲。我們覺得有些煩悶，但又不想出去，我便提議到附近點心鋪裡買些食品，請那位老太婆來喫茶，既可解悶，又應酬了她。建也贊成這個提議。

　　不久我們三個人已團團圍坐在地席上的一張小矮几旁，喝著中國的香片茶。談話的時候，我們便問到她的身世，——　我們自從和她相識以來，雖然已經一個多月了，而我們還不知道她的姓名，平常只以「オバサン」（伯母之意）相稱。當這個問題發出以後，她寧靜的心不知不覺受了撩撥，在她充滿青春餘輝的眸子中宣示了她一向深藏的祕密。

　　「我姓齋滕，名叫半子，」她這樣地告訴我們以後，忽然由地席上站了起來，一面向我鞠躬道：「請二位稍等一等，我去取些東西給你們看。」她匆匆地去了。建跟我都不約而同地感到一種新奇的期待，我們互相沉默地猜想著等候她。約莫過了十分鐘她回來了，手裡拿著一個淡灰色棉綢的小包，放在我們的小茶几上。於是我們重新圍著矮几坐下，她珍重地將那棉綢包袱打開，只見裡面有許多張的照片，她先揀了一張四寸半身的照相遞給我們看，一面嘆息著道：「這是我二十三年前的小照，光陰比流水還快，唉，現在已這般老了。你們看我那時是多麼有生機？實在的，我那時有著

青春的嬌媚 —— 雖然現在是老了！」我聽了她的話，心裡也不免充滿無限的惆悵，默然地看著她青春時的小照。我彷彿看見可怕的流光的錘子，在搗毀一切青春的藝術。現在的她和從前的她簡直相差太遠了，除了臉的輪廓還依稀保有舊時的樣子，其餘的一切都已經被流光傷害了。那照片中的她，是一個細弱的身材，明媚的目睛，溫柔的表情，的確可以使一般青年沉醉的，我正在呆呆地痴想時，她又另遞給我一張兩人的合影；除了年輕的她以外，身旁邊站著一個英姿煥發的中國青年。

「這位是誰？」建很質直地問她。

「哦，那位嗎？就是我已死去的丈夫呵！」她答著話時，兩頰上露出可怕的慘白色，同時她的眼圈紅著。我同建不敢多向她看，連忙想用別的話混過去，但是她握著我的手，悲切地說道：「唉，他是你們貴國一個可欽佩的好青年呢，他抱著絕大的志願，最後他是做了黃花崗七十二個烈士中的一個，—— 他死的時候僅僅二十四歲呢，也正是我們同居後的第三年⋯⋯」

老太婆說到這些事上，似乎受不住悲傷回憶的壓迫，她低下頭撫著那些相片，同時又在那些相片堆裡找出一張六寸的照相遞給我們看道：「你看這個小孩怎樣？」我拿過照片一看，只見是個十五、六歲的男孩，穿著學生裝，含笑地站在那裡，一雙英敏的眼睛很和那位烈士相像，因此我一點不遲疑地說道：「這就是你們的少爺嗎？」她點頭微笑道：「是的，他很有他父親的氣概咧。」

「他現在多大了，在什麼地方住，怎麼我們不曾見過呢？」

「唉！」她嘆了一口氣道：「他今年二十一歲了，已經進了大學，但是，」說到這裡，她的眼皮垂下來了，鼻端不住地掀動，似乎正在那裡咽

她的辛酸淚液。這使我覺得窘迫了，連忙裝著拿開水對茶，走出去了！建也明白我的用意，站起來到外面屋子裡去拿點心。過了些時，我們才重新坐下，請她喝茶，吃糖果，她向我們嘆口氣道：「我相信你們是很同情我的，所以我情願將我的歷史告訴你們：

「我家裡的環境，一向都不很寬裕，所以在我十八歲的時候，我便到東京來找點職業做。後來遇到一個朋友，他介紹我在一個中國人的家裡當使女，每月有十五塊錢的工資，同時吃飯住房子都不成問題。這是對於我很合宜的，所以就答應下來。及至到了那裡，才知道那是兩個中國學生合租的貸家，他們沒有家眷，每天到大學裡去聽講，下午才回來。事情很簡單，這更使我覺得滿意，於是就這樣答應下來。我從此每天為他們收拾房間，煮飯洗衣服，此外有的是空閒的時間，我便自己把從前在高等學校所讀過的書溫習溫習，有時也看些雜誌，遇到不明白的地方，常去請求那兩位中國學生替我解釋。他們對於我的勤勉，似乎都很為感動，在星期日沒有什麼事情的時候，便和我談論日本的婦女問題，等等。這兩個青年中有一位姓余的，他是四川人，對我更覺親切。漸漸的我們兩人中間就發生了戀愛，不久便在東京私自結了婚。我們自從結婚後，的確過著很甜蜜的生活；所使我們覺得美中不滿足的，就是我的家族不承認這個婚姻，因此我們只能過著祕密的結婚生活。兩年後我便懷了孕，而余君便在那一年的暑假回國。回國以後，正碰到中國革命黨預備起事的時期，他為了愛祖國，不顧一切地加入工作，所以暑假後他就不曾回日本來。過了半年多，便接到黃花崗七十二烈士遭難的消息，而他的噩耗也同時傳了來。唉！可憐我的小孩，也就在他死的那一個月中誕生了。唉！這個可憐的一生下來就沒有父親的小孩，叫我怎樣安排？而且我的家族既不承認我和余君的婚姻，那麼這個小孩簡直就算是個私生子，絕不容我把他養在身邊。我沒有辦

法，恰好我的妹子和妹夫來看我，見了這種為難，就把孩子帶回去作為她的孩子了。從此以後，我的孩子便姓了我妹夫的姓，與我斷絕母子關係；而我呢，仍在外面幫人家做事，不知不覺已過了二十多年。……」

「呵，原來她還是烈士夫人呢！」建悄悄地對我說。

「可不是嗎？……但她的境遇也就夠可憐了。」我說。

建和我都不免為她嘆息，她似乎很感激我們對她的同情，緊緊握著我的手，好久才說道：「你們真好呵！」一面含笑將綢包收起告辭走了。

過了兩個月，天氣漸漸冷了，每天自己做飯洗碗夠使人麻煩的，我便和建商議請那位烈士夫人幫幫我們。但我們經濟很窮，只能每月出一半的價錢，不知道她肯不肯就近幫幫忙，因此我便去找柯太太請她代我們接洽。

那時柯太太正坐在迴廊晒太陽，見我們來了，便讓我們也坐在那裡談話，於是我便把來意告訴她。柯太太笑了笑道：「這正太不巧，……不然的話那個老太婆為人極忠厚，絕不會不幫你們的。不過現在她正預備嫁人，恐怕沒有工夫吧！」

「呀，嫁人嗎？」我不禁陡然地驚叫起來道：「這真是想不到的事，她現在將近五十歲的人，怎麼忽然間又思起凡來呢？」

柯太太聽了這話也不禁笑了起來，但同時又嘆了一口氣道：「自然，她也有她的苦痛，照我看來，以為她既已守了二十多年寡，斷不至再嫁了。不過，她從前的結婚始終是不曾公布的，她娘家父母仍然認為她沒有結婚，並且余先生家裡她勢不能回去。而她的年紀漸漸老上來，孤孤單單一個無依無靠的人，將來死了都找不到歸宿，所以她現在決定嫁了。」

「嫁給什麼人？」建問。

「一個日本老商人，今年有五十歲吧！」

「倒也是個辦法！」建含笑地說。

他這句話不知為什麼惹得我們全笑起來。我們談到這裡，便告辭回去。在路上恰好遇見那位烈士夫人，據說她本月就要結婚，但她臉上依然憔悴頹敗，再也看不出將要結婚的喜悅來。

真的，人們都傳說，「她是為了找死所而結婚呢！」呵！婦女們原來還有這種特別的苦痛！……

代三百萬災民請命

連日翻開報，都看到黃河水漲，勢將成災的消息，心頭不禁為之惴慄，但願能倖免於萬一，哪知前日報上竟載著黃河決口災情慘重，沿河村落，竟成澤國，災民不下三百萬，於是各慈善團體，開緊急會議，籌思所以賑濟之策。這本是大慰人心的消息，不但是那些嗷嗷待哺的飢民，要額手稱慶，唸一聲「南無阿彌陀佛，善哉，善哉」了，就是我們小民，滿心頭也充塞著見死不救何以為人的氣概，不能不多少減衣省食，蓄積三、五元去救助他們。

但是再一看過去的種種事實，我們又不能為了這個賑濟的消息，就放心得下。這是什麼緣故呢？唉！說起來只是裝我們貴國人的幌子。即拿來「九一八」以來，民眾對於前方抗敵的健兒，所捐助的款項來說吧，據傳說共收到民眾捐款在兩千萬元以上，而前方實際上只收到一百餘萬元，日來正鬧著什麼對經手人的檢舉，及清查帳目這一類的事，同時又聽見說有一部分人，本是住在人家後樓或亭子間的窮光蛋，只因為充了什麼會的一員後，不到兩三個月，居然租起洋房坐起汽車，討起小老婆來了。嗚呼，這是什麼錢，竟忍心往腰包裡放，真所謂此可為，天下事孰不可為了！

如果這次對災民的捐助，不能有一妥善的辦法，仍只是為一部份人充實腰包，不但災民無從得救，就是我們這些捐錢的小百姓，也不願永遠作冤大頭，把那辛苦的血汗錢，不明不白地供給他們作討小老婆，吃黑飯的開銷，結果必致因噎廢食，沒有人肯捐錢了，那些災民的前途，還堪設想

嗎？因此我們又不能不代三百萬災民請命，請辦賑濟的大人先生們，破格地克己點吧！

第三篇
寄語相知苦愁心

雷峰塔下

—— 寄到碧落

涵！記得吧！我們徘徊在雷峰塔下，地上芊芊碧草，間雜著幾朵黃花，我們並肩坐在那軟綿的草上。那時正是四月間的天氣，我穿的一件淺紫麻紗的袂衣，你採了一朵黃花插在我的衣襟上，你彷彿怕我拒絕，你羞澀而微怯地望著我。那時我真不敢對你逼視，也許我的臉色變了，我只覺心臟急速地跳動，額際彷彿有些汗溼。

黃昏的落照，正射在塔尖，紅霞漾射於湖心，輕舟蘭漿，又有一雙雙情侶，在我們面前泛過。涵！你放大膽子，悄悄地握住我的手，—— 這是我們頭一次的接觸，可是我心裡彷彿被利劍所穿，不知不覺落下淚來，你也似乎有些抖顫，涵！那時節我似乎已料到我們命運的多磨多難！

山腳上忽湧起一朵黑雲，遠遠地送過雷聲，—— 湖上的天氣，晴雨最是無憑，但我們淒戀著，忘記風雨無情的吹淋，頃刻間豆子般大的雨點，淋到我們的頭上身上，我們來時原帶著傘，但是後來看見天色晴朗，就放在船上了。

雨點夾著風沙，一直吹淋。我們拚命地跑到船上，彼此的衣裳都溼透了，我頓感到冷意，伏作一堆，還不禁抖顫，你將那墊的氈子，替我蓋上，又緊緊地靠著我，涵！那時你還不敢對我表示什麼！

晚上依然是好天氣，我們在湖邊的椅子上坐著，看月。你悄悄對我說：「雷峰塔下，是我們生命史上一個大痕跡！」我低頭不能說什麼，涵！

真的！我永遠覺得我們沒有幸福的可能！

唉！涵！就在那夜，你對我表明白你的心曲，我本是怯弱的人，我雖然恐懼著可怕的命運，但我無力拒絕你的愛意！

從雷峰塔下歸來，一直四年間，我們是度著悲慘的戀念的生活。四年後，我們勝利了！一切的障礙，都在我們手裡粉碎了。我們又在四月間來到這裡，而且我們還是住在那所旅館，還是在黃昏的時候，到雷峰塔下，涵！我們那時毫無所拘束了。我們任情地擁抱，任意地握手，我們多麼驕傲……

但是涵！又過了一年，雷峰塔倒了，我們不是很淒然的惋惜嗎？不過我絕不曾想到，就在這一年十月裡你拋下一切走了，永遠地走了，再不想回來了！呵！涵！我從前惋惜雷峰塔的倒塌，現在，呵！現在，我感謝雷峰塔的倒塌，因為它的倒塌，可以撲滅我們的殘痕！

涵！今年十月就到了。你離開人間已經三年了！人間漸漸使你淡忘了嗎？唉！父親年紀老了！每次來信都提起你，你們到底是什麼因果？而我和你確是前生的冤孽呢！

涵！去年你的二週年紀念時，我本想為你設祭，但是我住在學校裡，什麼都不完全，我記得我只作了一篇祭文，向空焚化了。你到底有靈感沒有！我總痴望你，給我托一個清清楚楚的夢，但是哪有？！

只有一次，我是夢見你來了，但是你為甚那麼冷淡？果然是緣盡了嗎？涵！你拋得下走了，大約也再不戀著什麼！不過你總忘不了雷峰塔下的痕跡吧！

涵！人間是更悲慘了！你走後一切都變更了。家裡呢：也是樹倒猢猻散，父親的生意失敗了！兩個兄弟都在外洋飄蕩，家裡只剩母親和小弟

弟，也都搬到鄉下去住。父親忍著傷悲，仍在洋口奔忙，籌還拖欠的債。涵！這都是你臨死而不放心的事情，但是現在我都告訴了你，你也有點眷戀嗎？

我！大約你是放心的，一直扎掙著呢，涵！雷峰塔已經倒塌了，我們的離合也都應驗了。—— 今年是你死後的三週年 —— 我就把這斷藕的殘絲，敬獻你在天之靈吧！

郭君夢良行狀

君諱弼藩，字夢良，福建閩侯縣郭宅鄉人。北京大學法科畢業，任國立政治大學總務長。君為人明敏沉默，幼從陳竹安先生啟蒙，勤慎敦篤，極為陳先生所稱許。

少長入福州第一中學肄業，每試輒冠其曹，而翁姑望其大成之心至切，恐學校之作業不足，於課餘之暇，復為請師補授經史，君亦能善體親心，日夜苦攻，朝夕侍師於古廟荒齋中，未嘗言倦。至新年元日及家祭大典時，始一寧家，而君時年僅十五六耳。

君年十九，卒業於第一中學，即擬負笈京師。

時先王姑年已七十晉九，抱孫之念頗殷，必欲使之完婚而行。君不敢違，因於次年六月間與林瑞英（貞）女士結婚。婚後甫一月，即束裝北上，考入北京大學，時在民國六年。

君入學後，初以言語不通，頗苦藝之難進，然不期月，已能了解。且君於良師講授之外，復日埋頭圖書館，手披目覽，未嘗頃刻息，因大有所得，曾著〈《周易》政窺〉等論文，刊於《法政學報》，閱者稱積學焉。

民國八年下季，因日人在福州槍殺學生案發生，旅京福建學生聞信憤極，組織福建學生聯合會，以為雪恥計。每校例舉代表二人，君為北京（大學）代表之一。時盧隱肄業於前國立女子師範大學，亦被推為代表，因得識君。且君時為《閩潮》編輯主任，盧隱則為編輯員，以此接談之機會益多。書札往還，不覺竟成良友。不數月，福建學生聯合會以內部風潮

解散。吾輩少數同志組織 SR 會，蓋寓改造社會之意也。第一次開成立會於萬牲園之豳風堂，同志自述已往之生活及將來之志趣。於是廬隱乃得深悉君之家事，融洽益深矣。蓋君不但學業精深，且品格清華，益使廬隱心折也。

民國十年暑假，君由京回閩，廬隱則寧家上海，因約同道而行。至滬後，鄭君振鐸及徐君六幾，倡游西湖，遂同往焉。一夕，正星月皎潔，湖水澄澈，六幾與振鐸憑欄望月，廬隱與君同坐迴廊上閒談，時君忽詢廬隱以畢業後之行蹤，並曰：「吾二人之友誼，當抵於何時？」廬隱聞言，不禁悵觸殊深，蓋廬隱與君時已由友誼進而為戀愛矣，然君正直，不願欺廬隱，亦不忍苦林女士，明告廬隱已娶，雖愛廬隱，而恐無以處廬隱，然又恐畢業後，勞燕分飛，不能賡續友誼，頗用悵悵。廬隱感而憐之，因許以精神之戀愛，為彼此之慰安。君喜而贊同，遂於是夕訂約，永不相忘。暑假後，仍約同時北上。到京各入學校，每星期輒同遊萬牲園及西山等處。時君喜研究基爾特社會主義之學說，與徐君六幾日夜研討（著作頗多，散見於《京報‧青年之友》、《晨報副刊》、《時事新報》之「社會主義研究」），並以其意見要廬隱批評。於是函札每日不斷。

民國十一年，廬隱畢業於國立女子師範大學。暑假後任教安徽。君以回閩路過上海，廬隱與之話別，君不禁泣淚泛瀾曰：「精神之戀愛，究竟難慰心靈深處之願望。若長此為別，寧不將彼此憔悴而死耶？」廬隱無以慰之，亦只相對唏噓耳。廬隱行後，君竟病矣。嗚呼，春蠶自束，廬隱實有以致之，更使之憂愁以死，廬隱究竟胡忍！

十二年春，廬隱生母忽而見背，雖有兄嫂，不患無依，而廬隱精神上之慰藉益鮮矣。君不忍廬隱之悲苦，恆徹夜思維慰安之計，不免失眠，身體衰弱，潛於斯矣。友輩有知其事者，大不以為可，因勸君具體解決。籌

思半載，始劃一策，蓋即以君與廬隱相愛之情形，訴之於翁姑，並懇其許吾輩結婚，卒蒙其贊同。然不可不商之林女士及外家也。此中大費周折，故君之不能成眠者月餘。最後雖慶成功，以同室名義與廬隱結婚於上海遠東飯店，但已心力交疲矣。且當此時，正張君勱先生與瞿君世英、胡君鐵岩，約君創辦自治學院。開辦伊始，事頗繁巨。且君不善攝養，恆恃腦力之強，夜午始眠。至飲食精粗不擇，病根潛伏於不知覺中，而形容日槁。廬隱殊引以為憂，為購魚肝油及牛肉汁等，君又嫌其味異，屏而不食。廬隱不忍過拂其意，亦唯聽之。嗚呼，孰知竟因此而隕其生耶？

今春自治學院總務長陳伯莊先生辭職，君因繼任。唯恐債事，事無巨細，必親自料理，竟至飲食無心，精神益疲。復以學校經費缺乏，籌劃應付，苦乃無藝。君曾告廬隱曰：「學校之事，實不易辦。若長此以往，必將不支。」廬隱亦然其言，唯責任所在，亦無可如何耳。

今年暑假，君回閩省親，家人見其瘦骨支離，皆大恐慌，曾勸其珍攝。君亦自認非調養不可，並告廬隱為之將養。及至滬，見校務猬集，復不克稍休養。至陰曆八月二十七日，忽感風寒，時正瘧疾流行，以為亦必是疾為屬，延醫診治，亦云恐係瘧疾，遂不以為意，唯服金雞納霜數粒，仍照常赴校辦事。廬隱雖再三勸其請假一二日以資休養，君則曰：「事多未理，不能請假。」並云微有寒熱，不足介意。廬隱無以強之，而心竊憂焉。乃一星期後，熱度益高，廬隱五中如焚，不知為計。會金井羊先生頗知醫理，見君精神疲茶，舌苔極厚，因驚曰：「此病勢非輕，非請醫調治不可。」廬隱因懇其代請中醫診治。醫云：係伏暑晚發傷寒之症頗重，連服三帖，疾不見減。復改請西醫診治，亦云疾頗棘手。因勸遷醫院為是。因於九月初十日遷入上海寶隆醫院。經德醫診斷，係腸熱病，勢極危殆。然廬隱尚不料其與性命有關也。且進院後四五日，熱度已漸退，以為無礙矣。乃九月十六日晨，忽大便出血不止，經德醫打針止血後，症漸有生機，以為大難已過矣。孰料不可測之人事，竟變生倉卒。十月初六晨，廬

隱輕按其脈，頗和緩，熱度亦漸低，心為竊慰，以為更三四星期，當可出院矣。乃是午後一時，病忽大變，寒戰不已，便溺竟汙裯褥，肚腹鼓漲，急請德醫視之，則曰腸斷矣，嗚呼！一聲霹靂，盧隱心膽皆碎，知君之病不起矣。自顧身後，弱女未曾週歲，寡婦孤兒，將何以度此未了歲月。時盧隱忍痛詢君，有無遺言。君方知其疾之危，因曰：「生死本不足計，唯父母養育之恩，未報涓滴，殊對不住耳。」次則囑善視幼女，待其嫁，好事翁姑，以盡其未盡人子之職。整理其所譯《世界復古》一書，以之付梓，匯其平日散見各報之論文，刊之成冊。盧隱並詢其懼死不。君則曰：「否。」又問其須待父母來否，則曰：「不必待，唯煩爾代吾贖不孝之罪耳。」嗚呼，蒼蒼者天，曷其有亟！君之聰敏忠正，乃未到顏子之年，已短命而死，所謂天道者，可信耶！讀君前致盧隱書有曰：「你說你自料不是長命之預兆，盧隱如果以天良猶未喪盡的人視我，當知道我聽了是如何的難受！若果盧隱必死，我願與盧隱一齊死去。有後悔者，不是腳色！」嗚呼，孰知盧隱未死，而君已棄盧隱而去耶？當君彌留之際，盧隱曾告君願與君同死，君則曰：「奈孺子何？」嗚呼，盧隱之心碎矣！然而為君故，不能不強延殘喘，任不仁之造物宰割耳。君靈未遠，當知盧隱五中之辛酸滋味也。雖然，盧隱亦知死生命也，強之不祥。況君曾有宣傳基爾特社會主義之志，及改良中國政治之雄心。今也不祿，能無遺憾乎？盧隱知君之心，豈忍不為一努力乎？縱不能為君抉其內心所蘊藏者，然不可不為君整理其已成文者，此盧隱亦不敢與君俱死者也。矧翁姑暮年，既遭君夭折之痛，盧隱何敢更貽其悲媳之慘。嗚呼，當君症變之前一日，君尚詢以何日可出院，並云：年假擬不回閩，蓋恐荒弛校務。並呼盧隱將帳本至。盧隱勸君不可勞神。君尚曰：「今日已略好。」則君誠料此疾之不起也。而霎那之間，竟至腸斷而死，嗚呼，生死只一線之隔耳！盧隱今日雖不死，然而無時無刻不可死，則盧隱與君之別，乃暫別耳！況君曾許再結來世之緣，盧隱寧不能以此自遣，且以自慰耶！雖然，君與盧隱，皆愚迷不悟。今日茹此辛酸之果，尚不知悔，欲造來世之因。嗚呼，實自為之，夫復何言！

　　君腦力之強，實所僅有。當君熱度至攝氏四十一度時，尚能閱報，臨命之數小時，猶能為幼女題名曰「薇萱」，其用意之深，及神志之清楚，廬隱實不信其將死，終至不起，其隱耶！然三尺桐棺，固赫然在也。廬隱固親見君仰臥其中也，然則，非夢矣！天乎痛哉！

郭黃廬隱泣述

寄一星

似游絲蕩漾在光影裡，如琴弦震動穿過廣漠的空野，起伏不定的靈感波痕，正獨坐凝想時。

幾番打開抽屜，一封封雪籤翻來細讀，字字都有淚漬，行行顯露悲哀，一星！是你傷離恨別，引起我情感的蕭瑟？還是我「無病呻吟」，對月長嗟？

且聽我細細地說：「繁密的海棠蔭下，和你最後的話別，淒楚中我曾慰你夢裡相接。碧水應笑我狂，嗔你痴，而今別已數月，夢曾幾接？」

你來信說：「百年夢境，愁苦何必！」一星，我力卻愁魔，爭耐浪掀波翻掙脫不得！我理會愁苦只是怯弱的表示，但強開笑口，比哭還覺難堪喲！

一星！我的魂靈一天天走向飄碧空虛的花園去，我的軀殼卻步步深入人間的地獄，可憐我已是剩餘游息的人間奔命者。但這些隱微的衷曲，除了你我向誰訴說？

當年學校園裡，背著教員吃燒餅油條，這興趣而今並韶光消失了！

喜歡高談闊論的我；而今竟鎮日無語了！

什麼稀奇的音樂，我聽了只覺平添多少悵惘！

美而多情的明月，我真怕見她，當她驕傲地逼視著我，只有將被把頭嚴嚴蒙遮。

這些便是你久別的廬隱，鄭重寄你的心弦中彈出的一曲哀音。

贈李唯建

心愛：

　　血與淚是我貢獻給你的呵！唯建！你應看見我多傷的心上又加了一個癥結！自然我也知道這不是你的錯，你對我的真誠我不該再懷疑，然而呵，唯建，天給我的宿命是事事不如人，我不敢說我能得到意外的幸福，縱然這些幸福已由你親手交給我過！唉，唯建！唯建！我是從斷頭臺下脫逃的俘虜呵，你原諒我已經破裂的膽和心吧！我再不能受世上的風波，況且你的心是我生命的發源地，你要我忘了你，除非你毀掉我的生命。唉！唯建！你知道當我想像到將來有一天，我從你那裡受了最後的裁判時，我不能再苟延一天在這個世界上，我只有丟下一切走，我不能用我的眼睛再看別人是在你溫柔的目光裡，我也不能聽別人是在你甜美的聲喚中！總之，我是愛你太深，我的生命可以失掉，而不能失掉你！我知道你現在是愛我的，並且你也預備永遠愛我，然而我愛你太深，便疑你也深，有時在你覺得不經意的一件事，而放在我的身上便成了絕對緊張和壓迫了。唯建，你明白地告訴我，我這樣的痴情，真誠的心靈中還容不得你嗎？人生在世上所最可珍貴的，不是絕對的得到一個人無私的忠摯的心嗎？唉，唯建！我的心痛楚，我的熱血沸騰，我的身體寒戰，我的精神昏沉，我覺得我是從山巔上隕落的石塊，將要粉碎了！粉碎了呵！唯建！你是愛護這塊石頭的，你忍心看它粉碎嗎？並且是由你的掌握之下，使它粉碎的呵！唉！你！多情多感的唯建！我知你必定盡全力來救護我的，望你今後少給

我點苦吃，你瞧我狼狽得還成樣子嗎！現在我的心緊絞如一把亂麻，我的淚流溼了衣襟，有時也滴在信籤上，親愛的唯建呵！這樣可憐的心要吐的哀音真不知多少，但是我的頭痛眼花手酸喉梗，我只有放下筆倒在床上，流我未盡的淚吧。

　　唉！唯建！你是絕頂的聰明人，你能知道我的心，縱使你沉默，你也是瞭然的！

你可憐的廬隱書於柔腸百轉中

寄梅窠舊主人

在彼此隔絕音訊的半年中，知你又幾經了世變。宇宙本是瞬息百變的流動體——更何處找安靖；人類的思想譬如日夜奔赴的江流，亦無時止息。深喜你已由沉淪的漩渦中，扎掙起來了！從此前途漸進光明，行見奔流入海，立鼓蕩得波揚浪掀，使沉醉的人們，聞聲崛興，這是多麼偉大的工作，親愛的朋友，努力吧！我願與你一同努力。

最近我發現人世最深刻的悲哀，不是使人頹喪哀囀，當其能淚溼襟袖時，算不得已入悲哀之宮，那不過是在往悲哀之宮的程途上的表象；如果已進悲哀之宮——那裡滿蓄著富有彈性的烈火，它要燒燼世界一切不幸者的手銬腳鐐，掃盡一切悲慘的陰霾。並且是無遠不及的。吾友！這固然是由我自己命運中體驗出來的信念，然而感謝你為我增加這信念的城堡堅固而深邃！

朋友！你應當記得那瘦肩高聳，愁眉深鎖的海濱故人吧！那時同在「白屋」中，你曾屢次指我嘆道：「可憐你瘦弱的雙肩更擔得多少煩悲。」但是，吾友！這是過去更不再來的往事了。現在的海濱故人呵！她雖仍是瘦肩高聳，然而眉鋒舒放，眼波凝沉，彷彿從 X 光鏡中，窺察人體五臟似的窺察宇宙。吾友！你猜到宇宙的究極是展露些什麼？！……我老實地告訴你，那裡只是一個深不見底的大缺陷，在展露著喲！比較起我們個人所遇的坎坷，我們真太藐小了。於此用了我們無限大的靈海而蓄這淺薄的淚泉，怎麼怪得永久是乾涸的……我現在已另找到前途了，我要收納宇宙所

117

有悲哀的淚泉，使注入我的靈海，方能興風作浪，並臣以我靈海中深淵不盡的巨流，填滿那無底的缺陷。吾友！我所望的太奢嗎？但是我絕不以此灰心，只要我能做的時候，總要這樣做，就是我的軀殼變成灰，倘我的一靈不泯，必不停止地繼續我的工作。

你寄給我的《薔薇》，我已經細看過了，在你那以血淚代墨汁的字句中，只加深我宇宙缺陷之感，不過眼淚卻一滴沒有。自從去年涵拋棄我時，痛哭之後，我才領受了哭的滋味，從那次以後，便永不曾痛哭過。這固然是由於我淚泉本身的枯竭，然而涵已收拾了我醉夢的人生，我已經不是原來的我了，從此便不再流眼淚了。

現在我要告訴你我最近的生活，我去年十一月回到故鄉曾在那腐臭不堪的教育界混了半年。在那裡只知有物質，而無精神的環境下，使我認識人類的淺薄和自私。並且除了骯髒的血肉之軀外，沒有更重要的東西，所以耳濡目染，無非衣食住的問題，精神事業，那是永遠談不到的。雖偶有一、兩個特立獨行之士，但是抵不過惡劣環境的壓迫，不是潔身引退，便是志氣消沉。吾友！你想我在百劫之餘，已經遍體鱗傷，何堪忍受如此的打擊？我真是憤恨極了！倘若是可能，但願地球毀滅了吧！所以我決計離開那裡，我也知道他鄉未必勝故鄉，不過求聊勝一步罷了，誰敢做滿足的夢想！

不過在炎暑的夏天 ── 兩個月之中我得到比較清閒而絕俗的生活，── 因為那時，我是離開充滿了濁氣的城市，而到絕高的山嶺上，那裡住著質樸的鄉民，和天真的牧童村女，不時倒騎牛背，橫吹短笛。況且我住房的前後，都滿植蒼松翠柏，微風穿林，濤聲若歌，至於澗底流泉，沙咽石激，別成音韻，更足使我怔坐神馳。我往往想，這種清幽的絕境，如果我能終老於此，可以算是人間第一幸福人了。不過太複雜的一

生，如意事究竟太少，僅僅五十幾天，我便和這如畫的山林告別了，我記得，朝霞剛剛散布在淡藍色的天空時，微風吹拂我覆額亂髮。我正坐山兜，一步一步地離開他們了。唉！吾友！真彷彿離別戀人的滋味一樣呢，一步一回頭。況且我又是個天涯飄泊者，何時再與這些富於詩興的境地，重行握手，誰又料得到呢！

我下山之後，不到一星期，就離開故鄉，這時對著馬江碧水，鼓嶺白雲，又似眷戀又似嫌恨。唉！心情如此能不黯然，我想若到了「往事不堪回首」的江濱，又不知怎樣把心魂扎掙！幸喜我所寄宿的學校宿舍，隔絕塵囂，並且我的居室前面，一片廣漠的原野，幾座荒草離離的孤墳，不斷有牧童樵叟在那裡駐足。並且圍著原野，有一道縈回的小河，天清日朗的時候，也有一、兩個漁人持竿垂釣，吾友！你可以想像，這是如何寂靜而遼闊的境地。正宜於一個飽經征戰的戰士，退休的所在，我對上帝意外的賞賜，當如何感謝而歡忭呵！……我每日除了一、二小時給學生上課外，便靜坐案側，在那堆積的書叢中找消遣的材料。有時對著窗外的荒墳，寄我憶舊悼亡的哀枕。蕭蕭白楊，似為我低唱輓歌，我無淚只有靜對天容寄我冤恨！

吾友！我現在唯一的願望，暑假到來時，我能和你及其他的朋友，在我第二故鄉的北京一聚，無論是眼淚往裡咽也好，因為至少你總了解我，我也明白你，這樣，已足彼此安慰了，但願你那時不離開北京。

十五年十二月十七號隱寄白海濱

愁情一縷付征鴻

瓚：

　　你想不到我有冒雨到陶然亭的勇氣吧！妙極了，今日的天氣，從黎明一直到黃昏，都是陰森著，沉重的愁雲緊壓著山尖，不由得我的眉峰蹙起。── 可是在時刻揮汗的酷暑中，忽有這麼彷彿秋涼的一天，多麼使人興奮！汗自然的乾了，心頭也不曾燥熱得發跳；簡直是初赦的囚人，四圍頓覺鬆動。

　　瓚！你當然理會得，關於我的僻性。我是喜歡黯淡的光線和模糊的輪廓。我喜歡遠樹籠煙的畫境，我喜歡晨光熹微中的一切，天地間的美，都在這不可捉摸的前途裡。所以我最喜歡「笑而不答心自閒」的微妙人生，雨絲若籠霧的天氣，要比麗日當空時玄妙得多呢！

　　今日我的工作，比任何一天都多，成績都好，當我坐在公事房的案前，翠碧的樹影，橫映於窗間，淅淅的雨滴聲，如古琴的幽韻，我寫完了一篇溫妮的故事，心神一直浸在冷爽的雨境裡。

　　雨絲一陣緊，一陣稀，一直落到黃昏。忽在疊雲堆裡，露出一線淡薄的斜陽，照在一切沐浴後的景物上，真的，瓚！比美女的秋波還要清麗動憐，我真不知怎樣形容才恰如其分，但我相信你總領會得，是不是！

　　這時君素忽來約我到陶然亭去，瓚！你當然深切地記得陶然亭的景物，── 萬頃蘆田，翠葦已有人高。我們下了車，慢慢踏著溼潤的土道走著。從葦隙裡已看見白玉石碑矗立，呵！瓚！我的靈海顫動了，我想到

千里外的你，更想到隔絕人天的涵和辛。我悲鬱地長嘆，使君素詫異，或者也許有些惘然了。他悄悄對我望著，而且他不讓我多在辛的墓旁停留，真催得我緊！我只得跟著他走了；上了一個小土坡，那便是鸚鵡塚，我蹲在地下，細細辨認鸚鵡曲。犟！你總明白北京城我的殘痕最多，這陶然亭，更深深地埋葬著不朽的殘痕。五、六年前的一個秋晨吧：蓼花開得正好，梧桐還不曾結子，可是翠葦比現在還要高，我們在這裡履行最淒涼的別宴。自然沒有很豐盛的筵席，並且除了我和涵也更沒有第三人。我們帶來一瓶血色的葡萄酒和一包五香牛肉乾，還有幾個辛酸的梅子。我們來到鸚鵡塚旁，把東西放下，搬了兩塊白石，權且坐下。涵將酒瓶打開，我用小玉杯倒了滿滿的一盞，鸚鵡塚前，虔誠地禮祝後，就把那一盞酒竟灑在鸚鵡塚旁。這也許沒有什麼意義，但到如今這印象兀自深印心頭呢！

我祭奠鸚鵡以後，涵似乎得了一種暗示，他握著我的手說：「音！我們的別宴不太淒涼嗎？」我自然明白他言外之意，但是我不願這迷信是有證實的可能，我嗾住淒意笑道：「我鬧著玩呢，你別管那些，咱們喝酒吧。你不是說在你離開之先，要在我面前一醉嗎？好，涵！你盡量地喝吧。」他果然拿起杯子，連連喝了幾杯。他的量最淺，不過三、四杯的葡萄酒，他已經醉了；—— 兩頰紅潤得如黃昏時的晚霞，他閉眼斜臥在草地上，我坐在他的身旁，把剩下大半瓶的酒，完全喝了；我由不得想到涵明天就要走了，離別是什麼滋味？那孤零會如沙漠中的旅人嗎？無人對我的悲嘆注意，無人為我的不眠噓唏！我顫抖，我失卻一切矜持的力，我悄悄地垂淚，涵睜開眼對我怔視，彷彿要對我剖白什麼似的，但他始終未哼出一個字，他用手帕緊緊摀住臉，隱隱透出啜泣之聲，這曠野荒郊充滿了幽厲之淒音。

犟！悲劇中的一角之造成，真有些自甘陷溺之愚蠢，但自古到今，有

幾個能自拔？這就是天地缺陷的唯一原因吧！

　　我在鸚鵡塚旁眷懷往事，心痕暴裂。聲！我相信如果你在跟前，我必致放聲痛哭，不過除了在你面前，我不願向人流淚，況且君素又催我走，結果我嚥下將要崩瀉的淚液。我們繞過了蘆堤，沿著土路走到群塚時，細雨又輕輕飄落，我冒雨在晚風中悲噓，聲！呵！我實在覺得羨慕你，辛的死，為你遺留下整個的愛，使你常在憧憬的愛園中躑躅。那滿地都開著紫羅蘭的花，常有愛神出沒其中，永遠是聖潔的。我的遭遇，雖有些像你，但是比你差遜多了。我不能將涵的骨殖，葬埋在我所願他葬埋的地方，他的心也許是我的，但除了這不可捉摸的心以外，一切都受了牽掣。我不能像你般替他樹碑，也不能像你般將寂寞的心淚時時澆灑他的墓土。呵！聲！我真覺得自己可憐！我每次想痛哭，但是沒有地方讓我恣意地痛哭。你自然記得，我屢次想伴你到陶然亭去，你總是搖頭說：「你不用去吧！」聲！你憐惜我的心，我何嘗不知道，因此我除了那一次醉後痛快的哭過，到如今我一直抑積著悲淚，我不敢讓我的淚泉溢出。聲！你想這不太難堪嗎？世界上的悲情，孰有過於要哭而不敢哭的呢？你雖是憐惜我，但你也曾想到這憐惜的結果嗎？

　　我也知道，殘情是應當將它深深地埋葬，可恨我是過分的懦弱，眉目間雖時時含有英氣，可濟什麼事呢？風吹草動，一點禁不住撩撥呵！

　　雨絲越來越緊，君素急要回去，我也知道在這裡守著也無味；跟著他離開陶然亭。車子走了不遠，我又回頭前望，只見叢蘆翠碧，雨霧冪冪，一切漸漸模糊了。

　　到家以後，大雨滂沱，君素也不能回去，我們坐在書房裡，君素在案上寫字，我悄悄坐在沙發上沉思，聲呵！我們相隔千里，我固然不知道你

那時在做什麼；可是我想你的心魂，日夜縈繞著陶然亭旁的孤墓呢！人間是空虛的，我們這種擺脫不開，聰明人未免要笑我們多餘，── 有時我自己也覺得似乎多餘！然而只有聾你能明白：這綿綿不盡的哀愁，在我們有生之日，無論如何，是不能掃盡拋開的呵！

我嚮往想做英雄，── 但此念越強，我的哀愁越深。為人類流同情的淚，固然比較一切偉大，不過對於自身的傷痕，不知撫摸憫惜的人，也絕對不是英雄。聾，我們將來也許能做英雄，不過除非是由辛和涵使我們在悲愁中扎掙起來，我們絕不會有受過陶煉的熱情，在我們深邃的心田中蒸勃呢！

我知道你近來心緒不好，本不應再把這些近乎撩撥的話對你訴說，然而我不說，便如梗在喉，並且我痴心希望，說了後可以減少彼此的深郁的煩紆，所以這一縷愁情，終付征鴻，聾呵！請你恕我吧！

雲音七月十五寫於灰城

寄燕北故人

親愛的朋友們：

在你們閃爍的靈光裡，大約還有些我的影子吧！但我們不見已經四年了，以我的測度你們一定不同從前了，── 至少梅姊給我的印影 ── 夕陽下一個倚新墳而凝淚的梅姊，比起那衰草寒煙的梅窠，吃雞蛋煎菊花的豪情逸興要兩樣了。至於軒姊呢，聽說愁病交纏，近來更是人比黃花瘦。那麼中央公園裡，慢步低吟的幽趣，怕又被病魔銷盡了！……呵！現在想到雋妹，更使我心驚！我記得我離開燕京的時候，她還睡在醫院裡，後來雖常常由信裡知道她的病終久痊癒了，並且她又生了兩個小孩子，但是她活潑的精神和天真的情態，不曾因為病後改變了嗎？哎！不過四年短促的歲月中，便有這許多變遷了，誰還敢打開既往的生活史看，更誰敢向那未來的生活上推想！

我自從去年自己害了一場大病，接著又遭人生的大不幸，終日只是被暗愁鎖著。無論怎樣的環境，都是我滋感之菌 ── 清風明月，苦雨寒窗，我都曾對之泣淚泛瀾，去年我不是告訴你們：我伴送涵的靈柩回鄉嗎？那時我滿想將我的未來命運，整個的埋沒於僻塞的故鄉，權當歸真的墟墓吧！但是當我所乘的輪船才到故鄉的海岸時，已經給我一個可怕的暗示 ── 一片寒光，深籠碧水。四顧不禁毛髮為之悚慄，滿不是我意想中足以和暖我戰懼靈魂的故鄉。及至上了岸，就見家人，約了許多道士，在一張四方木桌上，滿插著招魂旛旗，迎冷風而飄揚。只見涵的衰年老

父，搵淚長號，和那招魂的磬鈸繁響爭激。唉！馬江水碧，鼓嶺雲高，渺渺幽冥，究竟何處招魂！徒使劫餘的我，肝腸俱斷。到家門時，更是淒冷鬼境，非復人間。唉！那高舉的喪幡，沉沉的白幔，正同五年前我奔母親喪時的一樣刺心傷神。── 不過幾年之間，我卻兩度受造物者的宰割。哎！雨打風摧，更經得幾番磨折！── 再加著故鄉中的俚俗困人，我究竟不過住了半年，又離開故鄉了 ── 正是誰念客身輕似葉，千里飄零！

去年承你們的盛情約我北去，更續舊遊，只恨我膽怯，始終不敢應諾。按說北京是我第二故鄉，我七、八歲的時候，就和它相親相近。直到我離開它，其間差不多十八、九年。它使我發生對它的好感，實遠勝我發源地的故鄉。我到北京去，自然是很妥當而適意的了。不過你們應當知道，我為什麼不敢去？東交民巷的皎月馨風，萬牲園的幽廊斜暉，中央公園的薄霜淡霧，都深深地鏤刻著我和涵的往事前塵！我又怎麼敢去？怎麼忍去！朋友們！你們千里外的故人，原是不中用的呢！不過也不必因此失望，因為近來我似乎又找到新生路了。只要我的靈魂出了牢獄，我便可和你們相見了！

我這一次重到上海，得到一個出我意料外的寂靜的環境，讀書作稿，都用不著等待更深夜靜。確是蓼荻繞宅，梧桐當戶，荒墳蔓草，白楊晚鴉，而它們蕭然地長嘆，或冷漠，都給我以莫大的安慰，並且啟示我，為俗慮所掩遮的靈光 ── 雖只是很淡薄的靈光，然而我已經似有所悟了。

我所住的房子，正對著一片曠野，窗前高列著幾棵大樹，枝葉繁茂，宿鳥成陣，時時鼓舌如簧，嬌囀不絕。我課餘無事，每每開窗靜聽，在牠們的快樂聲中，常常告訴我，牠們是自由的……有時竟覺得，牠們在嘲笑我太不自由了，因為我靈魂永永不曾解放過，我不能離開現實而體察神的隱祕，無論做什麼事情，都只能宛轉因人，這不是太怯弱了嗎？

有一天我正向窗外凝視，忽然看見幾個小孩子，滿臉都是汙泥，衣服也和他們的臉一樣的骯髒，在我們房子左右滿了落葉枯枝的草地上，撿拾那落葉枯枝。這時我由不得心裡一驚 ── 天寒歲暮了，這些孩子們，撿這枯枝，想來是，燃了取暖的。昨天聽說這左右發見不少小賊，於是我告訴門房的人，把那些孩子趕了出去，並且還交代小工，將那破損的竹籬笆修修好，不要讓閒雜人進來，……這自然是我的責任，但是我可對不起那幾個聖潔的小靈魂了。我簡直是蔑視他們，賊自然是可怕的罪惡，然而我沒有用的人，只知道關緊門，不許他們進來，這只圖自己的安適，再不為那些不幸的人們著想，這是多麼卑鄙的靈魂？除自私之外沒有更大的東西了！朋友們：在這靈光一瞥中，我發見了人類的醜惡，所以現在除了不幸的人外，我沒有朋友。有許多人，對著某一個不幸的人，雖有時也說可憐，然而只是上下唇、及舌頭筋肉間的活動，和音帶的震響罷了 ──，真是十三分的漠然，或者可以說，其間含著幸災樂禍的惡意呢？總之，一個從來不懂悲哀和痛苦真義的人，要叫他能了解悲哀和痛苦的神祕，未免太不容易！所以朋友們！你們要好好記住，如果你們是有痛苦悲哀的時候，與其對那些不能了解的人訴說，希冀他們予以同情的共鳴，那只是你們的幻想，絕不會成事實的。不如閉緊你們的口，眼淚向肚裡流要好得多呢。

悲哀才是一種美妙的快感，因為悲哀的纖維，是特別的精細。它無論是觸於怎樣溫柔的玫瑰花朵上，也能明切的感覺到，比起那近於欲的快樂的享受，真是要耐人尋味多了。並且只有悲哀，能與超乎一切的神靈接近。當你用憐憫而傷感的淚眼，去認識神靈的所在，比較你用浮誇的享樂的欲眼時，要高明得多。悲哀誠然是偉大的！

朋友們！你們讀我的信到這個地方，總要放下來揣想一下吧！甚或

要問這倒是怎麼一回事？——想來這個不幸的人，必要被暗愁攪亂了神經，不然為何如此尊崇悲哀和不幸者呢？……要不然這個不幸的人，一定改了前此曠達的心胸，自囿於淒慄之中，……呵！朋友們：如果你們如是的懷疑，我可以誠誠實實地告訴你們，這揣想完全錯了。我現在的態度，固然是比較從前嚴肅，然而我卻好久不掉眼淚了。看見人家傷心，我彷彿是得到一句雋永的名句，有意義的，耐人尋味的名句。我得到這名句，一面是刻骨子的欣賞，一面又從其中得到慰安。這真是一種靈的認識，從悲哀的歷程中，所發見的寶藏。

我前此常常覺得人生，過於單調；青春時互相的愛戀者，一天天平凡的度過去，究竟什麼是生命的意義！——有什麼無上的價值，完全不明了。現在我彷彿得到神明的詔示，真了解悲哀才有與神接近的機會，才能與鮮紅的熱血為不幸者犧牲，朋友們！我相信你們中一定有能了解我這話的人，至少梅姊可以和我表同情，是不是？

我自從淪入失望和深愁浸漬的漩渦中，一直總是頹廢不振。我常常自危，幸而近來靈光普照，差不多已由頹廢的漩渦中扎掙起來了。只要我一旦對於我的靈魂，更能比較的解放，更認識得清楚些，那麼那個人的小得失，必不至使我驚心動魄了。

梅姊的近狀如何？我記得上半年來信，神氣十分萎靡；固然我也知道梅姊的遭遇多苦；但是，我希望梅姊把自己的價值看重些，把自己的責任看大些，像我們這種個人的失意，應該把它稍為靠後些。因為這悲哀造成的世界，本以悲哀為原則，不過有的是可醫治的悲哀，有的是不可醫治的悲哀。我們的悲哀，是不可醫治的根本的煩冤，除非毀滅，是不能使我們與悲哀相脫離。我們只有推廣這悲哀的意味，與一切不幸者同運命，我們的悲哀豈不更覺有意義些嗎？呵！親愛的朋友！為了憐憫一個貧病的小孩

子而流淚，要比因自己的不幸而流淚，要有意味得多呢！

　　神實在是不可思議的，所以能夠使世界瑰琦燦爛，不可逼視，在這裡我要告訴你一件很有趣味的事實。前天下午，我去看星姊，那時美麗的太陽，正射著玫瑰色的玻璃窗上，天邊浮動著變幻的淺藍的飛雲。我走到星姊的房間的時候，正靜悄悄不聽一點聲息。後來我開門進去，只見星姊正在搖籃旁用手極輕微地搖著睡在裡面的小孩子。我一看，突然感覺到母親偉大而高遠的愛的神光，從星姊的兩眸子中流射出來。那真是一朵不可思議的燦爛之花！呵雋妹！我現在能想像你，那溫慈的愛歡，正注射著你那可愛的嬌兒呢！這真是人間最大慰安吧。無論是怎麼痛苦或疲乏的人，只要被母親的春暉拂照便立刻有了生氣。世界上還有比母親的愛更偉大麼。這正是能犧牲自己而愛，愛她們的孩子，並且又是無所為而愛的呵！母親的愛是怎樣的神聖，也正和為不幸而悲哀同樣有意味呢！

　　現在天氣冷了，秋風秋雨一陣緊一陣，燕北彤雲，雪意必濃，四境的冷澀，不知又使多少貧苦人驚心駭魄。但願梅姊用悲哀的更大同情，為他們洗滌創汙；雋妹以母親偉大的溫情，為他們的孤零噓拂。

　　如果是無甚阻礙，明年暑假，我們定可圖一晤。敬祝親愛的朋友為使靈魂的超越而努力呵！

　　　　　　　　　　　　你們海角的故人書於淒風冷雨之下

寄天涯一孤鴻

親愛的朋友，這是什麼消息，正是你從雲山疊翠的天末帶來的！我絕不能頃刻忘記，也絕不能剎那不為此消息思維。我想到你所說的「從今後我真成了天涯一孤鴻了」，這一句話日夜在我心魂中迴旋蕩漾。我不時的想，倘若一隻孤鴻，停駐在天水交接的雲中，四顧蒼茫，無枝可棲，其淒涼當如何？你現在既是變成天涯一孤鴻，我怎堪為你虛擬其淒涼之境，我也不願你真個是那樣的冷漠淒涼。但你帶來的一紙消息，又明明是：「……一切的世界都變了，我處身其中，正是活骸轉動於冷酷的幽谷裡，但是我總想著一年之中，你要聽到我歸真的訊息……」唉，朋友！久已心灰意懶的海濱故人，不免為此而怦怦心動，正是積思成痴了。我昨夜因赴友人之召，回來已經十時後，我歸途中穿過一帶茂密的樹林，從林隙中閃爍著淡而無力的上弦月，我不免又想起你了。回來後，我懶懶坐在燈光下，桌上放著一部宋人詞鈔，我隨手翻了幾頁，本想於此中找些安慰，或能把想你的念頭忘卻；但是不幸，我一翻便翻出你給我的一封信來，我想擱起它，然而不能，我始終又從頭把它讀了。這信是你前一個月寄給我的，大約你已忘了這其中的話。我本不想重複提這些頹喪的話，以惹你的傷心，但是其中有一個使命，是你叫我為你作一篇記述的。原文是：「……我友，汝尚念及可憐陷入此種心情的朋友嗎？你有興，我願你用誠懇的筆墨為傷心人一吐積悃……」朋友！這個使命如何的重大？你所希望我的其實也是我所願意做的。但是朋友，你將叫我怎樣寫法？唉！我終是躑躅，我曾三翻五次，握管沉思，竟至整日無語，而隻字不曾落紙。我與你交雖莫逆，但

是你的心究竟不是我的心，你的悲傷我雖然知道，但是我所知道的，我不敢臆斷你傷感的程度，是否正應我所直覺到的一樣。我每次作稿，描寫某人的悲哀或煩惱，我只是欺人自欺，說某人怎樣的痛哭，無論說得怎樣像，但是被我描寫的某人，是否和我所想像的傷心程度一樣，誰又敢斷定呢？然而那些人只是我借他們來為我象徵之用，是否寫得恰合其當，都無傷於事；而你是我最好的朋友，我對於你的囑託，怎好不忠於其事。因此我再三躊躇，不能輕易落筆，便到如今我也不敢為你做記述。我只能把我所料想你的心情，和你平日的舉動，使我直覺到你的特性，隨便寫些寄給你。你看了之後，你若因之而浮白稱快，我的大功便成了五分。你若讀了之後，竟為之流淚，而至於痛哭，我的大功便成了九分九。這種辦法，諒你也必贊成？

　　我記得我認識你的時候，正是我將要離開學校的頭一年春天。你與我同學雖不止一年，可是我對於新來的同學，本來多半只知其名，不識其面，有的識其面又不知其名，我對於你也是如此。我雖然知道新同學中有一個你，而我並不知道，我所看見很活潑的你，便是常在報紙上做纏綿悱惻的詩的你。直到那一年春天，我和同級的瑩如在中央公園裡，柏樹蔭下閒談，恰巧你和你的朋友從荷池旁來，我們只以彼此面熟的緣故，點頭招呼。我們也不曾留你坐下談談，你也不曾和我說什麼，不過那時我覺得你很好，便想認識你，我便問瑩如你叫什麼名字。她告訴我之後，才狂喜地叫起來道：「原來就是她呵，不像！不像！」瑩如對於我無頭無腦的話，很覺得詫異，她說：「什麼不像不像呵？」我被她一問，自己也不覺笑起來，我說：「你不知道我的心裡的想頭，怪不得你不懂我的意思了。你常看見報上 PM 的詩嗎？你就那個詩的本身研究，你應當覺到那詩的作者心情的沉鬱了，但是對她的外表看起來，不是很活潑的嗎？我所以說不像就是這

個原故了。」瑩如聽了我的解釋，也禁不住點頭道：「果然有點不像，我想她至少也是怪人了！」朋友！自從那日起，我算認識你了，並且心中常有你的影像，每當無事的時候，便想把你的人格分析分析，終以我們不同級，聚會的時間很少，隔靴搔癢式的分析，總覺無結果，我的心情也漸漸懶了。

過了二年，我在某中學教書。那中學是個男校，教職員全是男人。我第一天到學校裡，覺得很不自然，坐在預備室裡很覺得無聊，正在神思飛越的時候，忽聽預備室的門呀的一響，我抬頭一看，正是你拿著一把藕合色的綢傘進來了。我這時異常興奮，連忙握著你的手道：「你也來了，好極！好極！你是不是擔任女生的體操？」你也顧不得回答我的話，只管嘻嘻地笑 —— 這情景諒你尚能彷彿？親愛的朋友！我這時心裡的歡樂，真是難以形容，不但此後有了合作的伴侶，免得孤孤單單一個人坐在女教員預備室裡，而且與你朝夕相處，得以分析你的特性，酬了我的心願。

想你還記得那女教員預備室的樣子，那屋子是正方形的，四壁新裱的白粉連紙，映著陽光，都十分明亮。不過屋裡的陳設，異常簡陋，除了一張白木的桌子，和兩、三張白木椅子外，還有一個書架，以外便什麼都沒有了。當時我們看了這乾燥的預備室，都感到一種悵惘情緒。過了幾天，我們便替這個預備室起了一個名字，叫做白屋。每逢下課後，我們便在白屋裡雄談闊論起來。不過無論怎樣，彼此總是常常感到苦悶，所以後來我們竟弄得默然無言。我喜歡詩詞，你也愛讀詩詞，便每人各手一捲，在課後瀏覽以消此無謂的時間。我那時因為這預備室裡很乾燥，一下了課便想回到家裡去，但是當我享到家庭融洽樂趣的時候，免不得想到棲身學校寄宿舍中，舉目無與言笑的你，因決意去訪你，看你如何消遣。我因僱車到了你所住的地方，只見兩扇欲倒未倒的剝漆黑灰不分明的大柴門，牆頭的

瓦七零八落的疊著，門樓上滿長著狗尾巴草，迎風搖擺，似乎代表主人招待我。下車後，我微用力將柴門推了一下，便呀的開了。一個老看門人恰巧從裡面出來，我便問他你住的屋子，他說：「這外頭院全是男教員的住舍，往東去另有一小門，又是一個院子，便是女教員住的地方了。」我因按他話往東去，進了小門，便看見一個院落，院之中間有一座破亭子，亭子的四圍放著些破木頭的假槍戟，上頭還有紅色的纓子，過了破亭有一株合抱的大槐樹，在枝葉交覆的蔭影下，有三間小小的瓦房，靠左邊一間，窗上掛著淡綠色的紗幔，益襯得四境沉寂。我走到窗下，低聲叫你時，心潮突起，我想著這種冷靜的所在，何異校中白屋。以你青年活潑的少女，整日住在這種的環境裡，何異老僧踞石崖而參禪，長此以往，寧不銷鑠了生趣。我一走進屋子裡看見你，突然問道：「你原來住在破廟裡！」你微笑著答道：「不錯！我是住在破廟裡，你覺得怎樣？」我被你這一問，竟不知所答，只是怔怔地四面觀望。只見在小小的門鬥上有一張妃紅色紙，寫著「梅窠」兩字。這時候我彷彿有所發見，我知道素日對你所想像的，至少錯了一半，從此我對你的性格分析，更覺興味濃厚了。

　　光陰過得很快，不覺開學兩個多月了，天氣已經秋涼。在那曉露未乾的公園草地上，我們靜靜地臥著。你對我說：「我願就這樣過一世，我的靈魂便可常常與浩然之氣結伴遨遊。」我聽了你的話，勾起我好作玄思的心，便覺得身飄飄凌雲而直上，頃刻間來到四無人跡的仙島裡，枕藉芳草以為茵縟，餐美果，飲花露，絕不染絲毫煙火氣。那時你心裡所想的什麼，我雖無從知道，但看你那優然游然的樣子，我感到你已神遊天國了。

　　我和你相處將及一年，幾次同遊，幾次深談，我總相信你是超然物外的人。我記得冬天裡我們彼此坐在白屋裡向火的時候，你曾對我說，你總覺得我是個怪人，你說：「我不曾和你同事的時候，我常常對婉如說，你

是放蕩不羈的天馬。但是現在我覺得你志趣消沉，束縛維深……」我當時聽了你的話，我曾感到刺心的酸楚，因為我那時正困頓情海裡拔脫不能的時候，聽你說起我從前悲歌慷慨的心情，現在何以如此萎靡呢？

但是朋友！你所懷疑於我的，也正是我所懷疑於你；不過我覺得你只是被矛盾的心理爭戰而煩悶，我卻不曾疑心你有什麼更深的苦楚。直到我將要離開北京的那一天，你曾到車站送我，你對我說：「朋友！從此好好的遊戲人間吧！」我知道你又在打趣我，我因對你說：「一樣的，大家都是遊戲人間，你何必特別囑咐我呢！」你聽了我這話，臉色忽然慘淡起來，哽咽著道：「只怕要應了你在《或人的悲哀》裡的一句話：我想遊戲人間，反被人間遊戲了我！」當時我見你這種情形，我才知道我從前的推想又錯了。後來我到上海，你寫信給我，常常露著悲苦的調子，但我還不能知道你悲苦到什麼地步；直到上月我接到你一封信說，你從此變成天涯一孤鴻了，我才想起有一次正是風雨交作的晚上，我在你所住的「梅窠」坐著，你對我說：「隱！世界上冷酷的人太多了，我很佩服你的卓然自持，現在已得到最後的勝利！我真沒有你那種膽量和決心，只有自己摧殘自己，前途結果現在雖然不能定，但是慘像已露，結果恐不免要演悲劇呢。」我那時知道你蘊藏心底必有不可告人的哀苦，本想向你盤詰，恐怕你不願對我說，故只對你說了幾句寬解的話。不久雨止了，餘雲盡散，東山捧出淡淡月兒，我們站在廊廡下，沉默著彼此無語，只有互應和著低微之吁氣聲。

最近我接到你一封信，你說：

隱友！《或人的悲哀》中的惡消息：「唯逸已於昨晚死了！」隱友！怎麼想得到我便是亞俠了，遊戲人間的結果只是如斯！……但是亞俠的悲哀是埋葬在湖心了，我的悲哀只有飄浮的天心了，有母親在，我須忍受腐蝕的痛苦活著。……

　　我自從接到你這封信，我深悔《或人的悲哀》之作。不幸的唯逸和亞俠，其結果之慘淡，竟深刻在你活躍的心海裡。即你的拘執和自傲，何嘗不是受我此作的無形影響。我雖然知道縱不讀我的作品，在你超特的天性裡早已蟄伏著拘執的分子，自傲的色彩，不過若無此作，你自傲和拘執或不至如是之深且刻。唉！親愛的朋友，你所引為同情的唯逸既已死了，我是回天無術，但我卻要懇求你不要作亞俠罷。你本來體質很好，並沒有心臟病，也不曾吐血，你何必自己過分地糟蹋呢。我接到你縱性喝酒的消息，十分難受。親愛的朋友！你對於愛你的某君，既是不能在他生時犧牲無謂的毀譽，而滿足他如飢如渴的純摯情懷，又何必在他死後，做無謂的摧殘呢？你說：「人事難測，我明年此日或者已經枯腐，亦未可知！……現在我毫無痛苦，一切麻木，仰觀明月一輪常自竊笑人類之愚痴可憐。」唉！你的矛盾心理，你自己或不覺得，而我卻不能不為你可憐。你果真麻木，又何至於明年此日化為枯槁？我誠知人到傷心時，往往不可理喻，不過我總希望你明白世界本來不是完全的，人生不如意事也自難免，便是你所認為同調的某君不死，並且很順當地達到完滿的目的；但是勝利以後，又何嘗沒有苦痛？況且戀感譬如漠漠平林上的輕煙微霧，只是不可捉摸的，使戀感下躋於可捉摸的事實，戀感便將與時日而並逝了。親愛的朋友呀！你雖確是悲劇中之一角，我但願你以此自傲，不要以此自傷吧！

　　昨夜星月皎潔，微風拂煦，炎暑匿跡，我同一個朋友徘徊於靜安寺路。忽見一所很美麗莊嚴的外國墳場，那時鐵門已闔，我們只在那鐵棚隙間向裡窺看，只見墳牌瑩潔，石墓純白；墓旁安琪兒有的低頭沉默，似為死者之幽靈祝福；有的仰矚天容，似伴飄忽的魂魄上游天國。我們駐立忘返。忽然墳場內松樹之巔，住著一個夜鶯，唱起悲涼的曲子。我忽然又想起你來了。

回來之後忽接得文菊的一封信說：

隱友！前接來信，令我探聽 PM 的近狀，她現在確是十分淒楚。我每和她談起 FN 的死，她必淚沾襟袖嗚咽地說：「造物戲我太甚！使我殺人，使我陷入於類似自殺之心境！」自然喲！她的悲涼原不是無因。我當年和她在故鄉同學的時候，她是很聰明特殊的學生。有一個青年十分羨慕她，曾再三想和她締交，她也曉得那青年也是個很有志趣的人，漸漸便相熟了。後來她離開故鄉，到北京去求學，那青年便和她同去。她以離開溫情的父母和家庭，來到四無親故的燕都，當然更覺寂寞淒涼，FN 常常伴她出遊。在這種環境下，她和他的交感之深，自與時日俱進了。那時我們總以為有情人終成眷屬了；然而人事不可測，不久便聽說 FN 病了，病因很複雜，隱約聽說是嘔血之症。這種的病，多半因抑鬱焦勞而起，我很覺得為 PM 擔憂，因到她住的「梅窠」去訪她。我一進門便看見她黯然無言地坐在案旁，手裡拿著一張甫寫成的幾行信稿。她見我進來，便放下信稿招呼我。正在她倒茶給我喝的時候，我已將那桌上的信稿看了一遍，她寫的是：「……飛蛾撲火而焚身，春蠶作繭以自縛，此豈無知之蟲蚤獨受其危害，要亦造物羅網，不可逃數耳！即靈如人類，亦何能擺脫？……」隱友！PM 的哀苦，已可在這數行信籤中尋繹了解，何況她當時復戚容滿面呢。我因問她道：「你曾去看 FN 嗎？他病好些嗎？」她聽我問完，便長嘆道：「他的病怎能那麼容易好呢！瞧著罷！我雖不殺伯仁，伯仁終不免因我而死！」我說：「你既知你有左右他的生死權，何忍終置之於死地！」她這時禁不住哭了，她不能回答我所問的話，只從抽屜裡拿出一封信給我看，只見上面寫道：

「PM ！近來我忽覺得我自己的興趣變了，經過多次的自省，我才曉得

我的興趣所以致變的原因。唉！PM！在這廣漠的世界上我只認識了你，也只專誠地膜拜你，願飄零半世的我，能終覆於你愛翼之下！

「誠然，我也知道，這只是不自然的自己束縛自己。我們為了名分地位的阻礙，常常壓伏著自然情況的交感，然而愈要冷淡，結果愈至於熱烈。唉！我實不能反抗我這顆心，而事實又不能不反抗，我只有幽囚在這意境的名園裡，做個永久的俘虜罷！」

F 韓

隱友！世界上不幸的事何其多！不過因為區區的名分和地位，卒斷送了一個有用的青年！其實其慘淡尚不止此，PM 的毀形滅靈，更使人為之不忍，當時我禁不住陪著哭，但是何益！

她現在體質日漸衰弱，終日哭笑無常，有人勸她看佛經，但何處是涅槃？我聽說她叫你替她作一篇記述，也好！你有功夫不妨替她寫寫，使她讀了痛痛快快哭一場；久積的鬱悶，或可借之一洩！

文菊

親愛的朋友！當我讀完文菊這封信，正是午夜人靜的時候，淡月皎光已深深隱於雲被之後，悲風嗚咽，以助我的嘆息。唉，朋友呵！我常自笑人類痴愚，喜作繭自縛，而我之愚更甚於一切人類。每當風清月白之夜，不知欣賞美景，只知握著一管敗筆，為世之傷心人寫照，竟使灑然之心，滿蓄悲楚！故我無作則已，有所作必皆淒苦哀涼之音，豈偌大世界，竟無分寸安樂土，資人歡笑！唉！朋友喲！我不敢責備你毀情絕義以自苦，你為了因你而死的 FN，終日以眼淚洗面，我也絕不敢說你想不開。因為被宰割的心絕不是別人所能想到其痛楚；那麼更有何人能斷定你的哭是不應該的呢。哭罷，吾友！有眼淚的時候痛快地流，莫等欲哭無淚，更要痛苦

萬倍了。

　　你叫我替你作記述，無非要將一腔積悶宣洩。文菊叫我作記述，也不過要借我的酒杯為你澆塊壘。這都有益於你的，我又焉敢辭。不過我終不敢大膽為你作傳，我怕我的預料不對，我若寫得不合你的意，必更增你的惆悵，更覺得你是天涯一孤鴻了。但是我若寫得合你的意，我又怕你受了無形的催眠。──只有這封信給你，我對於你同情和推想，都可於此中尋得。你為之欣慰或傷感，我無從得知，只盼你誠實地告訴我，並望你有出我意料外的徹悟消息告訴我！親愛的朋友！保重罷！

隱自海濱寄

屈伸自如

　　晝長無聊，偶翻十三經至孔老先生：「天下有道則見，無道則隱」及「邦有道如矢，邦無道如失。」不禁掩卷而長嘆道：「傻子哉，孔老先生也！」怪不得有陳蔡之厄，周遊列國，卒不見用！苟能學今之大人先生，又何往而不利？

　　然則今之大人先生處世之道如何？無他，能「屈伸自如」耳。何謂屈伸自如？即見人之勢與財強於我者，則恭敬如兒孫對父祖，卑顏屈膝舐痔拍馬，盡其能事而為之，如是則可仗人勢，狐假虎威，昂首揚眉，擺擺搖搖，像煞有介事，漸漸而求之，不難為人上之人矣！

　　至於見無勢無財之人，則傲之，驕之，虎嚇之，吹法螺，裝腔而作勢，威風凜凜，氣派十足，使其人不敢仰目而視，足恭聽令，因之其氣焰蒸蒸焉，灼灼焉，不可一世矣。

　　「屈伸自如」既有如是之宏功偉業，吾人寧可不鞠躬受教，以自取於滅亡耶？

　　然操此術者，亦有所謂祕訣者在，即忘記自己是個人，既非人則何恤乎人格？故不要人格是第一祕訣，試看古往今來，愚忠愚孝的傻子，修德立品的呆子，都是太看重自我和人格了，所以弄得「殺身成仁」徒貽笑於今日之大人先生，真真何苦來哉！

　　時至今日，世變非常，立身之道豈可不變？苟不知應付之術，包管索爾於枯魚之肆，反之則可以大作其官，大發其財了！

　　窮小子們覺悟罷，不要被孔老先生所誤，什麼立功、立德、立言，這都是隔壁帳，還是練習其「屈伸自如」之本事，與今之大人先生抗衡於二十世紀之世界，豈不妙哉！

雲鷗情書選

一　寄冷鷗

可敬的冷鷗女士：

　　相談後，心中覺著一種說不出的怪感；你總拿著一聲嘆息，一顆眼淚，去籠罩宇宙，去解釋一切，我雖則反對你，但仍然深與你同情。我呵！昔日也雖終夜流過淚的，但無論如何我閉緊嘴絕不發一聲太息，因為在這世上，你如果覺得無聊或悲觀，那麼趁早去自殺罷，不然只望著生命空長呻吟，有何用處？你說你看透了世上早就是這麼一回事，但是你能反對「自然」，反對「命運」，你就當努力去向它們宣戰，失敗成功，毫不顧及，努力去創造好環境，這才是真的人生。如果你畏縮，你豈不是落入命運之手？豈不是更入悲境？這樣下去，又怎樣才好呢？要知道奮鬥即是人生意義，悲觀、樂觀、幸運、劫運一切一切都是假的！你也許說我不了解你的心情，和你的環境，所以才有這類意思，不過，可敬的冷鷗！主張是主張，環境是環境，外面的一切都不能改變我們的主張和見解，現在我把這首長詩〈祈禱〉寄與你，希冀你從它那裡能得些安慰，我的目的也盡於此了。呵！冷鷗，我很盼望你能時賜我書，更盼望你能給我糾正與指導，讓我倆永遠是心靈中的伴侶吧！

異雲

二　寄異雲

信收到了，詩尚未寄來，想因掛號耽誤之故吧。

承你鼓舞我向無結果人生路上強為歡笑，自然是值得感激的；不過，異雲，神經過敏的我，覺得你不說悲觀是不自然的……什麼是奮鬥？什麼是努力？反正一句話，無論誰在沒有自殺或自然的死去之先，總是在奮鬥在努力，不然便一天也支持不過去的。

異雲，我告訴你，我並不畏縮，我雖屢經坎坷，洶浪，惡濤，幾次沒頂，然而我還是我，現在依然生活著；至於說我總拿一聲嘆息一顆眼淚去罩籠宇宙，去解釋一切，那只怪我生成戴了這副不幸的灰色的眼鏡，在我眼睛裡不能把宇宙的一切變得更美麗些，這也是無辦法的事。至於說悲觀有何用 —— 根本上我就沒有希望它有用，—— 不過情激於中，自然的流露於外，不論是「陽春白雪」或「下里巴歌」，總而言之，心聲而已。

我一生別的不敢驕人，只有任情是比一切人高明。我不能勉強敷衍任何人，我甚至於不願見和我不洽合的人，我是這樣的，只有我，沒有別人；換言之，我的個性是特別頑強，所以我是不容易感化的，而且我覺得也不必勉強感化。世界原來是種種色色的，況悲切的哀調是更美麗的詩篇，又何必一定都要如歡喜佛大開笑口呢？異雲，我願你不要失去你自己，—— 不過，如果你從心坎裡覺得世界是值得歌頌的，那自然是對的；否則不必戴假面具 —— 那太苦而且無聊！

我們初次相見，即互示以心靈，所以我不高興打誑語，直抒所欲言，你當能諒我，是不是？

再說罷，祝你

快樂！

冷鷗

三 寄冷鷗

親愛的鷗姐：

我確信你不至於誤會我的——

現在我先要來「正名」！我覺得我無相當名稱賞於你，除了「心靈的姐」——這是詩人雪萊叫黑琴籟女士用的，你以為如何？最好再聲明一下：我這信是亂七八糟的，無系統的，我感著什麼便吐出什麼，毫不作假，絕非假面具！鷗姐，你說這個態度對不對？以下便是我的瘋話，請聽吧：

你在中央公園時不是說過，我來當你的領導嗎？那麼，我這一生就算是有意義了。我相信當我「領導」的人至少經驗學問年紀三者須比我大，所以從前有一位德國學者曾言他最合適為我的「領導」，親愛的鷗姐，你這般重視我，這樣慷慨，在我請求你當我的「領導」之先，你便說這一句我永永遠遠不能忘的話喲！人類自古到今，聖賢哲士，當然也不少，我讀的詩人也不很少，他們的話沒有一句不像你那一句話——呵！就只那一句話，那般感動我的。唉，鷗姐，你須知道，我永遠是單獨的；我每覺這世上不是我棲息的地方，總願飛到他處——不管何處，只須離了這世界。如今喲，也許以後我再不覺著生命如何無聊，也許不十分想飛離此世，那是誰的功勞呢？我說那並非你的力量，實在是上帝的力量，上帝的力量又在哪裡？上帝的力量在我倆的內心的感應，說到這裡，我入了神祕

之境，希望你也進入神祕之境。

別後回學校，世界的面目好似改了，我心中有種說不出來的壓迫，有種不可言喻的神奇，使得我昨夜通夜未嘗安眠；呵，鷗姐，你到底是什麼？我不知道，即使知道，也不敢講；從今後我將用全般精神來侍奉你。請你別以我為齷齪——呵！不，即使我齷齪，你就應當完成你在世上的使命，來使人類清潔。我呢？也是人類之一，那你自然也當使我這齷齪的靈魂神潔。呵，我哭了。哭出過喜的眼淚，呵，我心中有美麗鮮花一朵——那是你對我的明白與憐愛。

現今再說幾句關於我個人的話：——人人都以為我是一個太浪漫的人，其實我浪慢的動機正似李太白喝酒過度的原因。我來到世上與別人一樣，想得點安慰，了解種種，現在固無論別的，只有一事是真的，就是我總覺得我自呱呱墜地以來沒有得過一度的安慰與了解。我昔在上海，屢想自殺，但終屈弱膽怯，未能實現，到而今仍然生存著，過一天算一天。——唉，親愛的鷗姐，你細想我如何的可憐？哦，請別哭，請保留著你那可貴的神淚，等我的其他的更大悲痛來臨時，再來替我滴一、兩顆吧。

兩、三月前，那位德國學者由廣州來函，還對我講：「異雲，你一人東飄西流的，真可憐，無人注意你，也無人指導你，——除了我，異雲，親愛的異雲，你如願到廣州來，那就快來，跟我一處吧！」他又講，我如果有一個好的、有力量的乳母，那就比什麼書什麼朋友都強。當時，我聽著心下陣陣發酸，知道這是很難的，因為他以那樣多的經驗與學問，尚且說他恐怕不能怎樣對我有效。以後，他又對我說，雖然不容易找這一位神聖的乳母，但我知道這位乳母是在女子中，這女子雖沒有那般年紀學問和經驗，但比較容易有相當的成績；他又說要替我解決這一個特別對我是最大最難的問題——婚姻問題，所以這幾年來，我也認識一些女子，我毫不重視她們，其中有些都很喜歡我，愛我，但我始終不大理她們，只

是無聊時同她們玩玩罷了！

　　唉！我最敬愛的鷗姐！你聽了這些話一定不至誤會的，因為你是聰明人，我是瘋人，真正的聰明人是真正了解真正的瘋人的。現在你喲，我以為比一切一切萬匯都偉大，我便願終生在你這種偉大無邊的智慧之光中當一隻小鳥或一個小蝶，朝晨唱唱歌，中午翩翩地在花叢中飛舞，寫到這裡，還有許多許多的話想說，我覺文字這種東西現在很不能表現我的萬分之一的感想與感覺，我要用音樂與圖畫來使你同樣感到我心中的感覺，但我既非音樂家，也非圖畫家，──咳！我將用沉默來使你了解我。你沉默了嗎？告訴我，請溫柔地低聲地告訴我，你在沉默中感覺什麼，看看我倆感著的是否相同。

　　我的心，這一顆多傷，跳得不規則的心，從前跳，跳，單獨地跳，跳出單獨的音調；自從認識你後，漸漸地跳，跳出雙音來，現在呢？這雙音又合為一音了，此後，你的呼吸裡，你的血管裡，表面看來是單的，其實是雙的；我呢，也在同樣的情形中，這些這些誰知道誰了解呵？除了我倆！

　　啊！世界，跳舞，微笑，別再痴呆地坐在那兒板著灰的臉，我的生命，我的天使，我的我，──鷗姐！我看見你在教世界跳一種舞蹈，笑一種新微笑，我也學會了一首新生命的歌調，新生命的舞蹈，我即死，我的生命已經居在永久不朽之中，你說是不是？

　　我很想再見你，還有許多話要向你講；但是話有時不能表現我的奧義與深情，奈何？

　　你禮拜天如果有空時，我虔誠盼望你能許我禮拜上午在你家裡等我，我倆同到城外我的茅屋看看，然後同到玉泉山或西山一遊。親愛的姐姐，想來你不至於拒絕吧？鷗姐，我說一句真話，我從前沒有被人動心像被你

動心那樣！希望你以後對我萬萬分的誠真，指導指教我的一切 —— 身體和精神。希望你接到這封瘋狂但是天真的信以後，即刻就回我一封。

異雲

四　寄異雲

雲弟：

放心！我一切都看得雪亮，絕不至誤會你！

人間雖然汙濁，但是黑暗中也未嘗沒有光明；人類雖然渺小，但在或種環境之中也未嘗沒有偉大。雲弟，我們原是以聖潔的心靈相結識，我們應當是超人間的情誼，我何至那麼愚鈍而去誤會你，可憐的弟弟，你放心吧，放心吧！

人與人的交接不得已而戴上假面具，那是人間最殘酷最可憐的事實，如果能夠在某一人面前率真，那就是幸福，所以你能在我面前不虛偽，那是你的幸福，應當好好的享受。

什麼叫瘋話？ —— 在一般人的意義（解釋瘋狂的意義之下）你自然難免賢者之譏；但在我覺得這瘋話就是一篇美的文學，—— 至少它有著真誠的情感吧。

但是雲弟，你入世未深，你年紀還小，恐怕有那麼一天你的瘋話將為你的經驗和苦難的人生而陶鑄成了假話呢！到那時候，才是真正可悲哀的，古人說「哀莫大於心死」，—— 現在一般社會上的人物，哪一個是有著活潑生動的心靈？那一個不是行屍走肉般在光天化日之下轉動著？唉！愚鈍本是人類的根性，佛家所謂「真如」早已被一切的塵濁所遮掩了，還有什麼可說？

　　其實我也不比誰多知道什麼，有的時候我還要比一切愚鈍的人更愚鈍，不過我有一件事情可以自傲的：就是無論在什麼環境中，我總未曾忘記過「自我」的偉大和尊嚴；所以我在一般人看起來是一個最不合宜的固執人，而在我自己，我的靈魂確因此解放不少，我除非萬不得已的時候，我總是行我心之所安 —— 這就是我現在還能扎掙於萬惡的人間絕大的原因。雲弟，我所能指導你的不過如是而已！

　　你是絕對主情生活的人，這種人在一方面說是很偉大很真實的，但在另一方面說，也是最苦痛最可憐的；因為理智與情感永遠是衝突的，況且世界上的一切事實往往都穿上理智的衣裳，在這種環境之下，只有你一個人騎著沒有韁勒的天馬，到處奔馳，結果是到處碰釘子 —— 這話比較玄妙，我可以舉一件事實證明我的話是對的：比如你在南方飯店裡所認識的某女士，在你不過任一時的情感說一、兩句玩話罷了，而結果？別人就拿你的話當作事實，然後加以理智的批評，因之某博士也不高興你，某詩人也反對你，弄到現在，你自己也進退兩難 —— 這個大概夠你受了吧？ —— 所以，雲弟，我希望你以後稍微冷靜點，一般沒什麼知識的女子，她們不懂得什麼神祕，她們可以把你一、兩句無意的話當作你對她們表示情愛的象徵呢！ —— 世路太險惡，天真的朋友，你要留心荊棘的刺傷呢。

　　雲弟，你是極聰明的人，所以你比誰都瘋狂， —— 自然這話也許你要笑我偷自「天才即狂人」的一句話；不過，我確也很了解這話的意義。所謂天才，他的神光與人不同，他的思想是超出人間的，而一般的批評家卻是道地的人間的人，那些神祕驚奇的事跡在他們眼裡看來自然是太陌生。又焉得不以瘋子目之呢？

　　可是我並不討厭瘋子，我最怕那方行矩步的假人物。 —— 在中國詩

人中我最喜歡李太白和蘇東坡，我最討厭杜甫和吳梅村；在外國詩人中我所知道有限，可是我很喜歡雪萊 —— 這也許就是我們能夠共鳴的緣故吧。

　　天地間的東西最神祕的，是無言之言，無聲之聲，就是你所說的沉默。中國有一句成語說「無限心頭事，都在不言中」。所謂沉默的時候，就是包容宇宙一切的時候，這時候是超人間的，如醉於美酒後的無所顧忌飄逸美滿的心情，雲，你說對不對？再談吧，祝你

　　高興！

冷鷗

十六　寄異雲

異雲：

現在正是黃昏時候，天空罩著一層薄薄的陰翳，沒有嬌媚的斜陽，也沒有燦爛的彩霞，一切都是灰色的。可是我最喜歡這樣的時候，因此我知道我的命運是我自己造成的，我只喜歡人們所不喜歡的東西，自然我應得到人們所逃避的命運了。

灰色最是美麗，一個人的生命如果不帶一點灰色，他將永遠被摒棄於靈的世界。你看灰色是多麼溫柔，它不像火把人炙得喘不過氣來，它同時也不像黑暗引人陷入迷途，—— 我怕太強烈的光線，我怕太熱鬧的生活，我願永遠沉默於灰色中。

這話太玄了吧，但是我想你懂，至少也懂得一部分，是不是？

今天一天我沒有離開我的書案，碧的綠藤葉在微風中鼓蕩，我抬頭望著，常恍若置身於碧海之濱，細聽小的濤浪互語：這是多麼神祕的體驗呵！

你回校寫詩了嗎？我希望在最近的將來能看見它，而且我預料一定是一本很美麗的作品。殺青時，千萬就寄給我吧。

我今天寫了不少的東西，而且心情也比較安定了。希望你的生活也很舒適。

你還吃素嗎？天熱，多吃點菜蔬，倒是很合衛生，不過有意刻苦去吃素，我瞧很可不必 —— 而且吃不了三天又要開齋，真等於「一曝十寒」，未免太不徹底了。再談。祝你

康健！

冷鷗

二十一　寄異雲

異雲：

　　不知為什麼我這幾天的心紊亂極了。我獨自坐在書案前的搖椅上，怔怔看著雲天出神，只覺得到處都是不能忍受的不和協，我真憤恨極了，我要毀滅一切！—— 然而你知道我是太脆弱了；哪裡有力量來做這非常的勾當呢。

　　異雲，我不是對你說過嗎？在我的眼前時時現露著那個可怕的陰影。它是像利劍似的時時刺得我的心流血 —— 血滴是漸漸地展開來，好像一條河，可憐的我就沐浴於這鮮紅的血水中；當我如瘋狂似地投向那溫軟的夢中時，為了這血水的腥氣又把我驚醒了；這時我看見我的靈魂是躑躅於荒郊，那神情太狼狽了！因此連剎那的沉醉都不可得！唉，天給我的宿命是如此的殘刻，呵，異雲，你將何以慰我呢？

　　從前我也曾經感到生之徬徨，然而程度沒有現在的深，現在呵，太糟了，我簡直沒有法子說出我心裡情調之複雜。

　　你說你每次見了我的時候，都覺得我好像在生病。真的，你的眼光實在夠銳利了，因為我太柔弱，我負擔不起心浪的掀騰，我受不住情感的重壓，最後我是掩飾不住我的病容。

　　本來我就覺得，求人的諒解容易，現在更覺得了。哎，異雲，我為了你的清楚我，曾使我感激得流淚，但同時我又覺得我太認真了，爽性世界上半個清楚我的人也沒有，不是更乾脆嗎？現在呵，你是看見我狼狽的心了！然而那可怕的陰影又不止息的在我面前蕩漾，我真不知道怎樣才好，哎，太可憐了喲！

你給我寫信了嗎？每次寫信都是這種悲調，我也覺得無謂，無奈根性如此，也沒有辦法呢。雲，原諒我吧。

冷鷗

二十三　寄冷鷗

我愛 —— 冷鷗：

別後心情悵惘。昨夜稍喝了點酒，便昏昏沉沉入夢鄉了；夢中我看見你，好像是我們快要分離似的。我伏在你懷裡哭，哭，直到你叫我「請別再哭了！我愛！」時，我才把頭從你理想似的胸間抬起來；那時夕陽已只一半的露在地面，歸鴉啼叫，真使我感到無限淒戚！眼看我們將各自東西，我不禁嘆了口氣說：「黯然消魂者，唯別而已矣。」「此事古難全，但願人長久，千里共嬋娟！」今晨醒時，枕邊尚有淚痕，勉強起床，心緒漸漸安靜些，唯有周身十分無力。

唉，冷鷗，人生不過百年，而我們的歲月至多亦不過三、四十年，所以我對於一切 —— 整個的世界，全體的生命 —— 毫無興趣，只覺到空虛，一切都是枉然。我只能在你面前得到生機與止痛藥，我寧犧牲一切，如果能得到你少許的真情摯愛。

鷗，吾愛，談什麼富貴功名？談什麼希望失意？談什麼是非善惡？—— 這些都不足維繫我的心靈，更不能給我以生之意義，我願長此在你懷裡。我的生自然是美麗的，同時我的死也是美麗的。

上次我被你一句話把我弄到傷心的地步：你說大概到後來你還是演一齣悲劇收了這一場美妙的夢吧。吾愛，我不知你說那話時的心境如何；我只有反視我自己，結果除了悲哀與灰心而外，還有什麼可說呢？

我不是屢次告訴你過說將來等到你臥在死之榻上時，我坐在榻邊伴著你，一邊給你講人生的祕奧，一邊又講到我倆的愛情安慰與結合，那時你自然會明白我的真心，—— 我那顆真的心。

明天也許你有封信來，我一切都好，請釋慈懷！順詢日安！

你的異雲

三十一　寄異雲

親愛的 ——

你瞧！這叫人怎麼能忍受？靈魂生著病，環境又是如是的狼狽，風雨從紗窗裡一陣一陣打進來，屋頂上也滴著水。我蜷伏著，顫抖著，恰像一隻羽毛盡溼的小鳥，我不能飛，只有失神的等候 —— 等待著那不可知的命運之神。

我正像一個落水的難人，四面洶湧的海浪將我緊緊包圍，我的眼發花，我的耳發聾，我的心發跳，正在這種危急的時候，海面上忽然飄來一張菩提葉，那上面坐著的正是你，輕輕的悄悄的來到我的面前，溫柔地說道：「可憐的靈魂，來吧！我載你到另一個世界。」我驚喜的抬起頭來，然而當我認清楚是你時，我怕，我發顫，我不敢就爬上去。我知道我兩肩所負荷的苦難太重了，你如何載得起？倘若不幸，連你也帶累得淪陷於這無邊的苦海，我又何忍？而且我很明白命運之神對於我是多麼嚴重，它豈肯輕易的讓我逃遁？因此我只有低頭讓一個一個白銀似的浪花從我身上踏過。唉，我的愛，—— 你真是何必！世界並不少我這樣狼狽的歌者，世界並不稀罕我這殘廢的戰士，你為甚麼一定要把我救起，而且你還緊緊地將我摟在懷裡，使我聽見奇祕的絃歌，使我開始對生命注意！

　　呵，多謝你，安慰我以美麗的笑靨，愛撫我以柔媚的心光，但是我求你不要再對我遮飾，你正在喘息，你正在扎掙，──而你還是那樣從容地唱著搖籃曲，叫我安睡。可憐！我那能不感激你，我那能不因感激你而怨恨我自己？唉！我為什麼這樣渺小？這樣自私？這樣卑鄙？拿愛的桂冠把你套住，使你吃盡苦頭？──明明是砒霜而加以多量的糖，使你嘗到一陣苦一陣甜，最後你將受不了屠毒而至於淪亡。

　　唉，親愛的，你正在為我柔歌時，我已忍心悄悄地逃了，從你溫柔的懷裡逃了，甘心為冷硬的狂浪所淹沒。我昏昏沉沉在萬流裡飄泊，我的心發出懺悔的痛哭，然而同時我聽見你招魂的哀歌。

　　愛人，世界上正缺乏真情的歌唱。人與人之間隔著萬重的銅山，因之我虔誠地祈求你盡你的能力去唱，唱出最美麗最溫柔的歌調，給人群一些新奇的同感。

　　我在苦海波心不知飄泊幾何歲月，後來我飄到一個孤島上，那裡堆滿了貝殼和沙礫，我聽著我的生命在沙底呻吟，我看著撒旦站在黑雲上獰笑。呵，我為我的末路悲悼，我不由地跪下向神明祈禱，我說：「主呵！告訴我，誰藏著玫瑰的香露？誰採擷了智慧之果？……一切一切，我所需要的，你都告訴我！你知道我為追求這些受盡人間的坎坷！……現在我將要回到你的神座下，你可憐我，快些告訴我吧！」

　　我低著頭，閉著眼，虔誠地等候回答，誰想到你又是那樣輕輕地悄悄地來了？你熱烈地抱住我說：「不要怕，我的愛！……我為追求你，曾跋涉過海底的宮闕；我為追求你，曾跑遍山岳；誰知那裡一切都是陌生，一切都是縹緲，哪有你美麗的倩影？哪有你熟悉的聲音？於是我夜夜唱著招魂的哀歌，希冀你的回應；最後我是來到這孤島邊，我是找到了你！呵，

我的愛，從此我再不能與你分離！」

　　啊，天！—— 這時我的口發渴，我的肚子飢餓，我的兩臂空虛，—— 當你將我引到淺草平鋪的海濱 —— 我沒有固執，我沒有避忌，我忘記命運的殘苛；我喝你唇上的露珠，我吃你智慧之果，我擁抱你溫軟的玉軀。那時你教給我以世界的美麗，你指點我以生命的奧義，唉，我還有什麼不滿足，然而，吾愛，你不要驚奇，我要死 —— 死在你充滿靈光洋溢情愛的懷裡，如此，我才可以偉大，如此我才能不朽！

　　我的救主，我的愛，你賜予我的如是深厚，而你反謙和地說我給你的太多太夠！

　　然而我相信這絕不是虛偽，絕不是世人所慣用的技巧，這是偉大的愛所發揚出來的彩霓！—— 美麗而協和，這是人類世界所稀有的奇蹟！

　　今後人世莫非將有更美麗的歌唱，將有更神祕的微笑嗎？我愛，這都是你的力量啊！

　　前此撒旦的獰笑時常在我心中徊徘，我的靈魂永遠是非常狼狽 —— 有時我似跳出塵寰，世界上的法則都從我手裡撕碎，我游心於蒼冥，我與神祇接近。然而有時我又陷在運命的網裡，不能掙扎，不能反抗，這種不安定的心情像忽聚忽散的雲影。吾愛，這樣多變幻的靈魂，多麼苦惱，我需要一種神怪的力將我維繫，然而這事真是不容易。我曾多方面的試驗過：我皈依過宗教，我服從過名利，我膜拜過愛情，而這一切都太拘執、太淺薄了，不能和我多變的心神感應，不能滿足我飢渴的靈魂，使我常感到不調協，使我常感到孤寂，但是自碰見你，我的世界變了顏色 —— 我了解不朽，我清楚神祕。

　　親愛的，讓我們是風和雲的結合吧。我們永遠互相感應，互相融洽，

那麼，就讓世人把我們摒棄，我們也絕對的充實，絕對的無憾。

　　親愛的，你知道我是怎樣怪癖，在人間我希冀承受每一個人的溫情，同時又最怕人們和我親近。我不需要形式固定的任何東西，我所需要的是適應我幽祕心弦的音浪。我哭，不一定是傷心；我笑，不一定是快樂；這一切外形的表現不能象徵我心弦的顫動；有時我的眼淚和我的笑聲是一同來的；這種心波，前此只有我自己知道，我自己感著，現在你是將我整個的看透了。你說：

　　「我握著你的心，

　　　我聽你的心音；

　　　忽然輕忽然沉，

　　　忽然熱忽然冷，

　　　有時動有時靜，

　　　我知你最晰清。」

　　呵！這是何等深刻之言。從此我不敢藐視人群，從此我不敢玩弄一切，因為你已經照徹我的幽祕，我不再倔強，在你面前我將服帖柔順如一隻羔羊。呵，愛的神，你誠然是絕高的智慧，我願永遠生息於你的光輝之下，我也再不徬徨於歧路，我也再不望著前途流淚，一切一切你都給了我，新奇的覺醒 —— 我的愛，我的神……

你的冷鷗

三十四　寄冷鷗

　　我唯一的冷鷗，我永久的人呀！

　　薄暮歸途，一望四周蒼茫。那孤寂冷靜的日兒漸漸從東方爬起，掙扎

了許久才慢慢爬起來，正似一個受創傷的靈魂自巉崖間逃出，得著了自由，悠遊於澄清的太空中 —— 我的冷鷗，你說那是誰？

每次分別，明知是很暫時的分別，然而總覺無名的壓抑難受，想你也是如此。因為這一點，我曾怨恨過人生如何無味；因為這一點，我曾心中流淚 —— 淚，心淚！

而今我不能更加程度的明白我們是如何的不可分離，我們的結合正與生死之不可分是一樣。呵，你時常 —— 自然現在不這樣了 —— 疑惑我是一朵行雲，是一陣飄風，不能久住於你心裡的宮殿，那時你是怎樣傻呀！

畢竟，我自你的神情中窺出你的自招，你十二萬分真誠地承認了我是你的，已是你的。

我希望我們此後有更美麗豐富的生活，一方面我們緊抓著人生的真諦，努力吸收外界的種種；他方面盡量的從事於創作文藝，把我們曾經在世上所抓著的東西全表現在文藝裡。我告訴你，吾愛，不管你是樂觀或悲觀，你總不能反對「愛」 —— 叔本華不能，哈代也不能。我願你能沉醉在美甜的夢裡 —— 說夢，並非謂一種空虛，乃是一種神妙境地。

冷鷗，我的冷鷗，我在他人面前非常能忍耐冷靜，在你美麗的影中我便不能；我那熱烈流動不安定的心便全盤露出了，所以你無意間給我一句難受的話，或示我一種不安適的面貌，我便覺得比全世界的壓迫還難受多了。我的人兒，請別以為我對你特別刻薄嚴厲，你當了解我的心態。

我無時不在想你，我祈上蒼使我每晚能夢見你！

現在我愛護你，甚至於怕你受了微風的壓迫。祝你

高興

你的巽雲

三十八　寄冷鷗

我的冷鷗：

　　我未知何時始可放下思想的重載和感覺的銳敏和情緒的熱烈，這三種鬼魔我最怕的是感覺的銳敏 —— 不！銳敏二字還不能象徵我的痛苦，親愛的，我不是曾經告訴你過我此生有個大隱痛？便指這種痛苦。所以「銳敏」還難稱恰當，只好改為「怪僻」；那就是說我有許多怪感覺，這些怪感覺不能以言語講出，即使能，也說不出它們怪僻的所在。

　　時間真不易過！我從未像今天受到時間的壓迫。此刻，我才與那些因不能生存於現世而自殺者深表同情；此刻，我才體會出死的甜美與可愛；此刻，我才更認清我的命運與世界的一切。老實說，親愛的，若沒有你，我也許會去完結我的生之路程了。

　　你時常說你在人叢或觀念中更感著需要我，而我呢？卻在靜寂孤單時才更覺著渴望你，我們的動機雖則不同，我們的結果是不異的。

　　做一個人真不容易！尤其是做我們這類的人，做人苦，人間苦，人間原來是苦的！但是請別誤會我的意思，我並不像那些想離現世、向著現世浩嘆之流，我又不像那些在世上失望，因戀愛名利而失望之流，我說「人間苦」，一面自然想脫離人間，他面卻十分明白就是離開人間，別處也沒有更高明的地方 —— 那就是說不單人間是痛苦的，時間空間一切都是非常痛苦的。

　　自從認識你以後，我的隱痛仍然在，不過減輕多了。時間不容易過！我重複地說。親愛的，你若在我身旁，它是比較容易逝去，你想想我焉能不時時刻刻分分秒秒地渴著你？這時我方顧慮到將來如果不幸你比我先

死，我其餘的生命又將如何過呢？但我又不願比你先死，因為你也同樣的難受，好了，我們同時死去吧。

昨夜夢中我看見許多鬼怪和許多安琪兒戰爭，等夢醒時，我的淚不自禁的流滿枕邊 —— 那縱然是個夢，我也傷心的私自的流著淚。

巽雲

四十八 寄冷鷗

心愛的鷗：

兩天美妙的夢後，忽然來到這麼刻板的環境裡，自然使我有無邊際的悲苦。我說不出當我倆分離那剎那間我是如何的忍著酸淚，我更說不出世間尚有比這種情況再悲慘更值得一顆血淚的喲！

今日心情較好，但身體卻失了健康。我獨臥床上，無疑的便想著你了 —— 起初我看見你的心，那顆多創傷的心，從那些心的孔穴裡閃出一股白光，白光是如此美淨，我便發現了其中有愛情，有真美善。

吾愛，我們相識以前，我的生活全放在藝術的創作裡，如今我愛你，我崇拜你，正如我愛我崇拜的藝術一樣。可是你當曉得，生活第一，其次才是藝術，所以我愛我崇拜你比藝術更厲害。今後我將用藝術的我來歌頌你，前此我只是用肉體世俗的我來歌頌藝術。

冷鷗，你給我以新生命，推我再進一層生命，我將何以報你？

巽雲

五十九　寄冷鷗

我的冷鷗——

　　來信接到。的確塵寰中的一切障礙不能減少我們生命的意義，不能阻隔我們靈魂的接吻，不能分開我們混合的一體。

　　呵，親人！我希望你以後別再回憶你昔日生命的傷痕，別再拿一顆眼淚一聲嘆息去解釋宇宙，去籠罩一切，任外間是如何淒風苦雨，我們仍是溫暖有生機的啊！

　　我們有同樣的生，同樣的死，同樣的命，同樣的笑，同樣的哭，同樣的容貌，同樣的安慰，同樣的心聲——唉！同樣的身體，同樣的呼吸，唉！一切一切都同樣！我們同吃，同坐，同行，同遊，一切一切都同樣！我們是天地的一切，我們是空氣，我們和諧的心聲，正和空氣一般充滿著全宇宙！啊，冷鷗，我此刻雖暫和你別離數天，但我無時無刻地不帶著你的啊！因為我心中永存著你的模樣。

　　冷鷗，我願你把你心靈的一切都交給我，我雖是弱者，但擔負你的一切我敢自誇是有餘的！冷鷗，我的，——你試想從前你是如何對我懷疑？我不怪你的有經驗有理智，最可笑的是你那些自苦與用心全變為冤枉的了。我不是別人，我由上天命定而是你的！吾愛，你說是不是？問你

　　安好！

你的雲

六十三　寄冷鷗

最親愛最可敬的冷鷗！

前信想早收到，今天又拿著我的血液來給你寫這一封，千萬請你早早回答我 —— 我要的是你的整個，你的生命，表現在一封寫超美麗熱烈的信裡！

當雲魂戰顫的狂放的失望的尋求他所不能尋得的東西，愛人，我告訴你，他便對世上一切懷疑著，藐視著，悲觀著，不僅這樣，他將流出無量的血液，唱出無數的哀歌，最後他便把他完全的幸福去冒險，自願飲鴆毒而死。如果這樣，吾愛，那人的生命豈不像秋天落葉一樣的乾枯脆弱飄零嗎？不過請別誤解！這不是他痴愚的原因，也不是他昏醉的原因，這是 —— 我當如何去說呢？請恕我！我既非文學家，又非雄辯家，不能透澈地表出我心裡的意思；我既非音樂家，不能用細微的音調使你同樣的感著我所感覺的。說也可憐，我又那能有達文騫那樣一隻手把我那些神祕的思想如他所作的圖畫那樣真誠地表現出來呢？

老實說，除了你而外，我可向誰吐出我胸中無窮的蘊意？我怕的是誤解臆斷，不是責叱嘲笑，今後我只得忠誠地把我自己整個的訴給你聽，你，我唯一的人兒，即使我想說一個東西是黑的而說成白的了，你，我十二萬分相信，也會領悟我的本心本意 —— 這樣我死也是甘心。

今晨我十二點鐘才起床，看見屋裡的蜘蛛在那裡織網，北風簌簌地從破窗隙裡吹進，地上塵埃不知積了多厚，恰如蒙古的大沙漠。在這種孤寂的環境中，我太息了多少次，太息我自己不會當人，把自己的一生弄成這樣潦倒，但是，只要一想著你，我的憂愁如六月的冰塊便全消溶了。所以你的相片成了我屋裡獨一的飾品，不單如此，簡直是我心靈之神，我生命

之師。

從冬暖夏涼的學校中初到這樣破陋的茅屋，自然稍感不便，不過心中實較在校安適多了。別人知道，必以我為瘋狂或傻子。他們是物質世界的健將，這我不得不承認的。可是，至親愛的冷鷗，不管他們以為我們如何，我們只管我們靈感的指揮：這樣也可得無量的安慰了。

因為初來此間，甚麼也沒有，今天一天未曾一飯一飲，然而時感快樂，這大約是環境變遷的緣故吧。住不多久，或許這地方又要成為至慘的牢獄，可是誰能夠預料將來的萬一呢？唉！就是上帝自己也不能的喲！

聽！這是什麼？啊，原來是夜間的敲竹聲！已經三更了！月兒有些淡了，星兒也有些偷跑了，我的蠟也流了不少的淚，我不能再寫了，明天的事還多，此刻我須休息。匆匆敬問

安好！

你的異雲

六十五 寄冷鷗

吾愛：

昨夜夢中看見你了，使我驚醒。平常黯淡的屋子，今晨變為光明素白。啊！外邊積了不少的雪，破窗邊也堆了幾寸厚，真想不到一夜的時間世界竟改了面目，處處都是銀白色。我起來把地略掃，覺得很疲倦，便靠著窗下的牆壁睡了。哦！誰知道又夢著你了！── 但是我的髮白了 ── 哦，窗外的雪大片大片地墜下，北風吹它們進了窗，落在我的頭上衣上。

吾愛，現在我告訴你我房屋的陳設。這裡一共四間房（本來三間，我

隔成四間的）。一間自然是我的臥室，其中唯一的陳設便是你的相片了；一間是書屋，我所有的佛經都放在架上，一本外國書都沒有；還有一間是空的；其餘一間呢？那就怪了！吾愛，那便是我的默想室，你如果來，一定又要說我神怪，好好的幾間屋子，又得弄成這樣奇祕，你不是常常說我三分像人七分像鬼嗎？每當心中有無名的煩惱，我便冷靜的入了這室，正如死者入棺一樣。這室本來有兩窗，我都用厚紙糊上，室內的冷牆全變為漆黑，我便在這塚裡消磨我的青春。

今後我將和世界挑戰，我的戰書已寫好了！我對世界始終是懷疑的 ── 愛人，雖則你對我這樣真純 ── 連我自己的存在也是懷疑著！人們看樹是樹，石是石，水是水，自己是自己；我呢？看樹、石、水、自己……不是樹、石、水、自己……我太苦了，我感到世事變化無常，一切的移動無歸！

空中有鬼，地下有鬼，人的心裡也有鬼！它們亂我心曲！呵呵！我命如此！我來向一切革命反抗，屋內屋外的萬匯，細聽我的戰書，不要自誤了！

寫到這裡，雪不下了，紅日昇起，檐上水滴聲嗒嗒，這樣美的天氣，吾愛，我們不必太自戕，應當稍微享受點吧。

今天接得你的信。你勸我思想不必過於激烈，激烈只是自傷，只是愚者的舉動。你說凡事總要忍耐，「時間」自然可以解決一切問題。是的，是的，時間是唯一的解決者：它使花苞變成花朵，使花朵變成果實，一切都在受它的指揮管束。

連日雨雪霏霏，小巷裡的行人很少，我房內也有熊熊的火，但我並不覺溫暖，只是陣陣的寒抖。這時，我想著人類的命運，世界的將來，有時

我全不能分別我還是在人間還是在地下；但是，吾愛，我總知道我是在你的懷抱裡。

　　你，美麗的神靈，在我內心中叫喚我；我夜夜聽見你的歌聲──呵！神喲！不必躲我，我是詩人，是天上掉在地上的一朵花，請來罷，來到最終的一息間，來到我最後的生命焰中。神喲！我而今發現了你在叫我。我的耳朵呀，你們為什麼聾了這麼久？昏迷迷的我棄了世界，毫不回顧地棄了它，特意的來與你神靈親愛。我曾不呼吸過，想著死，我曾不動地盼望死之來臨，最終死神卻未來，而你喲，黑暗裡進出的光芒，烏雲外的一顆明星，殘殺中的一點微笑，反來降臨在我的心上，不要走，請永遠地留在這裡，用水澆我生命的嫩芽，使它開花，結果，而為人類犧牲！願全宇宙都感著你！使過去現在將來都成為不滅之微笑！哦，我曾為你瘋過，人們用最柔和的愛來抱我，我凋零了；你即使用最嚴酷的繩來桎梏我，我也歡喜而卑謙地服從你，我認識你了！有時，你不來，我心中總老現著你的形狀，不要走呀！你一隱身全宇宙就得崩潰！我顫慄著，喘著氣，等你美麗的神靈，請出現吧，請別使人類在徘徊躊躇不定之中而淪亡……

　　冷鷗──我的親人兒呀！你想上面的神祕之辭到底是在說誰呢？

我永遠是你的異雲

六十七　寄冷鷗

我生命的愛人──冷鷗：

　　的確，流年如逝水，真不待人，轉瞬間我倆已相識一年了。在這一年中，你我曾不知流了多少淚，我們的心潮忽然如沸血般的熱，忽然如冰雪般的冷；我們的心潮有時如鴻毛之輕，有時又如泰山之重；我們在這一年

的短促時間內的往事，真是可歌可泣可讚美可浩嘆！

可是天有宿命，我們已渡過了萬頃風波的海洋。越過了萬仞巉峻的重嶺，而今我們已踏上了平坦的大路，路旁滿是些愛情的玫瑰。

吾愛，海有枯的時候，山有崩的時候，我們的愛情只是無盡永久的喲。匆匆，余續上。

　　　　　　　　　　　　　　　　　　　　我是你的巽雲

第三篇　寄語相知苦愁心

第四篇
歧路指歸說清狂

跳舞場歸來

太陽的金光，照在淡綠色的窗簾上，庭前的桂花樹影疏斜斜地映著。美櫻左手握著長才及肩的柔髮；右手的牙梳就插在頭頂心。她的眼睛注視在一本小說的封面上，——那只是一個畫得很單調的一些條紋的封面；而她的眼光卻纏繞得非常緊。不久她把半長的頭髮捲了一個鬆鬆的髻兒，懶懶地把牙梳收拾起來，她就轉身坐在小書桌旁的沙發上，伸手把那本小說拿過來翻看了一段。她的臉色更變成慘白，在她放下書時，從心坎裡籲出一口氣來。

無情無緒地走到妝臺旁，開了溫水管洗了臉，對著鏡子擦了香粉和胭脂。她向自己的影子倩然一笑，似乎說：「我的確還是很美，雖說我已經三十四歲了。……但這有什麼要緊，只要我的樣子還年輕！迷得倒人，……」她想到這裡，又向鏡子仔細地端詳自己的面孔，一條條的微細的皺痕，橫臥在她的眼窩下面。這使得她陡然感覺到氣餒。呀，原來什麼時候，已經有了如許的皺痕，莫非我真的老了嗎？她有些不相信，……她還不曾結婚，怎麼就被老的恐怖所壓迫呢？！是了，大約是因為她近來瘦了，所以臉上便有了皺痕，這僅僅是病態的，而不是被可怕的流年所毀傷的成績。同時她向自己笑了，哦！原來笑起來的時候，眼角也堆起如許的皺痕……她砰的一聲，把一面鏡子向桌子上一丟，傷心地躲到床上去哭了。

壁上的時鐘噹噹地敲了八下，已經到她去辦公的時間了。沒有辦法，

她起來揩乾眼淚，重新擦了脂粉，披上夾大衣走出門來，明麗的秋天太陽，照著清碧無塵的秋山；還有一陣陣涼而不寒的香風吹拂過來。馬路旁竹籬邊，隱隱開著各色的菊花，唉，這風景是太美麗了。……她深深地感到一個失了青春的女兒，孤單地在這美得如畫般的景色中走著，簡直是太不調和了。於是她不敢多留意，低著頭，急忙地跑到電車站，上了電車時，她似乎心裡鬆快些了。幾個摩登的青年，不時地向她身上投眼光，這很使她感到深刻的安慰，似乎她的青春並不曾真的失去；不然這些青年何致於……她雖然這樣想，然而還是自己信不過。於是悄悄地打開手提包，一面明亮的鏡子，對她照著，── 一張又紅又白的橢圓形的面孔；細而長的翠眉；有些帶疲勞似的眼睛；直而高的鼻子，鮮紅的櫻唇，這難道算不得美麗嗎？她傲然地笑了。於是心頭所有的烏雲，都被一陣帶有炒栗子香的風兒吹散了。她趾高氣揚跑進辦公室，同事們已來了一部分，她向大家巧笑地叫道：「你們早呵！」

「早！」一個圓面孔的女同事，柔聲柔氣地說：「哦！美櫻你今天真漂亮，……這件玫瑰色的衣衫也正配你穿！」

「唷，你到真會作怪，居然把這樣漂亮的衣服穿到 Office 來？！」那個最喜歡挑剔人錯處的金英做著鬼臉說。

「這算什麼漂亮！」美櫻不服氣地反駁著：「你自己穿的衣服難道還不漂亮嗎？」

「我嗎？」金英冷笑說：「我不需要那麼漂亮，沒有男人愛我，漂亮又怎麼樣？不像你交際之花，今日這個請跳舞，明天那個請吃飯，我們是醜得連同男人們說一句話，都要嚇跑了他們的。」

「唉！你這張嘴，就不怕死了下割舌地獄，專門嚼舌根！」一直沉默

著的秀文到底忍不住插言了。

「你不用幫著美櫻來說我。……你問問她這個禮拜到跳舞場去了多少次？……聽說今天晚上那位林先生又來接她呢！」

「哦，原來如此！」秀文說：「那麼是我錯怪了你了！美櫻小鬼走過來，讓我盤問盤問；這些日子你幹些什麼祕密事情，趁早公開，不然我告訴他去！」

「他是哪個？」美櫻有些吃驚地問。

「他嗎，你的爸爸呀！」

「唷，你真嚇了我一跳，原來你簡直是在發神經病呀！」

「我怎麼在發神經病？難道一個大姑娘，每天夜裡抱著男人跳舞，不該爸爸管教管教嗎？……你看我從來不跳舞，就是怕我爸爸罵我……哈哈哈。」

金英似真似假，連說帶笑地發揮了一頓。同事們也只一哄完事。但是卻深深地惹起了美櫻的心事；抱著男人跳舞；這是一句多麼神祕而有趣味的話呀！她陡然感覺得自己是過於孤單了。假使她是被抱到一個男人的懷裡，或者她熱烈地抱著一個男人，似乎是她所渴望的。這些深藏著的意識，今天非常明顯地湧現於她的頭腦裡。

辦公的時間早到了，同事們都到各人的部分去做事了。只有她怔怔地坐在辦公室，手裡雖然拿著一支筆，但是什麼也不曾寫出來。一疊疊的文件，放在桌子上，她只漠然地把這些東西往旁邊一推。只把筆向一張稿紙上畫了一個圈，又是一個圈。這些無秩序的大小不齊的圈兒，就是心理學博士恐怕也分析不出其中的意義吧！但美櫻就在這莫名其妙的畫圈的生活裡混了一早晨，下午她回到家裡，心頭似乎塞著一些什麼東西，飯也不想

吃，拖了一床綢被便蒙頭而睡。

秋陽溜過屋角，慢慢地斜到山邊；天色昏暗了。美櫻從美麗的夢裡醒來，她揉了揉眼睛，淡綠色窗簾上，只有一些灰黯的薄光，連忙起來開了電燈，正預備洗臉時，外面已聽見汽車喇叭嗚嗚的響，她連忙鎖上房屋，把熱水瓶裡的水倒出來，洗了個臉；隱隱已聽見有人在外面說話的聲音；又隔了一時，張媽敲著門說道：「林先生來了！」

「哦！請客廳裡坐一坐我就來！」

美櫻收拾得齊齊整整，推開房門，含笑地走了出來說道：「Good evening, Mr Ling.」那位林先生連忙走過去握住美櫻那一雙柔嫩的手，同時含笑說道：「我們就動身吧，已經七點了。」

「可以，」美櫻躊躇說，「不過我想吃了飯去不好嗎？」

「不，不，我們到外面吃，去吧！靜安寺新開一家四川店，菜很好，我們在那裡吃完飯，到跳舞場去剛剛是時候。」

「也好吧！」美櫻披了大衣便同林先生坐上汽車到靜安寺去。

……

九點鐘美櫻同林先生已坐在跳舞場的茶桌上了。許多青年的舞女，正從那化妝室走了進來。音樂師便開始奏進行曲，林先生請美櫻同她去跳。美櫻含笑地站了起來，當她一隻手扶在那位林先生的肩上時，她的心脈跳得非常快，其實她同林先生跳舞已經五次以上了，為什麼今夜忽然有這種新現象呢？她四肢無力地靠著林先生；兩頰如灼地燒著。一雙眼睛不住盯在林先生的臉上；這使林先生覺得有點窘。正在這時候，音樂停了，林先生勉強鎮靜地和美櫻回到原來的座位上，叫茶房開了一瓶汽水，美櫻端著汽水，仍然在發痴，坐在旁邊的兩個外國兵，正吃得醉醺醺的，他們看見

美櫻這不平常的神色，便笑著向美櫻丟眼色，做鬼臉。美櫻被這兩個醉鬼一嚇，這才清醒了。這夜不曾等跳舞散場他們便回去了。

一間小小的房間裡，正開著一盞淡藍色的電燈，美櫻穿著淺紫色的印花喬其紗的舞衣；左手支著頭部，半斜在沙發上，一雙如籠霧的眼，正向對面的穿衣鏡，端詳著自己倩麗的身影。一個一個的幻想的影子，從鏡子裡漾過「呀美麗的林」！她張起兩臂向虛空摟抱，她閉緊一雙眼睛，她願意醉死在這富詩意的幻境裡。但是她搖曳的身體，正碰在桌角上，這一痛使她不能不回到現實界來。

「唉！」她黯然嘆了一聲，一個使她現在覺得懊悔的印象明顯地向她攻擊了：

七年前她同林在大學同學的時候，那時許多包圍她的人中，林是最忠誠的一個。在一天清晨，學校裡因為全體出發到天安門去開會，而美櫻為了生病，住在療養室裡，正獨自一個冷清清睡著的時候，聽窗外有人在問余美櫻女士在屋裡嗎？

「誰呀？」美櫻懷疑地問。

「是林尚鳴……密司余你病好點嗎？」

「多謝！好得多了，一、兩天我仍要搬到寄宿舍去，怎麼你今天不曾去開會嗎？」

「是的，我因為還有別的事情，同時我惦記著你，所以不曾去。」美櫻當時聽了林的話，只淡淡地笑了笑。不久林走了，美櫻便拿出一本書來看，翻來翻去，忽翻出父親前些日子給她的一封信來，她又攤開來唸道：

櫻兒！你來信的見解很不錯，我不希望你做一個平常的女兒；我希望你要做一個為人類為上帝所工作的一個偉大孩子，所以你終身不嫁，正足

以實現你的理想，好好努力吧！……

　　美櫻唸過這封信後，她對於林更加冷淡了；其餘的男朋友也因為聽了她抱獨身主義的消息，知道將來沒有什麼指望，也就各人另打主張去了。而美櫻這時候又因為在美國留學的哥哥寫信喊她出去。從前所有的朋友，更不能不隔絕了。美櫻在美國住了五年，回國來時，林已和一位姓蔡的女學生結婚了。其餘的男朋友也都成了家，有的已經兒女成行了。而美櫻呢，依然還是孤零零的一個人。而且近來更感到一種說不出來的煩悶……

　　……

　　美櫻回想到過去的青春和一切的生活。她只有深深的懊悔了。唉，多蠢呀！這樣不自然地壓制自己！難道結婚就不能再為上帝和社會工作嗎？

　　美櫻的心被情火所燃燒；她從沙發上跳了起來；把身上的衣服胡亂地扯了下來。她赤了一雙腳，把一條白色的軟紗披在身上，頭髮也散披在兩肩。她怔怔地對著鏡子，喃喃道地：「一切都毀了，毀了！把可貴的青春不值一錢般地拋棄了，蠢呀！……」她有些發狂似的，伸手把花瓶裡的一束紅玫瑰，撕成無數的碎瓣，散落在她的四周，最後她昏然地倒在花瓣上。

　　……

　　第二天清晨，灼眼的陽光正射在她的眼上，把她從昏迷中驚醒！「呀！」她翻身爬了起來含著淚繼續她單調的枯燥的人生。

幽弦

　　倩娟正在午夢沉酣的時候，忽被窗前樹上的麻雀噪醒。她張開惺忪的睡眼，一壁理著覆額的捲髮，一壁翻身坐起。這時窗外的柳葉兒，被暖風吹拂著，東飄西舞。桃花腥紅的，正映著半斜的陽光。含苞的丁香，似乎已透著微微的芬芳。至於蔚藍的雲天，也似乎含著不可言喻的春的歡欣。但是倩娟對著如斯美景，只微微地嘆了一聲，便不躊躇地離開這目前的一切，走到外面的書房，坐在案前，拿著一枝禿筆，低頭默想。不久，她心靈深處的幽弦竟發出淒楚的哀音，縈繞於筆端，只見她拿一張紙寫道：

　　時序 —— 可怕的時序呵！你悄悄地奔馳，從不為人們悄悄停駐。多少青年人白了雙鬢，多少孩子們失卻天真，更有多少壯年人消磨盡志氣。你一時把大地妝點得冷落荒涼，一時又把世界打扮得繁華璀璨。只在你悄悄的奔馳中，不知醞釀成人間多少的悲哀。誰不是在你的奔馳裡老了紅顏，白了雙鬢。 —— 人們才走進白雪寒梅冷雋的世界裡，不提防你早又悄悄地逃去，收拾起冰天雪地的萬種寒姿，而攜來饒舌的黃鸝，不住傳布春的消息，催起潛伏的花魂，深隱的柳眼。唉，無情的時序，真是何心？那乾枯的柳枝，雖滿綴著青青柔絲，但何能縮繫住飄泊者的心情！花紅草綠，也何能慰落漠者的靈魂！只不過警告人們未來的歲月有限。唉！時序呵！多謝你：「紅了櫻桃，綠了芭蕉。」這眼底的繁華，鶯燕將對你高聲頌揚。人們呢？只有對你含淚微笑。不久，人們將為你唱輓歌了：

春去了！春去了！

萬紫千紅，轉瞬成枯槁，

只餘得階前芳草，

和幾點殘英，

飄零滿地無人歸！

蝶懶蜂慵，

這般煩惱；

問東風：

何事太無情，

一年一度催人老！

倩娟寫到這裡，只覺心頭悵惘若失。她想兒時的飄泊。她原是無父之孤兒，依依於寡母膝下。但是她最痛心的，她更想到她長時的淪落。她深切地記得，在她的一次旅行裡，正在一年的春季的時候。這一天黃昏，她站在滿了淡霧的海邊，芊芊碧草，和五色的野花，時時送來清幽的香氣，同伴們都疲倦倚在松柯上，或睡在草地上。她捨不得「夕陽無限好」的美景，只怔怔呆望，看那淺藍而微帶淡紅色的雲天，和海天交接處的一道五彩臥虹，感到自然的超越。但是籠裡的鸚鵡，任他海怎樣闊，天怎樣空，絕沒有飛翔優遊的餘地。她正在悠然神往的時候，忽聽背後有人叫道：「密司文，你一個人在這裡不嫌冷寂嗎？」她回頭一看，原來是他 —— 體魄魁梧的張尚德。她連忙笑答道：「這樣清幽的美景，頗足安慰旅行者的冷寂，所以我竟久看不倦。」她說著話，已見她的同伴向她招手，她便同張尚德一齊向松林深處找她們去了。

過了幾天，她們離開了這碧海之濱，來到一個名勝的所在。這時離她們開始旅行的時間差不多一個月了。大家都感到疲倦。這一天晚上，才由

火車上下來，她便提議明晨去看最高的瀑布，而同伴們大家只是無力的答道：「我們十分疲倦，無論如何總要休息一天再去。」她聽同伴的話，很覺掃興，只見張尚德道：「密司文，你若高興明天去看瀑布，我可以陪你去。聽說密司楊和密司脫楊也要去，我們四個人先去，過一天若高興，還可以同她們再走一趟。好在美景極不是一看能厭的。」她聽了這話，果然高興極了，便約定次日一早在密司楊那裡同去。

　　這天只有些許黃白色的光，殘月猶自斜掛在天上，她們的旅行隊已經出發了。她背著一個小小的旅行袋，裡頭滿蓄著水果及乾點，此外還有一支熱水壺。她們起初走在平坦大道上，覺得早晨的微風，猶帶些寒意。後來路越走越崎嶇，因為那瀑布是在三千多丈的高山上。她們從許多雜樹蔓藤裡攀緣而上，走了許多泥濘的山窪，經過許多蜿蜒的流水，差不多將來到高山上，已聽見隆隆的響聲，彷彿萬馬奔騰，又彷彿眾機齊動。她們順著聲音走去，已遠遠望見那最高的瀑布了。那瀑布是從山上一個湖裡倒下來的。那裡山勢極陡，所以那瀑布成為一道筆直白色雲梯般的形狀。在瀑布的四圍都是高山，永遠照不見太陽光。她們到了這裡，不但火熱的身體，立感清涼，便是久炙的靈焰，也都漸漸熄滅。她煩擾的心，被這清涼的四境，洗滌得纖塵不染。她感覺到人生的有限，和人事的虛偽。她不禁懺悔她昨天和張尚德所說的話。她曾應許他，作他唯一的安慰者，但是她現在覺得自己太渺小了，怎能安慰他呢？同時覺得人類只如登場的傀儡，什麼戀愛，什麼結婚，都只是一幕戲，而且還要犧牲多少的代價，才能換來這一剎的迷戀。「唉，何苦呵！還是拒絕了他吧？況且我五十歲的老母，還要我侍奉她百年呢！等學校裡功課結束後，我就伴著她老人家回到鄉下去，種些桑麻和稻粱，吃穿不愁了。閒暇的時候，看看牧童放牛，聽聽蛙兒低唱，天然美趣，不強似……」她正想到這裡，忽見張尚德由山後

轉過道：「密司文來看，此地的風景才更有趣呢！」她果真隨著他，轉過山後去，只見一帶青山隱隱，碧水蕩漾，固然比那足以洗盪塵霧的瀑布不同。一個好像幽靜的處女，一個卻似蓋世的英雄。在那裡有一塊很平整的山石，她和他便坐在那裡休息。在這靜默的裡頭，張尚德屢次對她含笑地望著，彷彿這絕美的境地，都是為她和他所特設。但這只是他的夢想，他所認為安慰者，已在前一點鐘裡被大自然的偉力所剝奪了。當他對她表示滿意的時候，她正將一勺冷水回報他，她說：「密司脫張，我希望你別打主意罷，實在的！我絕不能作你終身的伴侶。」唉！她當時實在不曾為失意者稍稍想像其苦痛呢！……

倩娟想到這裡，由不得流下淚來，她舉頭看看這屋子，只覺得冷寞荒涼，思量到自己的前途，也是茫茫無際。那些過去的傷痕每每爆裂，她想到她的朋友曾寫信道：「朋友！你不要執迷吧！不自然地強制著自己的情感，是對自己不住的呵！」但是現在的她已經隨時序並老，還說什麼？

人間事，本如浮雲飛越，無奈冷漠的心田，猶不時為殘灰餘燼所燃炙。倩娟雖一面看破世情，而一面仍束縛於環境，無論美麗的春光怎樣含笑向人，也難免惹起她身世之感。這是她對著窗外的春色，想到自身的飄零，一曲幽弦，怎能不向她的朋友細彈呢？她收起所塗亂的殘稿，重新蘸飽禿筆寫信給她的朋友肖菊了。她寫道：

肖菊吾友：沉沉心霧，久滯靈通，你的近狀如何？想來江南春早，這時桃綻新紅，柳抽嫩綠，大好春光，逸興幽趣，定如所祝。都中氣候，亦漸暖和，青草綿芊，春意欣欣。昨日伴老母到公園 —— 園裡松柏，依然蒼翠似玉，池水碧波，依然因風輕漾。澹月疏星，一切不曾改觀。但是肖菊！往事不堪回首，你的倩娟已隨流光而憔悴了。唉！靜悄悄的園中，一個飄泊者，獨對皎月，悵望雲天，此時的心境，淒楚曷極！想到去年別你

的時候正是一堂同業，從此星散的時候，是何等的淒涼？況且我又正臥病宿舍。當你說道：「倩娟，我不能陪你了。」你是無限好意，但是枕痕淚漬至今可驗。我不敢責你忍心，我也明知你自有你的苦衷。當時你兩頰緋紅，滿蓄痛淚，勉強走了。我只緊閉雙目，不忍看。那時我的心，只有絕望……唉！我只不忍回憶了呵！

　　肖菊！我現在明白了，人生在世，若失了熱情的慰藉，無論海闊天空，也難使鬱結之心消釋；任他山清水秀，也只增對景懷人之感。我現在活著，全是為了這一點不可撲滅的熱情，—— 使我戀戀於老母和親友，使我不忍離開她們，不然我早隨奔馳的時序俱逝了！又豈能支持到今日？但是不可捉摸的熱情，究竟何所依憑？我的身世又是如何飄零，—— 老母一旦設有不諱，這飄零的我，又將何以自遣？吾友！試閉目凝想，在一個空曠的原野，有一隻失了憑依的小羊，—— 只有一隻孤零零的小羊，當黃昏來到世界上，四面罩下蒼茫的幕子來，那小羊將如何的徬徨？牠嘶聲的哀鳴，如何的悲切。呵，肖菊！記得我們同遊蘇州，在張公祠的茅草亭上，那時你還在我的跟前，但當我們聽了那虎丘坡上，小羊嗚咽似的哀鳴，猶覺慘怛無限。現在你離我遼遠，一切的人都離我遼遠，我就是那哀鳴的小羊了，誰來安慰我呢？這黑暗的前途，又叫我如何邁步呢？

　　可笑，我有時想超脫現在，我想出世，我想到四無人跡的空山絕岩中過一種與世絕隔的生活 —— 但是老母將如何？並且我也有時覺得我這思想是錯的，而我又不能制住此想。唉！肖菊呵！我只是被造物主撥弄的敗將，我只是感情幟下的殘卒，……近來心境更覺煩惱。窗前的玫瑰發了新芽，几上的臘梅殘枝，猶自插在瓶裡。流光不住地催人向老死的路上去，花開花謝，在在都足撩人愁恨！

　　我曾讀古人的詩道：「天若有情天亦老。」可憐的人類，原是感情的動

物呵！

　　倩娟正寫著，忽聽一陣簫聲，隨著溫和的春風，搖曳空中，彷彿空谷中的潺潺細流，經過沙磧般的幽咽而沉鬱。她放下筆，一看天色已經黃昏，如眉的新月，放出淡淡的清光。新綠的柔柳，迎風裊娜，那簫聲正從那柳梢所指的一角小樓裡發出，她放下筆，斜倚在沙發上，領略簫聲的美妙。忽聽簫聲以外，又夾著一種清幽的歌聲，那歌聲和簫韻正節節符和。後來簫聲漸低，歌喉的清越，真如半空風響又淒切又哀婉，她細細地聽，歌詞隱約可辨，彷彿道：

> 春風！春風！
> 一到生機動，
> 河邊冰解，山頂雪花融。
> 草爭綠，花奪紅，
> 大地春意濃。
> 只幽閨寂莫，
> 對景淚溶溶。
> 問流水飄殘瓣，
> 何處駐芳蹤！

　　呵！茫茫大地，何處是飄泊者的歸宿？正是「問流水飄殘瓣，何處駐芳蹤」？倩娟反覆細嚼歌辭越覺悲抑不勝。未完的信稿，竟無力再續。只怔怔地倚在沙發上，任那動人的歌聲，將靈田片片地宰割罷，任那無情的歲月步步相逼吧！……

何處是歸程

在紛歧的人生路上，沙侶也是一個怯生的旅行者。她現在雖然已是一個妻子和母親了，但仍不時地徘徊歧路，悄問何處是歸程。

這一天她預備請一個遠方的歸客，天色才朦朧，已經輾轉不成夢了。她呆呆地望著淡紫色的帳頂，——彷彿在那上邊展露著紫羅蘭的花影。正是四年前的一個春夜吧，微風暗送茉莉的溫馨，眉月斜掛松尖把光篩灑在寂靜的河堤上。她曾同玲素挽臂並肩，躑躅於嫩綠叢中。不過為了玲素去國，黯然的話別，一切的美景都染上離人眼中的血痕。

第二天的清晨，沙侶拿了一束紫羅蘭花，到車站上送玲素。沙侶握著玲素的手說道：「素姐，珍重吧！……四年後再見，但願你我都如這含笑的春花，它是希望的象徵呵！」那時玲素收了這花，火車已經慢慢地蠕動了，——現在整整已經四年。

沙侶正眷懷著往事，不覺環顧自己的四圍。忽看見身旁睡著十個月的孩子——緋紅的雙頰，垂復著長而黑的睫毛，嬌小而圓潤的面孔，不由得輕輕在他額上吻了一下。又輕輕坐了起來，披上一件絨布的袂衣，拉開蚊帳，黃金色的日光已由玻璃窗外射了進來。聽聽樓下已有輕微的腳步聲，心想大約是張媽起來了吧。於是走到扶梯口輕輕喊了一聲「張媽」，一個麻臉而微胖的婦人拿著一把鉛壺上來了。沙侶扣著衣鈕欠伸著道：「今天十點有客來，屋裡和客廳的地板都要拖乾淨些……回頭就去買小菜……阿福起來了嗎？……叫他吃了早飯就到碼頭去接三小姐。另外還有一個客

人，是和三小姐同輪船來的，……她們九點鐘到上海。早點去，不要誤了事！」張媽放下鉛壺，答應著去了。

　　沙侶走到梳妝臺旁，正打算梳頭，忽然看見鏡子裡自己的容顏老了許多，和牆上所掛的小照大不同了。她不免暗驚歲月催人，梳子插在頭上，怔怔的出起神來。她不住地想道：「這是怎麼一回事呢？結婚，生子，作母親，……一切平淡的收束了，事業志趣都成了生命史上的陳跡……女人，……這原來就是女人的天職。但誰能死心塌地地相信女人是這麼簡單的動物呢？……整理家務，扶養孩子，哦！侍候丈夫，這些瑣碎的事情真夠消磨人了。社會事業 ── 由於個人的意志所發生的活動，只好不提吧。……唉，真慚愧對今天遠道的歸客！ ── 一別四年的玲素呵！她現在學成歸國，正好施展她平生的抱負。她彷彿是光芒閃爍的北辰，可以為黑暗沉沉的夜景放一線的光明，為一切迷路者指引前程。哦，這是怎樣的偉大和有意義！唉，我真太怯弱，為什麼要結婚？妹妹一向抱獨身主義，她的見識要比我高超呢！現在只有看人家奮飛，我已是時代的落伍者。十餘年來所求知識，現在只好分付波臣，把一切都深埋海底吧。希望的花，隨流光而枯萎，永永成為我靈宮裡的一個殘影呵！……」沙侶無論如何排解不開這騷愁的祕結，禁不住悄悄地拭淚。忽聽見前屋丈夫的咳嗽聲，知道他已醒了，趕忙喊張媽端正麵湯，預備點心，自己又跑過去替他拿替換的褲褂。一面又吩咐車夫吃早飯，把車子拉出去預備著。亂了一陣子，才想去洗臉，床上的小乖乖又醒了，連忙放下面巾，抱起小乖，餵奶，換尿布，壁上的鐘已噹噹的敲了九下。客人就要來了，一切都還不曾預備好，沙侶顧不得了，如走馬燈似地忙著。

　　沙侶走到院子裡，採了幾支紫色的丁香插在白瓷瓶裡，放在客廳的圓桌上。悵然坐在靠窗的沙發上，靜靜地等候玲素和她的三妹妹。在這沉寂

而溫馨的空氣裡，沙侶復重溫她的舊夢，眼睫上不知何時又沾濡上淚液，彷彿晨露浸秋草。

不久門上的電鈴，琅琅的響了。張媽「呀」的一聲開了大門。一個年輕漂亮的女子，手裡提了一個小皮包，含笑走了進來。沙侶忙上前握住她的手，似喜似悵地說道：「你們回來了。玲素呢……」「來了！沙侶！你好嗎？想不到在這裡看見你，聽說你已經做了母親，快讓我看看我們的外甥，……」沙侶默默地痴立著。玲素彷彿明白她的隱衷，因握著沙侶的手，懇切地說道：「歧路百出的人生長途上，你總算找到歸宿，不必想那些不如意的事吧！」沙侶蒸郁的熱淚，不能勉強地嚥下去了。她哽咽著嘆道：「玲姐，你何必拿這種不由衷的話安慰我，歸宿 —— 我真是不敢深想，譬如坑窪裡的水，它永永不動，那也算是有了歸宿，但是太無聊而淺薄了。如果我但求如此的歸宿， —— 如此的歸宿便是人生的真義，那麼世界還有什麼缺陷？」

「這是為什麼？姐姐。你難道有什麼不如意的事嗎？」沙侶搖頭嘆道：「妹妹，我哪敢妄求如意，世界上也有如意的事嗎？只求事實與思想不過分的衝突，已經是萬分的幸運了！」沙侶淒楚而深痛的語調，使得大家憫然了。三妹妹似不耐此種死一般的冷寂，站了起來，憑著窗子看院子裡的蜜蜂，鑽進花心採蜜。玲素依然緊握沙侶的手，安慰她道：「沙侶，不要太拘跡吧，有什麼難受的呢？世界上所謂的真理，原不是絕對的。什麼偉大和不朽，究竟太片面了，何嘗能解決整個的人生？ —— 人生原來不是這樣簡單的，誰能夠面面顧到？……如果天地是一個完整的，那麼女媧氏倒不必煉石補天了，你也太想不開。」

「玲姐的話真不錯，人生就彷彿是不知歸程的旅行者，走到哪裡算到哪裡，只要是已經努力地走了，一切都可以卸責了。……姐姐總喜歡鑽牛

角尖，越鑽越仄，……我不怕你笑話，我獨身主義的主張，近來有些搖動了……。因為我已覺悟，固執是人生滋苦之因，不必拿別人說，只看我們的姑姑吧。」

「姑姑近來怎麼樣？前些日子聽說她患失眠很厲害，最近不知好了沒有？三妹妹，你從故鄉來，也聽到她的消息嗎？」

「姐姐！你自然很仰慕姑姑的努力囉。……人們有的說像她這樣才算偉大，但是不幸同時也有人冷笑說她無聊，出風頭，姑姑恨起來常常咬著嘴唇道：『齟齬的人類，永遠是殘酷的呵！』但有誰理會她，隔膜彷彿鐵壁銅牆般矗立在人與人的中間。」

玲素聽見三妹妹慨然的說著，也不覺有些心煩意亂，但仍勉強保持她深沉的態度，淡淡地說道：「我想世上既沒有兼全的事，那麼隨遇而安自多樂趣，又何必矯俗干名？」

沙侶搖頭道：「玲姐！我相信你更比我明白一切，因此我知道你的話還是為安慰我而發的。……究竟你也是替我嚥著眼淚，何妨大家痛快些哭一場呢！……我老實地告訴你吧，女孩子們的心，完全迷惑於理想的花園裡。—— 玫瑰是愛情的象徵，月光的潔幕下，戀人並肩地坐在花叢裡，一切都超越人間，把兩個靈魂攪合成一個，世界儘管和死般的沉寂，而他和她是息息相通的，是諧和的。唉，這種的誘惑力之下，誰能相信骨子裡的真相呢！……簡直完全不是這麼一回事。—— 結婚的結果是把他和她從天上摔到人間，他們是為了家務的管理，和欲性的發洩而娶妻。更痛快點說吧，許多女子也是為了吃飯享福而嫁丈夫。—— 但是做著理想的花園的夢的女子，跑到這種的環境之下，……玲姐，這難道不是悲劇嗎？……前天芷芬來，她曾問我說：『你現在怎麼樣？看著雜亂如麻的國

事，竟沒有一些努力的意思嗎？』玲姐，你知道芷芬這話，使我如何的受刺激！但是罪過，我當時竟說出些欺人自欺的話。——『我現在一切都不想了，撫養大了這個小孩子也就算了。高興時寫點東西，唸點書，消遣消遣。我本是個小人物，且早已看淡了一切的虛榮。』……芷芬聽罷，極不高興，她用失望的眼光看著我道：『你能安於此也好，不過我也有我的思想，……將軍上馬，各自奔前程吧！』她大概看我是個不堪造就的廢物，連坐也不坐便走了。當時我覺得很抱歉，並且再捫捫心，我何嘗真是沒有責任心？……呵，玲姐，怯弱的我只有悔恨我為什麼要結婚呢？」沙侶說得十分傷心，不住地用羅巾拭淚。

但是三妹妹總不信，不結婚便可以成全一切，她回過頭來看著沙侶和玲素說：「讓我們再談談不結婚的姑姑罷。」

「玲姐和姐姐，你們腦子裡都應有姑姑的印象吧？美麗如春花般的面孔，玲瓏而窈窕的身材，正彷彿這漂亮而馥郁的丁香花。可是只有這時候，是丁香的青春期，香色均臻濃豔；不過催人的歲月，和不肯為人駐足的春之女神，轉眼走了，一切便都改觀。如果到了鵑啼嫣紅，鶯戀殘枝，已是春事闌珊，只落得眷念既往的青春，那又是如何的可悲，如何的冷落？……姑姑近來憔悴得多了，據我的觀察，她或者正悔不曾及時的結婚呢！」

沙侶雖聽了這話，但不敢深信，微笑道：「三妹妹，你不要太把姑姑看弱了。」

三妹妹辯道：「你聽我講她一段故事吧。」

「今年中秋月夜，我和她同在古山住著，這夜恰是滿山的好月色，瀑布和澗流都閃爍著銀色的光。晚飯後，我們沿著石路土階，慢慢奔北山

峰，那裡如疏星般列著幾塊光滑的岩石，我們揀了一塊三角形的，並肩坐下。忽從微風裡悄送來陣陣的暗香，我們藉著月色的皎朗，看見岩石上攀著不少的藤蔓，也有如珊瑚色的圓球，認不出是什麼東西。在我們的腳下，凹下去的地方有一道山澗，正潺潺湲湲地流動。我們彼此無言的對坐著，不久忽聽見悠揚的歌聲，正從對山的禮拜堂裡發出來。姑姑很興奮地站起來說：『美妙極了，此時此地，倘若說就在這時候死了，豈不……？真的到了那一天，或者有許多人要嘆道：可惜，可惜她死得太早了，如果不死，前途成就正未可量呢！……』我聽了這話彷彿得了一種暗示，窺見姑姑心頭隆起紅腫的傷痕。—— 我因問道：『姑姑，你為什麼說這種短氣的話，你的前途正遠，大家都希望你把成功的消息報告他們呢。……』姑姑撫著我的肩嘆道：『三妹，你知道正是為了希望我的人多，我要早死了。只有死才能得到最大的同情。……想起兩年前在北京為婦女運動奔走，如果只增加我一些慚愧，有些人竟贈了我一個準政客的刻薄名詞。後來因為運動憲法修改委員，給我們相當的援助，更不知受了多少嘲笑。末了到底被人造了許多謠言，什麼和某人訂婚了，最殘忍的竟有人說我要給某人作姨太太，並且不止侮辱我一個。他們在酒酣耳熱的時候，從他們噴唾沫的口角上，往往流露出輕薄的微笑，跟著，他們必定要求一個結論道：「這些女子都是拿著婦女運動作招牌，借題出風頭。」……你想我怎麼受？……偏偏我們的同志又不爭氣，文蘭和美真又鬧起三角戀愛，一天到晚鬧笑話，我不免憤恨終至於灰心。不久政局又發生了大變，國會解散，……我們婦女同盟會也就冰消瓦解。在北京住著真覺無聊，更加著不知趣的某次長整天和我夾纏，使我決心離開北京。……還以為回來以後，再想法團結同志以圖再舉，誰知道這裡的環境更是不堪？唉！……我的前途茫茫，成敗不可必，倘若事業終無希望，……到不如早些作個結

束。……」

「姑姑黯然地站在月光之下，也許是悄悄地垂淚，但我不忍對她逼視。當我在回來的路上，姑姑又對我說：『真的，我現在感到各方面都太孤零了。』玲姐，姑姑言外之意便可知了。」沙侶靜聽著，最後微笑道：「那麼還是結婚好！」

玲素並不理會她的話，只悄悄地打算盤，怎麼辦？結婚也不好，不結婚也不好，歧路紛出，到底何處是歸程呵？她不覺深深地嘆道：「好複雜的人生！」

沙侶和三妹妹沉默了，大家各自想著心事。四圍如死般的寂靜，只有樹梢頭的黃鸝，正宛轉著，巧弄牠的珠喉呢。

房東

　　當我們坐著山兜，從陡險的山徑，來到這比較平坦的路上時，兜夫「哎喲」的舒了一口氣，意思是說「這可到了」。我們坐山兜的人呢，也照樣的深深地舒了一口氣，也是說：「這可到了！」因為長久的顛簸和憂懼，實在覺得力疲神倦呢！這時我們的山兜停在一座山坡上，那裡有一所三樓三底的中國化的洋房。若從房子側面看過去，誰也想不到那是一座洋房，因為它實在只有我們平常比較高大的平房高。不過正面的樓上，卻也有二尺多闊的迴廊，使我們住房子的人覺得滿意。並且在我們這所房子的對面，是峙立著無數的山巒，當晨曦窺雲的時候，我們睡在床上，可以看見萬道霞光，從山背後冉冉而升。跟著霧散雲開，露出豔麗的陽光。再加著晨氣清涼，稍帶冷意的微風，吹著我們不曾掠梳的散髮，真有些感覺得環境的鬆軟。雖然比不上列子御風，那麼飄逸。至於月夜，那就更說不上來的好了。月光本來是淡青色，再映上碧綠的山景，另是一種翠潤的色彩，使人目怡神飛。我們為了它們的倩麗往往更深不眠。

　　這種幽麗的地方，我們城市裡熏慣了煤煙氣的人住著，真是有些自慚形穢，雖然我們的外面是強似他們鄉下人。凡從城裡來到這裡的人，一個個都彷彿自己很明白什麼似的，但是他們鄉下人至少要比我們離大自然近得多，他們的心要比我們乾淨得多。就是我那房東，她的樣子雖特別的樸質，然而她都比我們好像知道什麼似的人，更知道些，也比我們天天講自然趣味的人，實際上更自然些。

　　可是她的樣子，實在不見得美，她不但有鄉下人特別紅褐色的皮膚，並且她左邊的脖項上長著一個蓋碗大的肉瘤。我第一次看見她的時候，對於她那個肉瘤很覺厭惡，然而她那很知足而快樂的老面皮上，卻給我很好的印象。倘若她只以右邊沒長瘤的脖項對著我，那倒是很不討厭呢！她已經五十八歲了，她的老伴比她小一歲，可是他倆所做的工作，真不像年紀這麼大的人。他倆只有一個兒子，倒有三個孫子，一個孫女兒。他們的兒媳婦是個瘦精精的婦人。她那兩隻腳和腿上的筋肉，一股一股的隆起，又結實又有精神。她一天到晚不在家，早上五點鐘就到田地裡去做工，到黃昏的時候，她有時肩上挑著幾十斤重的柴來家了。那柴上斜掛著一頂草笠，她來到她家的院子裡時，把柴擔從這一邊肩上換到那一邊肩上時，必微笑著跟我們招呼道：「吃晚飯了嗎？」當這時候，我必想著這個小婦人真自在，她在田裡種著麥子，有時插著白薯秧，輕快的風吹乾她勞瘁的汗液；清幽的草香，陣陣襲入她的鼻觀。有時可愛的百靈鳥，飛在山嶺上的小松柯裡唱著極好聽的曲子，她心裡是怎樣的快活！當她向那小鳥兒瞬了一眼，手下的秧子不知不覺已插了很多了。在她們的家裡，從不預備什麼鐘，她們每一個人的手上也永沒有帶什麼手錶，然而她們看見日頭正照在頭頂上便知道午時到了，除非是陰雨的天氣，她們有時見了我們，或者要問一聲：師姑，現在十二點了罷！據她們的習慣，對於做工時間的長短也總有個準兒。

　　住在城市裡的人每天都能在五點鐘左右起來，恐怕是絕無僅有，然而在這嶺裡的人，確沒有一個人能睡到八點鐘起來。說也奇怪，我在城裡頭住的時候，八點鐘起來，那是極普通的事情，而現在住在這裡也能夠不到六點鐘便起來，並且頂喜歡早起。因為朝旭未出將出的天容和陽光未普照的山景，實在別饒一種情趣。更奇異的是山間變幻的雲霧，有時霧擁雲

迷，便對面不見人。舉目唯見一片白茫茫，真有人在雲深處的意味。然而剎那間風動霧開，青山初隱隱如籠輕綃。有時兩峰間忽突起朵雲，亭亭如蓋，翼蔽天空，陽光黯淡，細雨霏霏，斜風瀟瀟，一陣陣涼沁骨髓，誰能想到這時是三伏裡的天氣。我曾記得古人詞有「採藥名山，讀書精舍，此計何時就？」這是我從前一讀一悵然，想望而不得的逸興幽趣，今天居然身受，這是何等的快樂！更有我們可愛的房東，每當夕陽下山後，我們坐在岩上談說時，她又告訴我們許多有趣的故事，使我們想像到農家的樂趣，實在不下於神仙呢。

女房東的丈夫，是個極勤懇而可愛的人，他也是天天出去做工，然而他可不是去種田，他是替他們村裡的人收拾屋漏。有時沒有人來約他去收拾時，他便戴著一頂沒有頂的草笠，把他家的老母牛和老公牛，都牽到有水的草地上拴在老松柯上，他坐在草地上含笑看他的小孫子在水涯旁邊捉蛤蟆。

不久炊煙從樹林裡冒出來，西方一片紅潤，他兩個大的孫子從家塾裡一跳一蹦地回來了。我們那女房東就站在斜坡上叫道：「難民仔的公公，回來吃飯。」那老頭答應了一聲「來了」，於是慢慢從草地上站起來，解下那一對老牛，慢慢踱了回來。那女房東在堂屋中間擺下一張圓桌，一碗熱騰騰的老倭瓜，一碗煮糟大頭菜，一碟子海蜇，還有一碟鹹魚，有時也有一碗魚羹墩肉。這時他的兒媳婦抱著那個七、八個月大的小女兒，餵著奶，一手撫著她第三個兒子的頭。吃罷晚飯她給孩子們洗了腳，於是大家同坐在院子裡講家常，我們從樓上的欄杆望下去，老女房東便笑嘻嘻地說：「師姑！晚上如果怕熱，就把門開著睡。」我說：「那怪怕的，倘若來個賊呢？……這院子又只是一片石頭疊就的短牆，又沒個門！」「呵喲師姑！真真的不礙事，我們這裡從來沒有過賊，我們往常洗了衣服，晒在院

子裡，有時被風吹了掉在院子外頭，也從沒有人給拾走。倒是那兩隻狗，保不定跑上去。只要把迴廊兩頭的門關上，便都不得了！」我聽了那女房東的話，由不得稱讚道：「到底是你們村莊裡的人樸厚，要是在城裡頭，這麼空落落的院子，誰敢安心睡一夜呢！」那老房東很高興道地：「我們鄉戶人家，別的能力沒有，只講究個天良，並且我們一村都是一家人，誰提起誰來都是知道的。要是做了賊，這個地方還住得下去嗎？」我不覺嘆了一聲，只恨我不做鄉下人，聽了這返樸歸真的話，由不得不心涼，不用說市井不曾受教育的人，沒有天良；便是在我們的學校裡還常常不見了東西呢！怎由得我們天天如履薄冰般的，掬著一把汗，時時竭智慮去對付人，哪復有一毫的人生樂趣？

　　我們的女房東，天天閒了就和我們說閒話兒，她彷彿很羨慕我們能讀書識字的人，她往往稱讚我們為聰明的人。她提起她的兩個孫子也天天去上學，臉上很有傲然的顏色。其實她未曾明白現在認識字的人，實在不見得比他們莊農人家有出息。我們的房東，他們身上穿著深藍老布的衣裳，用著極樸質的家具，吃的是青菜蘿蔔，白薯攙米的飯，和我們這些穿緞綢，住高樓大廈，吃魚肉美味的城裡人比，自然差得太遠了。然而試量量身分看，我們是家之本在身，吃了今日要打算明日的，過了今年要打算明年的，滿臉上露著深慮所漬的微微皺痕，不到老已經是髮蒼蒼而顏枯槁了。她們家裡有上百畝的田，據說好年成可收七、八十石的米，除自己吃外，尚可剩下三、四十石，一石值十二、三塊錢，一年僅糧食就有幾百塊錢的裕餘。以外還有一塊大菜園，裡面蘿蔔白菜，茄子豆角，樣樣俱全，還有白薯地五、六畝，豬牛羊雞和鴨子，又是一樣不缺。並且那一所房除了自己住，夏天租給來這裡避暑的人，也可租上一百餘元，老母雞一天一個蛋，老母牛一天四、五瓶牛奶，倒是純粹的奶子汁，一點不攙水的。我

們天天向他買一瓶要一角二分大洋，他們吃用全都是自己家裡的出產品，每年只有進款加進款，卻不曾消耗一文半個，他們舒舒齊齊地做著工，過著無憂無慮的日子。他們可說是「外乾中強」，我們卻是「外強中乾」。只要學校裡兩月不發薪水，簡直就要上當鋪，外面再飾得好些，也遮不著隱憂重重呢！

我們的老房東真是一個福氣人，她快六十歲的人了，卻像四十幾歲的人。天色朦朧，她便起來，做飯給一家的人吃。吃完早飯兒子到村集裡去做買賣，媳婦和丈夫，也都各自去做工，她於是把她那最小的孫女用極闊的帶把她馱在背上，先打發她兩個大孫子去上學，回來收拾院子，餵母豬，她一天到晚忙著，可也一天到晚地微笑著。逢著她第三個孫子和她撒嬌時，她便把地裡掘出來的白薯，遞一片給他，那孩子笑嘻嘻地蹲在搗衣石上吃著。她閒時，便把背上的孫女兒放下來，抱著坐在院子裡，撫弄著玩。

有一天夜裡，月色布滿了整個的山，青蔥的樹和山，更襯上這淡淡銀光，使我恍疑置身碧玉世界，我們的房東約我們到房後的山坡上去玩，她告訴我們從那裡可以看見福州。我們越過了許多壁立的嶙岩，忽見一片細草平鋪的草地，有兩所很精雅的洋房，悄悄地站在那裡。這一帶的松樹被風吹得松濤澎湃，東望星火點點，水光瀉玉，那便是福州了。那福州的城子，非常狹小，民屋疊集，煙迷霧漫，與我們所處的海中的山巔，真有些炎涼異趣。我們看了一會福州，又從這疊岩向北沿山徑而前，見遠遠月光之下豎立著一座高塔，我們的房東指著對我們說：「師姑！你們看見這裡一座塔嗎？提到這個塔，有一個很有趣的故事，我們這裡相傳已久了——

「人們都說那塔的底下是一座洞，這洞叫做小姐洞，在那裡面住著一

個神道，是十七、八歲長得極標緻的小姐，往往出來看山，遇見青年的公子哥兒，從那洞口走過時，那小姐便把他們的魂靈捉去，於是這個青年便如痴如醉地病倒，嚇得人們都不敢再從那地方來。—— 有一次我們這村子，有一家的哥兒只有十九歲，這一天收租回來，從那洞口走過，只覺得心裡一打寒戰，回到家裡便昏昏沉沉睡了，並且嘴裡還在說：『小姐把他請到臥房坐著，那臥房收拾得像天宮似的。小姐長得極好，他永不要回來。後來又說某家老二、老三等都在那裡做工。』他們家裡一聽這話，知道他是招了邪，因找了一位道士來家作法。第一次來了十幾個和尚道士，都不曾把那哥兒的魂靈招回來；第二次又來了二十幾個道士和尚，全都拿著槍向洞裡放，那小姐才把哥兒的魂靈放回來！自從這故事傳開來以後，什麼人都不再從小姐洞經過，可是前兩年來了兩個外國人，把小姐洞旁的地買下來，造了一所又高又大的洋房，說也奇怪，從此再不聽小姐洞有什麼影響，可是中國的神道，也怕外國鬼子 —— 現在那地方很熱鬧了，再沒有什麼可怕！」

我們的房東講完這一件故事，不知想起什麼，因問我道：「那些信教的人，不信有鬼神，……師姑！你們讀書的人自然知道有沒有鬼神了。」

這可問著我了，我沉吟半晌答道：「也許是有，可是我可沒看見過，不過我總相信在我們現實世界以外，總另有一個世界，那世界你們說他是鬼神的世界也可以，而我們卻認那世界為精神的世界……」

「哦！倒是你們讀書的人明白！……可是什麼叫做精神的世界呵！是不是和鬼神一樣？」

我被那老婆婆這麼一問，不覺嗤地笑了，笑我自己有點糊塗，把這麼抽象的名詞和他們天真的農人說。現在我可怎樣回答呢，想來想去，要免

解釋的麻煩，因囁嚅著道：「正是，也和鬼神差不多！」

好了！我不願更談這玄之又玄的問題，不但我不願給她勉強的解釋，其實我自己也不大明白，我因指著她那大孫子道：「孩子倒好福相，他幾歲了？」我們的房東，聽我問她的孩子，十分高興地答道：「他今年九歲了，已定下親事，他的老婆今年十歲了，」後又指著她第二個孫子道：「他今年六歲也定下親，他的老婆也比他大一歲，今年七歲……我們家裡的風水，都是女人比丈夫大一歲，我比他公公大一歲，她娘比他爹大一歲……我們鄉下娶媳婦，多半都比兒子要大許多，因為大些會做事，我們家嫌大太多不大好，只大著一歲，要算很特別的了。」

「嚇！阿姆你好福氣，孫子媳婦都定下了，足見得家裡有，要不然怎麼做得起。」我們用的老林很羨慕似的，對我們的房東說。我覺得有些好奇，因對那兩個小孩子望著，只見他們一雙圓而黑的眼珠對他們的祖母望著……我不免想這麼兩個無知無識的孩子，倒都有了老婆，這真是有點不可思議的事實。自然，在我們受過洗禮的腦筋裡，不免為那兩對未來的夫婦擔憂，不知他們到底能否共同生活，將來有沒有不幸的命運臨到他和她，可是我們的那老房東確覺得十分的爽意，彷彿又替下輩的人做成了一件功績。

一群小雞忽然啾啾地嘈了起來。那老房東說：「又是田鼠作怪！」因忙忙地趕去看。我們怔怔坐了些時就也回來了。走到院子裡，正遇見那房東迎了出來，指著那山縫的流水道：「師姑！你看這水映著月光多麼有趣……你們如果能等過了中秋節下去，看我們山上過節，那才真有趣，家家都放花，滿天光彩，站在這高坡上一看真要比城裡的中秋節還要有趣。」我聽了這話，忽然想到我來到這地方，不知不覺已經二十天了，再有三十天，我就得離開這個富於自然 —— 山高氣清的所在，又要到那充滿塵氣的福

州城市去，不用說街道是只容得一輪汽車走過的那樣狹，屋子是一堵連一堵排比著，天空且好比一塊四方的豆腐般呆板而沉悶，至於那些人呢，更是俗垢遍身不敢逼視。

日子飛快的悄悄地跑了，眼看著就要離開這地方了。那一天早起，老房東用大碗滿滿盛了一碗糟菜，送到我的房間，笑容可掬地說：「師姑！你也嘗嘗我們鄉下的東西，這是我自己親手做的，這幾天才全晒乾了，師姑你帶到城裡去管比市上賣的味道要好，隨便炒吃墩肉吃，都極下飯的。」我接著說道：「怎好生受，又讓你花錢。」那老房東忙笑道：「師姑！真不要這麼說，我們鄉下人有的是這種菜根子，哪像你們城市的人樣樣都須花錢去買呢！」我不覺嘆道：「這正是你們鄉下人叫人羨慕而又佩服的地方，你們明明滿地的糧食，滿院的雞鴨和滿圈子的牛羊豬，是要什麼有什麼，可是你們樣子可都誠誠樸樸的，並沒有一些自傲的神氣，和奢侈的受用，……這怎不叫人佩服！再說你們一年到頭，各人做各人愛做的事，舒舒齊齊地過著日了，地方的風景又好，空氣又清，為什麼人不羨慕？！……」

那老房東聽了這話，一手摸著那項上的血瘤，一面點頭笑道：「可是的呢！我們在鄉下寬敞清靜慣了倒不覺得什麼……去年福州來了一班耍馬戲的，我兒子叫我去見識見識，我一清早起帶著我大孫子下了嶺，八點鐘就到福州，我兒子說離馬戲開演的時間還早咧，我們就先到城裡各大街去逛，那人真多，房子也密密層層，弄得我手忙腳亂，實覺不如我們嶺裡的地方走著舒心……師姑！你就多住些日子下去吧！……」

我笑道：「我自然是願意多住幾天，只是我們學校快開學了，我為了職務的關係，不能不早下去……這個就是城市裡的人大不如你們鄉下人自在呵！」

我們的房東聽了這話，只點了一點頭道：「那麼師姑明年放暑假早些來，再住在我們這裡，大家混得怪熟的，熱辣辣地說走，真有點怪捨不得的呢！」

可是過了兩天，我依然只得熱刺刺地走了，不過一個誠懇而溫顏的老女房東的印象卻深刻在我的心幕上 —— 雖是她長著一個特別的血瘤，使人更不容易忘懷。然而她的家庭，和她的小雞和才生下來的小豬兒……種種都充滿了活潑潑的生機使我不能忘懷 —— 只要我獨坐默想時，我就要為我可愛而可羨的房東祝福！並希望我明年暑假還能和她見面！

前塵

　　春天的早晨，酴醾含笑，悄對著醉意十分的朝旭。伊正推窗凝立，回味夜來的夢境：山崖疊嶂聳翠的回影，分明在碧波裡輕漾，激壯的松濤，正與澎湃的海浪，遙相應和。依稀是夕陽晚照中的千佛山景，還有一聲兩聲磬鈸的餘響，又像是靈隱深處的佛音。

　　三間披茅附藤的低屋，幾灣潺湲蜿蜒的溪流，擁護著伊和他，不解戀海的涯際，是人間，還是天上，只憬憧在半醉半痴的生活裡，不覺已銷磨了如許景光。

　　無限悵惘，壓上眉梢，舊怨新愁，伊似不勝情，放下窗幔，怯生生的斜倚雕欄，忽見案頭倩影成雙；書架上的花籃，滿栽著素嫩翠綠的文竹，葉梢時時迎風招展，水仙的清香，潛闖進伊的鼻觀，驀省悟，這一切都現著新鮮的欣悅，原來正是新婚的第二天早晨呵！

　　唉！絕不是夢境，也不是幻相，人間的事實，完全表現了，多麼可以驕傲。伊的朋友，寄來《凱歌新詠》，伊含笑細讀，真是味長意深；但瞬息百變的心潮，禁不得深念，凝神處，不提防萬感奔集，往事層層，都接二連三的，湧上心來。

　　無聊的來到書櫥邊，把兩捆舊籤，鄭重地重新細看。讀到軟語纏綿的地方，贏得伊低眉淺笑，若羞似喜。不幸遇到苦調哀音的過節，不忍終篇，悄悄地痛淚偷彈，這已是前塵影事，而耐味榆柑，正禁不起回想啊！

　　人間多少失意事，更有多少失意人。當他們楚囚對泣的時候，不絕口

地咒詛人生，彷彿萬種淒酸，都從有生而來；如果麻木無知，又悲喜何從，——伊也曾失望，也曾咒詛人生，但如今怎樣？

> 收拾起舊恨新愁，
> 拈毫管；
> 譜心聲，
> 低低彈出水般清調，
> 雲般思流；
> 人間興廢莫問起，
> 且消受眼底溫柔。

無奈新奇的異感，依然可以使伊悵惘，可以使伊徬徨。當伊將要結婚之前，伊的朋友曾給伊一封信道：

想到你披輕綃，衣雲羅，捧著紅豔的玫瑰花，含情傍他而立；是何等的美妙，何等的稱意；畢竟是有情人終成了眷屬，可是二十餘年美麗的含蓄而神祕的少女生活，都為愛情的斧兒破壞了。不解人事的朋友——你——我們的交情收束了，更從頭和某夫人訂新交了。這個名稱你覺得刺耳不？我不敢斷定；但我如此的稱呼你時，的確覺得十分不慣；而且又平添了多少不舒服的感想！噫！我真怪僻！但情不自禁，似乎不如此寫，總不能盡我之意，好朋友！你原諒我吧！……

這是何等知心之談；伊何能不回想從前的生活；甚至於留戀著從前的幽趣，竟放聲痛哭了。

伊初次見阿翁，——當未結婚之前，只覺羞人答答地；除此外尚不曾感到別種異味，現在呢？……記得阿翁對伊叮囑道：「善持家政，好和夫婿……」頓覺肩上平添多少重量。伊原是海角孤雲，伊原是天邊野

鶴；從來頑憨，哪解得問寒噓暖，哪慣到廚下調羹弄湯？閒時只愛讀《離騷》，吟詩詞，到現在，拈筆在手，寫不成三行兩語，陡想起鍋裡的雞子，熟了沒有？便忙忙放下筆，收拾起斯文的模樣，到灶下作廚娘，這種新鮮滋味，伊每次嘗到，只有自笑人事草草，誰也免不了喲！

不傍涯際的孤舟，終至老死於不得著落的苦趣中，徬徨的哀音，可以賺不少人同情的眼淚，但緊繫垂楊蔭裡的小羊，也不勝束縛之悲，只是人世間，無處不密張網羅，任你孫悟空跳脫的手段如何高，也難出如來佛的掌握。況伊只是人間的弱者，也曾為滿窗的秋雨生悲，也曾因溫和的春光含笑，久困於自然的調度下，縱使心游天闔，這多餘的軀殼，又安得化成輕煙，蒸成大氣，游於無極之混元中呢！

記得朔風凜冽的燕京市中，不曾歇止的飛沙，不住地打在一間矮屋角上。伊和她含愁圍坐爐旁，不是天氣惱人，只怪心海浪多，波湧幾次，覺得日光黯淡，生趣蕭索。

伊手撫著溫水袋，似憾似凄地嘆道：「你的病體總不見好；都由心境鬱悒太過，人生行樂，何苦自戕若是？」她勉強苦笑道：「我比不得你，……現在你是一帆風順了，似我飄零，恐怕不是你得意人所能同日而語的；不過人生數十年的光陰，總有了結的一天，我只祝福你前途之花，如荼如火，無限的事業，從此發軔；至於我呵，等到你重來京華的時候，或者已經乘鶴回真！剩些餘影殘痕，供你憑弔罷了。……」伊聽了這話，只怔怔的一言不發，彷彿她的話都變作尖利的細針將伊嫩弱的心花，戳成無數的創傷。不禁含淚，似哀求般說：「你對於我的態度，為什麼忽然變了？你這些話分明是生疏我，我不解你從前待我好，現在冷淡我是為什麼？雖然我曉得，我今後的環境，要和你不同了，但我心依舊的不曾忘你，唉！我自覺一向冷淡，誰曉得到頭來卻自陷唯深！……」

　　唉！一番傷心的留別話，不時湧現於伊的心海之上，使她感到新的孤寂，嘗受到異樣的淒涼，伊相信事到結果，都只是煞風景的味道。伊向來是景慕著希望的雋永，而今不能了，在伊的努力上是得了勝利，可以傲視人間的失意者，但偶聽到失意者的哀憤悲音，反覺得自己的勝利，是極可輕鄙的。

　　自從伊決定結婚的訊息傳出後，本來極相得忘形的朋友，忽然同伊生疏了。雖有不少虛意的慶祝話，只增加伊感到人間事情的偽詐。

　　她來信說：「……唯望你最樂時期中，不要忘了孤零的我，便是朋友一場……」

　　她來信說：「……獨一唸到侃侃登臺，豪氣四溢的良友，而今竟然盈盈花車中，未免耐人尋思，終不禁悵然了。往事何堪回首？」多感善思的伊，怎禁得起如許挑撥？在這香溫情熱的蜜月中，伊不時緊皺眉峰，當他外出的時候，伊冷清清地獨坐案前，不可思議的悵恨，將伊緊緊捆住，如籠愁霧，如罩陰霾；雖處美滿的環境裡，心情終不能完全變換，沉迷的欣悅，只是剎那的異感，深鏤骨髓的人生咒詛，不時現露蒼涼的色彩。

　　這種出乎常情的心情，伊只想強忍，無奈悲緒如蒲葦般柔韌而綿長，怯弱的伊，終至於抗拒無力。伊近來極不願給朋友們寫信，當伊提起筆，心裡便覺得無限辛酸，寫起信來，便是滿紙哀音，誰相信伊正在新婚陶醉的時期中？伊這種的現象，無形中擊碎了他的心。

　　在一天的夜裡，天空中，倒懸著明鏡般的圓月，疏星欲斂還亮的，隱約於雲幕的背後，伊悄然坐在沙發上，看他伏案作稿，滿蓄愛意的快感使伊不禁微笑了。但當伊笑意才透到眉梢頭，忽然又想到往事了。伊回憶到和他戀愛的經過——

　　最初若有若無的戀感，彷彿烏雲裡的陰陽電，忽接忽離，雖也發出閃目的奇光，但終是不可捉摸的，那時伊和他的心，都極易滿足，總不想會面，也不想晤談，只要每日接到一封信，這心裡的鬱結，便立刻洗盪乾淨。老實說，信的內容，以至於稱呼，都沒有什麼特著的色彩，但這絕不妨礙伊和他相感相慰的效力。

　　而且他們都有怪僻，總不願意分明的寫出他們的命意，只隱隱約約寫到六七分就止了。彼此以猜謎的態度，求心神上的慰安，在他們固然是知己知彼，失敗的時候很少，但也免不了，有的時候猜錯了，他們的心流便要因此滯住了，但既經疏通之後，交感又深一層。

　　在他們第一期的戀感中，彼此都彷彿是探險家，當摸不著邊際的時候，徬徨於茫茫大海的裡頭，也曾生絕望的思想，但不可制止的戀流，總驅逐著他們，低低地叫道：「往前去！往前去！」這時他們只得再鼓勇氣，擦乾失望的淚痕，繼續著努力了。

　　他們來往的書信，所說的多半是學問上的討論，起初並不見得兩方的見解絕對相同，但只要他以為對的，伊總不忍完全反對，他對伊也是一樣的心理，他們學問的見解，日趨於同，心情上的了解也就日深一日了。這種摸索著探險的生活，希望固可安慰他們的熱情，而險阻種種，不住地指示他們人生的愁苦，當他出發的時候，各據一端，而他們的目的地，全在那最高的紅燈塔邊。一個從東走，一個從西來，本來相離很遠，經過多少奇兀的險浪、洶波，還有猛鯨碩黿，他們便一天接近一天了。

　　天下絕沒有如直線般的道路，他們走到山窮水盡的時候，往往被困在懸涯的邊上，下面海流蕩蕩，大有稍一反側，便要深陷的危險，這時候伊幾次想懸崖勒馬，生出許多空中樓閣，聊慰淒苦的方法來，伊曾寫信給

他說：

　　……我不敢想人間的幸福，因為我是不幸者，但我不信上帝苛酷如是，便連我夢魂中的慰安，也剝奪了嗎？

　　我記得懸泉飛瀑的底下，我曾經駐留過。那時正是夕陽滿山，野花載道，鶯燕互語的美景中你站在短橋上，慢吟新詩，我倒騎牛背，吹笛遙應，正是高山流水感音知心。及至暮色蒼茫，含笑而別，恬然各歸，鄭重叮嚀，明日此時此地，莫或愆期，唉！這是何等超卓的美趣啊！我希望──唯一的希望，不知結果如何，你也有意成就我嗎？

　　超越世間的美趣，如幽蘭般，時時發出迷人的醉香，誘引他們不住地前進，不覺得疲弊。有時伊倦了，發出絕望的悲嘆，他和淚濡墨懇切地寫道：

　　「唉！我已經灰冷的心為誰熱了，啊！」這確實是使伊從頹唐中興奮。

　　沉迷在戀海裡面的眾生，正似嗜酒的醉漢，當他浮白稱快的時候，什麼思想都被擯斥了。只有唯一的酒，是他的生命。不過等到清醒的時候，聽見朋友們告訴他醉裡的狂態，自己也不覺啞然失然。至於因酒而病的人，醒後未嘗不生悔心，不過無效得很，不聞酒香，尚可暫時支持，一聞酒香，便立刻陶醉了。伊和他正是情海裡的迷魂，正如醉漢的狂態。他們的眼淚只為他們迷狂而流，他們的笑口也只為他們的迷狂而開。

　　伊想到未認識他以前，從不曾發過悲鬱的嘆聲，縱有時和同學們，爭吵氣憤至於哭了，這只是一陣的暴雨，立刻又分撥陰霾，閃爍著活撥的陽光了。自從認識他以後，伊才了解人間不可言說的悲苦。伊記得有一次，正是初秋的明月夜，他和伊在公園裡閒散，他忽然因美感的強激，而生出蒼涼的哀思，微微嘆了一聲。伊悄悄地問道：「你怎麼了？……」他只搖

頭道：「沒有什麼。」這種的答話，在伊覺得他對自己太生疏了，情好到這種地步，還不能推心置腹。伊想到這裡，覺得自己真是天地間的孤零者了，往日所認為唯一可靠的他，結果終至於斯，做人有什麼意義，整日家奔波勞碌，莫非只為生活而生活嗎？這種贅疣般的人生，收束了到乾淨呢？伊越思量越淒楚。這時他們正來到石獅蹲伏著的水池邊，伊悲抑地倚在石獅的背上，含淚的雙眸，淒對著當空的皎月。銀光似的月影正籠罩著一畦雲般的蓼花，水池裡的游魚，依稀聽得見唼喋的微響，園裡的遊人，都群聚在茶肆酒館前。這滿含秋意的境地裡，只有他們的雙影，在他們好和無間的時候，到了這種蕭瑟蒼涼的地方，已不免有身世之感。況今夜他們各有各的心事：伊憾他不了解自己的衷懷，他傷伊誤解自己的悲戚。他本想對伊剖白，無奈酸楚如梗，欲言還休。伊也未嘗不思窮詰究竟，細思又覺無味。因此悄默相對，伊終久落下淚來，傷感既深，求解脫的心。忽然如電光一閃，照見人生究竟，大有放下屠刀，立地成佛之思，把痴戀之柔絲，用鋒利的智慧刀，一齊割斷，立刻離開那蹲伏的石獅子，很斬決地對他道：「我已倦了，先回去吧！」他這時的傷感絕不在伊之下，看了伊這種絕決的神氣，更覺難堪，也一言不發地走了。伊孤孤零零出了園門，萬種幽怨，和滿心屈曲，纏攪得伊如騰雲霧。昏沉中跳上人力車，兩淚如斷線珠子般，不住滾落襟前。那時街上的行人，已經稀少了，魚鱗般的絲雲，透出黯淡的月色，繁夥的眾星，都似無力的微睜倦眼，向伊表示可憐的閃爍。

　　伊回到家裡，家人已經都睡了。靜悄悄地四境，更增加不少的淒涼，伊悄對銀燈，拈起禿筆，在一張紙上，一壁亂塗，一壁垂淚，一張紙弄得墨淚模糊。直到壁上的鐘敲了三點，伊才覺倦惰難支，到床上睡了，夢裡兀自傷心不止。輾轉終夜，第二天頭暈目脹，起床不得，——伊本約今

天早晨找他去，現在病了去不得，一半也因昨夜的芥蒂不願去。在平日一定要叫人去通知，叫他不用等，或者叫他來，而現在伊總覺得自己的心事，他一點不知道，十分怨怒，明知道伊若不去，他一定要盼望，或者他也正伏枕飲泣；只是想要體諒他，又不勝怨他，結果這一天伊不曾去訪他，也不派人通知他，放不下的心，和憤氣的念頭，纏攪著，唯有蒙起被來痛快地流淚。

到第二天的早晨，伊的病已稍好些，勉強起來，但寸心忐忑，去訪他呢？又覺得自己太沒氣了，不去訪他呢？又實在放心不下。伊草草收拾完，無聊悶坐在書案前，又怕家人看出破綻，只得拿了一本《紅樓夢》，低頭尋思，遮人耳目。

門前來了一陣腳步聲，聽差的拿進一封信來，正是他的筆跡，不由得心亂脈跳，急急拆開看道：

今天你不來，料是怒我，我沒有權力取得世界一切人的同情的諒解，並也沒有權力取得你的同情與諒解了！我在世界真是一個無告的人了！隨他難過去吧！隨他傷心去吧！隨他痛哭去吧！隨他……去吧！人家滿不在乎這多一個不加多，少一個不見少的人，我又何苦必在乎這個。生也沒有快樂，死也不見可惜，糟粕似的人生！我只怨自己的看不破，於人乎何尤！—— 明日能來也好，不來也好！

伊看了這封信，怨怒全消，只不勝可憐他委屈的悲傷，伊哭著咒罵自己，為什麼前夜絕決如此，使他受苦；現在不曉得悲鬱到什麼地步，憔悴到怎般田地了，伊思著五衷若焚，急急將信收起，雇上車子去訪他。在路上心浪起伏，幾次淚液承睫，但白天比不得夜裡，終不好意思當真哭起來，只得將眼淚強往肚裡咽。及至來到他的屋子門口，那眼淚又拚命地湧

出來，悄悄走進他的房間，唉！果然他正在伏枕嗚咽。伊真覺得羞愧和不忍，慢慢掀開他的被角，淚痕如線，披掛滿臉，兩目緊閉，黯淡欲絕，伊禁不住伏在他的懷裡，嗚咽痛哭。他見了伊，彷彿受委屈的小孩見了親人更哭得傷心了。

人生有限的精神，經得起幾許消磨？伊和他如醉如痴的生活，不只耽擱了好景光，而且頹唐了雄心壯志，在這種探索彼岸的歷程中，已經是飽受艱辛，受苦惱，那更禁得起外界的刺激呵！

他們的朋友，有的很能了解他們的，但也有只以皮毛論人的，以為他們如此的沉迷，是不當的，於是造出許多謠言，譭謗他們，這種沒有同情的刺激，也足使伊受深刻的創傷。記得有一次，伊在書案上，看見伊的朋友寄伊表妹的一封信，裡頭有幾句話道：「你表姊近狀到底怎樣？她的謠言，已傳到我們這裡來了。人們固然是無情的，但她自己也要檢點些才是。她的詳狀，望你告我何如？」

伊讀了這一段隱約的話，神經上如受了重鼎的打擊，縱然自己問心，沒有愧對人天的事，但社會的輿論也足以使人或生或死呢！同學的彬如不是最好的例嗎？她本來很被同學的優禮，只因前天報上登了一段譭謗她的文字，便立刻受同學們的冷眼，內情的真偽，誰也不曉得，但譭謗人的惡劣本能，無論誰都比較發達呢！彬如誠然是不幸了，安知自己不也依然不幸呢？伊越想越怕，終至於懺悔了。伊想伊所受的苦已經夠了，真是驚弓之鳥，怎禁得起更聽彈弓的響聲呢！

唉！天地大得很呵！但伊此刻只覺得無處可以容身了。伊此時只想拋卻他，自己躲避到一個沒有人煙的孤島上，每天吃些含鹹味的海水和魚蝦，毀譽都不來攪亂伊；到了夜裡，墊著銀光閃灼的細紗的褥子，枕著海

水洗淨的白石，蓋著滿綴星光的雲被；那時節任伊引吭狂唱戀歌，也沒人背後鄙夷了！便緊緊摟著他，以天為證，以海為媒，甜蜜地接吻，也沒有人背後議論了！況且還有依依海面的沙鷗，時來存問，咳，那一件不是撇開人間的桎梏呵！……但不知道他是否一樣心腸？唉！可憐！真愚鈍呵！不是想拋棄他，怎麼又牽扯上他呢？

　　紛亂的矛盾思流，不住在伊心海裡循蕩著，不知道經過多少時光，伊才漸漸淡忘了。呵！最後伊給伊表妹的朋友寫封信道：

　　讀你致舍表妹信，知道你不忘故人，且彌深關懷，感激之心真難言喻。不過你所說的謠言，不知究竟何指？至於我和他的交往，你早就洞悉詳細，其間何嘗有絲毫不坦白處？即使由友誼進而為戀愛，因戀愛而結婚，也是極平常的人事，世界上誰是太上，獨能忘情？人間的我，自愧弗如。但世俗譭謗絕非深知如你的之所出，故敢披肝瀝膽，一再陳辭，還望你代我洗滌，黑白倒置，庶得倖免。……

　　伊這信寄去後，心態漸次恢復原狀，只留些餘痕，滋伊回憶。情海風波，無時或息，疊浪兼湧，接連不止，這時他和伊中間的薄膜，已經挑破了，但不幸的烏雲，不提防又從半天裡湧出。當伊和他發生愛戀以後，對於其他的朋友，都只泛泛論交，便是通信，也極謹慎，不過伊生性極灑脫，小節上往往脫略，許多男子以為伊有意於己，常常自束唯深，伊有時還一些不覺得。有一次伊的朋友，告訴伊說：外面謠傳，伊近來和某青年很有情感，不久當有訂婚的消息。伊聽了這話，彷彿夢話，不禁好笑，但伊絕不放在心上，依然是我行我素。

　　有一天早晨，伊尚在曉夢沉酣的時候，忽聽見耳旁有人叫喚，睜眼細看，正是伊的表妹，對伊說快些起來，姓方的有電話。伊惺忪著兩眼，披

上衣服，到外面接電話，原來是姓方的約伊公園談話。伊本待不去，無奈約者殷勤，辭卻不得，忙忙收拾了到公園，方某已在門旁等待。伊無心無意地敷衍了幾句，便來到荷花池邊的山石上坐下，看一群雪毛的水鴨，張開黃金色的掌，在水面游泳。伊正當出神的時候，忽聽方問伊道：「你這兩天都作些什麼事？」伊用滑稽的腔調答道：「吃了睡，睡了吃，人生的大事不過爾爾！」方道：「我到求此而不得呢！」伊說：「為什麼？」方忽然嘆道：「可惱的失眠病現在又患了。這兩天心緒之不寧，真算屬害了！唉！真是徬徨在茫漠的人間，孤寂得太苦了，……」伊似乎受了暗示，彷彿知道自己又做錯了，心裡由不得抖戰，因努力鎮定著，發出冷淡的聲調道：「草草人生，什麼不是做戲的態度，何必苦思焦慮，自陷苦趣呢？我向來只抱遊戲人間的目的，對於誰都是一樣的玩視，所以我倒不感到沒有同伴的寂寞，而且老實說起來，有許多人表面看起來，很逼真引為同伴的，內心各有各的懷抱，到頭來還是水乳不相容，白費苦心罷了。……」

　　方對於伊的話，完全了解；但也絕不願意再往下說了。只笑道：「好！遊戲人間吧！我們到前面去坐坐。」他們來到前面茶座上，無聊似地默坐些時，喝了一杯茶，就各自散了。

　　到家以後，他剛好來了，因問伊到什麼地方去，伊因把到公園，和方的談話全告訴了他。他似乎有些不高興，停了好久，他才冷冷道地：「我想這種無聊的聚會，還是少些為妙，何苦陷人自苦呢？」伊故意問道：「你這話什麼意思，我笨得很，實在不大明白。……放心吧！……」他禁不住笑了道：「我有什麼不放心？」

　　在伊只是逢場做戲，無形中，不知害了多少人，但老實說，伊絕不曾存心害人；伊也絕不想到這便是自苦之原。

在那一年的夏天，白色的茶花，正開得茂盛，伊和他的一個朋友，同坐在紫藤架下，泥畦裡橫爬出許多螃蟹來，沙沙作響。伊伏在綠草地上，有意捉一隻最小的，但終至失敗了，只弄得滿手是泥，伊自笑自己的頑憨，伊的朋友也笑道：「你彷彿只有六歲的小孩子，可是越顯得天真可愛！」他說完含笑望著伊，伊不覺臉上浮起兩朵紅雲，又羞又驚地低著頭，那種倉惶無措的神情，彷彿被困狼群的小羊。但他絕不放鬆這難得的機會，又繼續著道：「我原是夤夜奔前程的孤舟，你就是那指示迷途的燈塔，只有你，我才能免去覆沒之憂，我求你不要拒絕我。」伊急得幾乎要哭了，顫聲道：「你不知道我已經愛了他嗎？……我豈能更愛別人！」他迫切地說：「你說能愛他，為什麼不能愛我？我們的地位不是一樣嗎？」伊搖頭道：「地位我不知道，我只曉得我只愛他，……好了！天不早了，我應當回去了。」他說：「天還早，等些時，我送你回去。」「不！我自己曉得回去，請你不要送我！……」伊說著等不得更聽他的答言，急急往門口走，他似含怒般冷笑望著伊道：「走也好！但是我總是愛你呢？」

這種不同意的強愛，使伊感到粗暴的可鄙，無限的羞憤和委曲。當伊回到家裡的時候，制不住落下淚來。但不解事的那朋友又派人送信來，伊當時恨極，不曾開封，便用火柴點著燒化了，獨自沉想前途的可怕，真憾人類的無良，自己的不幸。但這事又不好告訴他，伊憂鬱著無法可遣，每天只有浪飲圖醉，但愁結更深，伊憔悴了，消瘦了！而他這時候，又遠隔關山，告訴無人，那強求情愛的朋友，又每天來找伊，纏攪不休。這個消息漸漸被他知道了，便寫信來問伊：究竟是什麼意思？伊這時的委曲，更無以自解，想人間無處而不汙濁，怯弱如伊，怎能抗拒。再一深念他若因此猜疑，豈不是更無生路了嗎？伊深自恨，為什麼要愛他，以至自陷苦海！

　　伊深知人類的嫉妒之可怕，若果那朋友因求愛不得，轉而為恨，若只恨伊倒不要緊，不幸因伊恨他，甚至於不利於他，不但鬧出事來，說起不好聽，抑且無以對他，便死也無以卸責呵！唉！可憐伊寸腸百回，伊想保全他，只得忍心割棄他了。因寫信給他道：

　　唉！燒餘的殘灰，為什麼使它重燃？那星星弱火 —— 可憐的灼閃，—— 我固然不能不感激你，替我維持到現在，但是有什麼意義？不祥如我，早已為造物所不容了，留著這一絲半絲的殘喘，受酷苛的冷情宰割！感謝你不住地鼓勵我，向那萬一有幸的道路努力，現在恐怕強支不能，終須辜負你了！

　　我沒什麼可說，只求你相信我是不祥的，早早割棄我，自奔你光輝燦爛的前程，發展你滿腹的經綸，這不值回顧的兒女痴情，你割棄了吧！我求你割棄了吧！

　　我日內已決計北行，家居實在無聊。況且環境又非常惡劣，我也不願仔細地說，你所問的話，我只有一句很簡單的答覆：為各方面乾淨，還是棄了我吧！我絕不忍因愛你而害你，若真相知，必能諒解這深藏的衷曲。

　　伊的信發了，正想預備行裝，似悟似怨的心情，還在流未盡的餘淚，忽然那朋友要自殺的消息傳來了，其他的朋友，立刻都曉得這訊息，逼著伊去敷衍那朋友，伊決絕道：「我不能去，若果他要死了，我償命是了，你們須知道，不可言說的欺辱來凌遲我，不如飲槍彈還死得痛快呵！」伊第二天便北上了。伊北上以後，那朋友恰又認識了別的女子，漸漸將伊淡忘，灰冷的心又閃灼著一線的殘光。—— 正是他北去訪伊的時候。

　　唉！波折的頻來，真是不可思議，這既往的前塵，雖然與韶光一齊消失了，而明顯的印影，到如今兀自深刻伊的腦海。

皎月正明，伊那裡有心評賞，他的熱愛正濃，伊的心何曾離去寒戰。

這時伏案作稿的他，微有倦意，放下筆，打了一回呵欠，回視斜倚沙發的伊，面色愁慘，淚光瑩瑩，他不禁詫異道：「好端端的為什麼？」說著已走近伊的身旁，輕輕吻著伊的柔髮道：「現在作了大人了，還這樣孩子氣，喜歡哭。」說著含笑地望著伊；伊只不理，爽性伏在沙發背上痛哭了。他看了這種情形，知道伊的傷感，絕不是無因，不免要猜疑，他想道：「伊從前的悲愁，自然是可以原諒，但現在一切都算完滿解決了，為什麼依舊不改故態，再想到自己為這事，也不知受了多少痛苦，只以為達到目的，便一切好了，現在結婚還不到三天，唉！……未免沒有意思呵！」他思量到這裡，也由不得傷起心來。

在輕煙淡霧的湖濱，為什麼要對伊表白心曲？若那時不說，彼此都不至陷溺如此深，唉！那夜的山影，那夜的波光，你還記得我們背人的私語嗎？伊說：伊飄泊二十餘年的生命，只要有了心的慰安，—— 有一個真心愛伊的人，伊便一切滿足了，永遠不再流一滴半滴的傷心淚了。……那時我不曾對你們 —— 山影波光發誓嗎？我從那一夜以後，不是真心愛伊嗎？為什麼伊的眼淚兀自地流，伊的悲調兀自地彈，莫非伊不相信我愛伊嗎？上帝呵！我視為唯一的生路，只是伊的滿足呵！伊只不住地彈出這般淒調，露出這般愁容……唉！

伊這時已獨自睡了，但沉幽的悲嘆，兀自從被角微微透出，他更覺傷心，禁不住嗚咽哭了。伊聽見這種哭聲，彷彿沙漠的曠野裡，迷路者的悲呼，伊不覺心裡不忍，因從床上下來，伏在他的懷裡道：「你不要為我傷心，我實在對不住你！但我絕不是不滿意你；不過是樂極悲生罷了。夜已深，去睡吧！」他嘆道：「你若常常這樣，我的命恐怕也不長了。」說著不禁又垂下淚來。

實在說伊為什麼傷心，便是伊自己也說不來，或者是留戀舊的生趣，生出的嫩稚的悲感；或者是伊強烈的熱望，永不息止奔疲的現狀。伊覺得想望結婚的樂趣，實在要比結婚實現的高得多。伊最不慣的，便是學作大人，什麼都要負相當的責任，煤油多少錢一桶？牛肉多少錢一斤？如許瑣碎的事情，伊向來不曾經心的，現在都要顧到了。

當伊站在爐邊煮菜的時候，有時覺得很可以驕傲，以為從來不曾做過的事情，居然也能做了。有時又覺得煩厭，記得從前在自己家的時候，一天到晚，把書房的門關起來，淘氣的小侄女來敲門，伊總不許她進來。左邊經，右邊史，堆滿桌上，看了這本，換那本，看到高興的時候，提筆就大圈大點起來，心裡什麼都不關住，只有恣意做伊所愛做的事。做到倦時，坐著車子，訪朋友去。有時獨自到影戲場看電影，或到大餐館吃大餐，只是孤意獨行，絲毫不受人家的牽掣，也從來沒有人來牽掣伊，現在呢？不知不覺背上許多重擔，那得赤條條來去無牽掛呵！

昨夜有一個朋友，送給伊和他一個珍貴的贈品——美麗而活潑的小孩模型。他含笑對伊道：「你愛他嗎？……」伊起初含羞悄對，繼又想起，從此擔子一天重似一天了，什麼服務社會？什麼經濟獨立？不都要為了愛情的果而拋棄嗎？記得伊的表兄——極刻薄的青年，對伊道：「女孩子何必讀書？只要學學煮飯、保育嬰兒就夠了。」他們蔑視女子的心，壓迫得伊痛哭過，現在自己到了危險的地步，能否爭一口氣，做一個合宜家庭，也合宜社會的人？況且伊的朋友曾經勉勵伊道：

「吾友！努力你前途的事業！許多人都為愛情征服的。都不免溺於安樂，日陷於墮落的境地。朋友呵！你是人間的奮鬥者。萬望不要使我失望，使你含苞未放的紅花萎落！……」

　　伊方寸的心，日來只酣戰著，只憂愁那含苞未放的紅花要萎落，況且醉迷的人生，禁不起深思，而思想的輪轍，又每喜走到寂滅的地方去。伊的新家，只有伊和他，他每天又為職業束身，一早晨就出去了，這長日無聊，更使伊靜處深思。筆架上的新筆，已被伊寫禿了。而麻般的思緒，越理越亂。別是一般新的滋味，說不出是喜是愁，數著壁上的時計，和著心頭的脈浪，只是不勝幽祕的細響，織成倦鳥還林的逸音，但又不無索居懷舊之感，真是喜共愁沒商量！他每說去去就來，伊頓覺得左右無依旁。睡夢中也感到寂寞的悵惘。

　　豪放的性情，不知什麼時候，悄悄地變了。獨立蒼茫的氣概，不知何時悄悄地逃了。記得前年的春末夏初，伊和同學們東遊的時候，那天正走到碧海之濱，滾滾的海浪，忽如青峰百尺，削壁千仞，直立海心。忽又像白蓮朵朵，探蕚荷葉之底，海嘯狂吼，聲如萬馬奔騰，那種雄壯的境地，而今都隱約於柔雲軟霧中了。伊何嘗不是如此，伊的朋友也何嘗不是如此？便是世界的人類，消磨的結果，也何嘗不是如此？

　　伊少女的生活，現在收束了，新生命的稚蕊，正在茁長；如火如荼的紅花，還不曾含苞；環境的陷人，又正如魚投羅網，朋友呵！伊的紅花幾時可以開放？伊回味著朋友們的話，唉！真是筆尖上的墨浪，直管濃得欲滴，怎奈伊心頭如梗，不能告訴你們，什麼是伊前途的運命，只是不住留戀著前塵，思量著往事，伊不曾忘記已往的幽趣。伊不敢忘記今後的努力。

　　這不緊要幾葉的殘跡，便是伊給朋友們的贈品，便是伊安慰朋友們的心音了。

一幕

六月的天氣，煩躁蒸郁，使人易於動怒；在那熱鬧的十字街頭，車馬行人，雖然不斷的奔馳，而靈芬從公事房回來以後，覺得十分疲憊，對著那灼烈豔陽，懶散得抬不起頭來。她把綠色的窗幔拉開，紗簾放下，屋子裡頓覺綠影陰森，周圍似乎鬆動了。於是她坐在案前的靠椅上，一壺香片，楊媽已泡好放在桌上，自壺嘴裡噴出濃郁的馨香，靈芬輕輕地倒了一杯，慢慢地喝著，一邊又拿起一枝筆，敲著桌沿細細地思量：

—— 這真是社會的柱石，人間極滑稽的劇情之一幕，他有時裝起紳士派頭，神氣倒也十足；他有時也自負是個有經驗的教育家：微皺著一雙濃眉，細拈著那兩撇八字須，沉著眼神說起話來，語調十三分沉重。真有些神聖不可輕犯之勢。

想到這裡，她不由得好笑，—— 這又算什麼呢？社會上裝著玩的人真不少，可不知為什麼一想便想到他！

靈芬坐在這寂靜的書房裡，不住發玄想，因為她正思一篇作品的結構。忽然一陣腳步聲，把四圍的寂靜衝破了，跟著說話聲，敲門聲，一時並作。她急忙站了起來，開了門，迎面走進一個客人，正是四、五年沒見的智文。

「呵！你這屋子裡別有幽趣，真有些文學的意味呢！」智文還是從前那種喜歡開玩笑。

「別拿人開心吧！」靈芬有些不好意思了，但她卻接著說道：「真的！

我一直喜歡文學，不過成功一個文學家的確不容易。」

「靈芬，我不是有意和你開心，你近來的努力實在有一部分的成功，如果長此不懈，作個文學家，也不是難事。」

「不見得吧！」靈芬似喜似疑地反詰了一句，自然她很希望智文給她一個確切的證實，但智文偏不提起這個岔，她只在書架上，翻閱最近幾期的《小說月報》，彼此靜默了幾分鐘，智文放下《小說月報》，轉過臉問靈芬道：「現在你有工夫嗎？」

「做什麼……有事情嗎？」

「沒有什麼事情，不過有人要見你，若有空最好去一趟。」

「誰要見我？」靈芬很懷疑地望著智文。

「就是那位有名的教育家徐偉先生。」

靈芬聽見這徐偉要見她，不覺心裡一動。心想那正是一個裝模作樣的虛偽極點的怪物。一面想著一面不由得說道：「他嗎？聽說近來很闊呢！怎麼想起來要見我這個小人物呢？你去不去，如果你去咱們就走一趟，我一個人就有點懶得去。」

智文笑道：「你這個脾氣還是這樣！」

「自然不會改掉，並且也用不著改掉，……你到底陪我去不陪我去？」

「好吧！我就陪你走一趟吧！可是你不要太孤僻慣了，不要聽了他的話不入耳，拿起腳就要走，那可是要得罪人的。」

「智文，放心吧！我縱是不受羈勒的天馬，但到了這到處牢籠的人間，也只好咬著牙隨緣了，況且我更犯不著得罪他。」

「既然這樣，我們就去吧，時候已將近黃昏了。」

她們走出了陰森的書房，只見半天紅霞，一抹殘陽，已是黃昏時候。她們叫了兩輛車子，直到徐偉先生門前停下。靈芬細打量這屋子：是前後兩個院子，客廳在前院的南邊，窗前有兩棵大槐樹。枝葉茂密，仿若翠屏，靈芬和智文進了客廳，一個三十多歲的男僕進來說：「老爺請兩位小姐進裡邊坐吧！」

靈芬和智文隨著那男僕到了裡頭院子，徐偉先生已站在門口點頭微笑招呼道：「哦！靈芬好久不見了，你們請到這裡坐。」靈芬來到徐偉先生的書房，只見迎面走出一個倩裝的少婦，徐偉先生對那少婦說：「這位是靈芬女士。」回頭又對靈芬說：「這就是內人。」

靈芬雖是點頭，向那少婦招呼，心裡不由得想到「這就是內人」一句話，自然她已早知道徐偉先生最近的浪漫史，他兩鬢霜絲，雖似乎比從前少些，但依然是花白，至少五十歲了，可是不像，——彷彿上帝把青春的感奮都給了他一個，他比他的二十五歲的兒子，似乎還年輕些，在他的書房裡有許多相片，是他和他新夫人所拍的。若果照相館的人知趣，不使那花白的頭髮顯明地展露在人間，那真儼然是一對青春的情眷。

這時徐偉先生的鬍鬚已經剃去了，這自然要比較顯得年輕，可是額上的皺紋卻深了許多，他坐在案前的太師椅上，道貌昂然，慢慢地對靈芬講論中國時局，像煞很有經驗，而且很覺得自己是時代的偉人。靈芬靜靜聽著，他講時，隱約聽見有嘆息的聲音，好像是由對面房子裡發出來，靈芬不由得心驚，很想立刻出去看看，但徐偉先生正長篇大論地說著，只得耐著性子聽，但是她早已聽不見徐偉先生究竟說些什麼。

正在這時候，那個男僕進來說，有客要見徐偉先生，徐偉先生看了名

片，急忙對那僕人說道：「快請客廳坐。」說著站了起來，對靈芬、智文說：「對不住，有朋友來找，我暫失陪！」徐偉先生匆匆到客廳去了。

徐偉先生的新夫人，到隔壁有事情去，當靈芬、智文進來不久，她已走了，於是靈芬對智文說道：

「徐偉先生的舊夫人，是不是也住在這裡？」

「是的，就住對面那一間房裡。」

「我們去見見好嗎？」

「可以的，但是徐偉先生，從來不願意外人去見他的舊夫人呢！」

「這又是為了什麼？」

「徐偉先生嫌她鄉下氣，不如他的新夫人漂亮。」

「前幾年，我們不是常看見，徐偉先生同他的舊夫人遊公園嗎？」

「從前的事不用提了，有了汽車，誰還願意坐馬車呢？」

「你這話我真不懂！……女人不是貨物呵！怎能愛就取，不愛就棄了？」

「這話真也難說！可是你不記得肖文的名語嗎？制禮的是周公，不是周婆呵！」靈芬聽到這裡，不由得好笑，因道：「我們去看看她吧。」

智文點了點頭，引著靈芬到了徐偉先生舊夫人的屋裡，推門進去，只見一個四十多歲的婦人，手裡抱著一個四、五歲的小孩，愁眉深鎖地坐在一張破籐椅上，房裡的家具都露著灰暗的色彩，床上堆著許多漿洗的衣服，到處露著乖時的痕跡。見了靈芬她們走進來，呆痴痴地站了起來讓座，那未語淚先咽的悲情，使人覺得棄婦的不幸！靈芬忍不住微嘆，但一句話也說不出，還是智文說道：

「師母近來更悴憔了，到底要自己保重才是！」

師母握著智文的手道：「自然我為了兒女們，一直的掙扎著，不然我原是一個贅疣，活著究竟多餘！」她很傷心地沉默著，但是又彷彿久積心頭的悲愁，好容易遇到訴說的機會，錯過了很可惜，她終竟慘然地微笑了。她說：

「你們都不是外人，我也不怕你們見笑，我常常懷疑女人老了，⋯⋯被家務操勞，生育子女辛苦，以致毀滅了青年的豐韻，便該被丈夫厭棄。男人們縱是老得駝背彎腰，但也有美貌青春的女子嫁給他，這不是稀奇嗎？⋯⋯自然，女人們要靠男人吃飯，彷彿應該受他們的擺弄，可是天知道，女人真不是白吃男人的飯呢！

「你們自然很明白，徐偉先生當初很貧寒，我到他家裡的時候，除了每月他教書賺二十幾塊錢以外，沒有更多的財產，我深記得，生我們大兒子的時候，因為產裡生病，請了兩次外國醫生診治，花去了二十幾塊錢，這個月就鬧了饑荒，徐先生終日在外頭忙著，我覺得他很辛苦，心裡過意不去，還不曾滿了月子，我已扎掙著起來，白天奶著孩子，夜晚就做針線，本來用著一個老媽子侍候月子，我為減輕徐先生的擔負，也把她辭退。這時候我又是妻子，又是母親，又是傭人，一家子的重任，都擔在我一人的肩上。我想著夫妻本有共同甘苦之誼，我雖是疲倦，但從沒有因此怨恨過徐先生。而且家裡依然收拾得乾乾淨淨，使他沒有內顧之憂，很希望他努力事業，將來有個出頭，那時自然苦盡甘來。⋯⋯但誰曉得我的想頭，完全錯了。男人們看待妻子，彷彿是一副行頭，闊了就要換行頭，那從前替他作盡奴隸而得的報酬，就是我現在的樣子，⋯⋯正同一副不用的馬鞍，扔在廄房裡，沒有人理會它呢！」

師母越說越傷心，眼淚滴濕了大襟，智文「哎」了一聲道：「師母看開些吧，在現代文明下的婦女，原沒地方去講理，但這絕不是長久的局面，將來必有一天久郁地層的火焰，直衝破大地呢！」

靈芬一直沉默著，不住將手絹的角兒，折了又折，彷彿萬千的悲憤，都藉著她不住的折疊的努力，而發洩出來……

門外徐偉先生走路的聲音，衝破了這深慘的空氣，智文對靈芬示意，於是裝著笑臉，迎著徐偉先生，仍舊回到書房。這時暮色已罩住了大地，微星已在雲隙中閃爍，靈芬告辭了回來，智文也回去了。

靈芬到了家裡，坐在綠色的燈光下，靜靜地回憶適才的事情，她想到世界真是一個耍百戲的戲場，想不到又有時新的戲文，真是有些不可思議，徐偉先生誰能說他不是社會柱石呢？他提倡男女平權，他主張男女同學，他更注重人道，但是不幸，竟在那裡看見了這最悲慘的一幕！

歧路

現在街上看不見拉著成堆屍首的大板車了。馬路上所殘留的殷黑色的血跡，最近也被過量的雨水沖洗淨了，所有使人驚慌淒惶的往事，也只在人們的腦膜上，留些模糊的餘影。一切殘酷的呼聲，都隨時而消滅了。怵目驚心的大時代，在這個 H 埠是告了結束，雖然那些被炸毀的牆垣，還像保留著厄運後的黯淡，然也鼓不起人心的激浪來。這時候不論誰，都抱著從戰壕裡逃回來的心情，是多麼疲倦，同時覺得他們尚生存在人間，又是多麼驚喜和僥倖；而且他們覺得對於人間的一切，有重新估價的必要，所有傳統的一切法則都從他們手裡粉碎了。

蕭真和幾個同志，現在是留在 H 埠，辦理一切善後，這些日子真夠忙的，從清早就出去，挨家沿戶地調查戰事以後的婦女生活狀況，疲倦得連飯都顧不得吃，回來就倒在床上睡了。

他們的公事房是在 H 埠的城內，是從前督軍的衙門，寬廣的廳房，雖然沒有富麗的陳設，而雕梁畫棟還依稀認得出當年的富豪氣象。現在這個客廳裡每到下午四點多鐘，就有許多青年的男女在這裡聚會，蕭真的臥房就在這個大廳的後面。她自從一點鐘回來，吃了一杯牛奶，一直睡到現在 —— 差不多四點半了，才被隔壁的喧笑聲吵醒。她揉了揉眼睛，呆呆地坐在床沿上出神，隔壁大廳裡正談著許多有趣的故事，這時忽然沉靜下來，但是不久又聽見一陣高闊的嗓音說道：

「喂！張同志！好一身漂亮的武裝呵！」

蕭真心裡想著這一定是說張蘭因了，她昨天曾經說過今天要穿一套極漂亮的武裝的……她正在猜想，果然聽見張蘭因清脆的嗓音說道：

「是呵！到了這個時候，誰還願意披著那一身骯髒的耗子皮，踏拉著破草鞋呢？同志們，咱們真該享樂呵！……你們瞧我手上的彈傷——誰能相信在前敵奮鬥的我，現在還活著……這真是死裡逃生，還能不相當的享樂嗎？」

「好呵！我們一同擁護張同志！」跟著起了一陣熱鬧的拍掌聲。

「今天人來得真齊全，差不多都到了，……喂，老楊，怎麼，你的蕭真呢？」

「蕭真……恐怕還在隔壁睡覺吧？」

「怎麼這個懶丫頭到現在還沒有睡醒嗎？楊同志，這當然是你的責任了，去！快些把她拉了來。」

楊同志用手抒著他那最近留的小鬍子，笑迷迷地看著張蘭因道：「是！小姐！遵命！」這樣一來大家都禁不住笑起來了。

蕭真正洗著臉，看見楊同志走了進來，放下手巾，覷著眼看了他一下，淡淡地笑了一笑說道：「嚇！今天怎麼這樣漂亮起來。」那神氣帶著些譏諷的色彩，楊同志老大不好意思。「可不是嗎！……我本來不想穿這一套衣服，……但是他們一定要我穿，並且他們說今天大家都要打扮得像個樣，痛痛快快玩一天呢！」

蕭真眼望著窗外的綠草地，從鼻孔裡「哼」了一聲說道：「這些小子們，大概都忘其所以了！」回頭指著衣架上掛著的一件灰布大褂，顏色已經有些舊了，大襟和袖子都補著四方塊的補釘，說道：「這件大褂你該認得吧！……我們從南昌開拔的時候，就連這件破褂子，也進過長生庫呢？

每天一個人啃兩塊燒餅……那真夠狼狽了，這會子，這些少爺小姐們倒又做起『桃色的夢』來了。」

楊同志聽了肅真無緣無故的發牢騷，真猜不透那是什麼意思，只有低著頭，訕訕地微笑。

「喂！羅同志！楊同志！你們到底怎麼樣？所有的人都到齊了，你們再不來我們就走了。」肅真聽出是蘭因的聲音，就高聲叫道：「蘭因為什麼這樣焦急，你今天到底出多大的風頭，你過來，讓我看看你漂亮到什麼程度罷！」

蘭因笑道：「你也來吧！別說廢話了！」

肅真和楊大可走到隔壁大廳，果見那些男女同志個個打扮得比往日不同，就是小王的領結也換了新的，張老五的鬍子也是剛刮的，肅真瞧著那些興高彩烈的同志們說道：「你們這些少爺小姐真會開心呵！」這時一陣笑聲從角落裡發出來，肅真一看正是蘭因。她偎著小王坐著，用手指著肅真不知在談論什麼。肅真撇了眾人跑到蘭因面前，拉著蘭因的手端詳了半天，只見她身上穿著一套淡咖啡色的嗶嘰軍裝，腳上穿著黃皮的長統馬靴，一頂黃呢軍帽放在小王的膝蓋上，神氣倒十足，不禁點著頭說道：「好漂亮的女軍人，怪不得那些小子們要拜倒女英雄的腳下呢！」她說著斜瞟了小王一眼。小王有些臉紅，低下頭裝作看帽子上閃爍的金線。蘭因隔了些時，用報復的語調向肅真道：「小羅！你別發狂，正有人在算計你呢！……喂！你瞧那幾根鬍子，多麼俏皮！」肅真瞪了蘭因一眼笑道：「唉！……那又是什麼東西！」惹得旁邊的同志們鼓掌大笑了。

正在這個時候，門前一陣汽笛聲，他們所叫的汽車已經開來了，於是他們亂紛紛地擠到門口，各人跳上車子，到第一賓館去。這是 H 埠有名

的飯館，大廳裡陳設著新式的各種沙發椅，滿壁上都是東洋名家的油畫電影，在那白得像雪一般的桌布上，放著一個碧玉花瓶，裡面插著一束血點似的紅玫瑰，甜香直鑽進鼻孔，使人覺到一種輕妙和醉軟的快感，雪茄菸的白霧，團團地聚成稀薄如輕綃的幔子，使人走到這裡，仿如置身白雲深處一般。

楊大可依然捋著他那幾根黑鬚，沉沉地如入夢境，他陡然覺得眼前有一個黑影，黑影後面露著可怕的陰黯的山路，他竄伏在一群尚在蠕動的屍首下面，躲避敵軍的砲彈，……他全身的血液都似乎已凝結成了冰，恐懼的心簡直沒有地方安放了。呵！肩膀上忽然有一種最溫最柔的東西在接觸，全身立刻都感到溫暖，恰才失去的知覺又漸漸回覆了。他真像是作了一個夢，現在這夢是醒了，睜大了眼睛，回頭看見他愛慕的女神 —— 肅真撫著他的肩，含著笑站在他的身後，他連忙鎮定住亂跳的心站起來說：「這裡坐吧！肅真。」……他將自己方才的坐位讓給肅真坐了，他自己就坐在沙發的椅靠上，一股蘭花皂和檀香粉的溫膩的香味，從風裡送過來，他好像駕著雲，翱翔於空明的天宇，所有潛伏的恐懼，不但不敢現形，並且更潛伏得深了。

穿白色制服的夥計們，穿梭似的來去，他們將各色的酒，如威士忌，啤酒，玫瑰酒，葡萄酒，一瓶一瓶搬來，當他們將木塞打去的時候，一股濃烈的香氣，噴散了出來，使人人的食慾陡然強烈起來。現在他們腦子裡只有「享樂」兩個字了，於是男人女人，互舉著玉杯叫「乾」，這樣一杯一杯不斷的狂飲著。女人們的面頰上平添了兩朵紅雲，男人們也是滿臉春色，蘭因簡直睡在小王的懷裡，小王的左臂，將她的腰緊緊地摟住，他和她的唇幾次在似乎無意中碰在一處。呵！這真是奇蹟，從來歷史上所沒有的放浪和無忌，現在都實現了，很冠冕堂皇地實現了。

蕭真一直抱著玫瑰酒的瓶子狂吞著，現在瓶裡頭連一滴酒也沒有了。她放下瓶子，臉色是那樣紅得形容不出，兩眼發射著醉人的奇光，身子搖搖晃晃幾乎要跌倒了。楊大可將她輕輕地扶住，使她安臥在一張長沙發上，他自己就坐在她的身旁，含著得意的微笑，替她剝著橘子。

他們想盡了方法開心，小張舉著一杯紅色的葡萄酒，高聲地叫道：「同志們，我們是革命的青年，應當打破一切不自然的人間道德，我們需要愛，需要酒來充實我們的生活，請你們滿飲一杯，祝我們前途的燦爛。」

「好呵！張同志……我們都擁護你，來！來！大家喝乾這一杯。」小王說著，把一杯酒喝乾了，其餘的人們也都狂笑著將杯裡的酒吞下去。

一點鐘以後，飯館裡的人都散去了，深沉的夜幕將這繁華富麗的大廳團團地罩住，恰才熱鬧活躍的形象，現在也都消歸烏有，地上的瓜子殼煙灰和殘餚都打掃盡了，只有那瓶裡的玫瑰，依然靜立著，度這寂寞的夜景。

但是在這旅館的第二層樓上東南角五號房間裡還有燈光。一個瘦削的男子身影，和一個裊娜的女人身影，正映在白色的窗幔上，那個女人起先是離那男子約有一尺遠近，低著頭站著；後來兩個身影漸漸近了，男人的手箍住那女人的腰了，女人的頭仰起來了，男人的頭俯下去，兩個身影變成一個，他們是在熱烈的接著深吻呢！後來兩個人的身影漸漸移動，他們坐在床上了，跟著燈光也就熄滅了，只聽見男人的聲音說道：「蘭因，我的親愛的！你知道我是怎麼樣熱烈地愛著你！……」

底下並不聽見女的回答，但過了幾分鐘以後，又聽見長衣拖著床沿的聲音，和女子由迷醉而發出的嘆息聲，接著又聽見男人說：「現在的時代已經不是從前了，女人嘗點戀愛的滋味，是很正當的事！……哦！蘭因你

為什麼流淚！親愛的，不要傷心！不要懷疑吧！我們彼此都是新青年，不應當再把那不自然的束縛來隔開我們，減低我們戀愛的熱度！」

還是聽不見女的回答，過了一會那男的又說道：

「蘭因，我的乖乖！你不要再回顧以前吧！我們是受過新洗禮的青年，為什麼要受那不自然的禮教束縛，婚姻制度早晚是要打破的，我們為什麼那麼願意去做那法制下的傀儡呢？不要再想那些使人掃興的陳事吧！時間是像一個竊賊，悄悄地溜走了，我們好好地愛惜我們的青春，努力裝飾我們的生命，什麼是人間的不朽？除了我們的生命，得到充實！」

「可是子青！無論如何，人總是社會的分子，我們的舉動至少也要顧慮到社會的習慣呵！……」

「自然，我們不能脫離社會而生活，但是你要清楚，社會的習慣不一定都是好的，而且社會往往是在我們思想的後面慢慢拖著呢……我們豈能因為他的拖延而停止我們思想的前進……而且社會終歸也要往這條路上走的，我們走得快，到底不是錯事。」

這一篇徹底而大膽的議論，竟使那對方的女人信服，她不再往下懷疑了，很安然地睡在他的懷裡，做甜蜜的夢去了。

太陽正射在亭子間的角落裡，那地方放著一張西洋式的木床，床上睡著一個女郎，她身上蓋著一條淡紫色的絨毯，兩隻手臂交叉著枕著頭，似乎才從驚懼的夢中驚醒，失神的眼睛，定視著頭頂的天花板，弄堂口賣燒餅油條的阿二，拉著暗啞的嗓音在叫賣，這使得她很不耐煩，不覺罵道：「該死的東西，天天早晨在這裡鬼號！」跟著她翻了個身，從枕頭底下抽出一個信封來，那信封上滿了水點的皺痕，她將信翻來覆去看了又看，然後又將信封裡的一張信籤抽了出來，念道：

蘭因：

我有要事立刻須離開這裡，至於將到什麼地方去，因為有特別的情形，請你讓我保守這個祕密，暫且不能告訴你吧！

我走後，你仍舊努力你的工作，我們是新青年，當然不論男女都應有獨立生活的精神和能力，你離了我自然還是一樣生活，所以我倒很安心，大約一個月以內，我仍就回到你的身邊，請你不要念我，再會吧！我的蘭因！

子青

她每天未起床以前總將這信念一遍，光陰一天一天的過去，一個月的期限早已滿了，但是仍不見子青回來，也再不接到他第二封信，她心裡充滿了疑雲，她想莫非他有了意外嗎？……要不然就是他騙了她，永遠不再回來了嗎？……

她想到這可怕的陰影，禁不住流淚，那淚滴濕透了信籤不知有多少次，真是新淚痕間舊淚痕。如今已經三個月多了，天天仍是痴心呆望，但是除了每天早晨阿二暗啞的叫賣聲，絕沒有得到另外的消息。今天早晨又是被阿二的叫賣聲驚醒，她又把那封信拿出來看一遍，眼淚沿著面頰流下來，她淚眼模糊看著窗外，隔壁樓上的窗口，站著一個美麗而嫻靜的女孩，正拿著一本書在看。她不禁勾起已往的一切影像。

她忽覺得自己是睡在家鄉的繡房裡，每天早晨奶媽端著早點到她床前，服侍她吃了，她才慢慢的起床，對著鏡梳好頭，裝飾齊整，就到書房去。那位帶喘的老先生，將《女四書》攤在書桌上叫她來講解，以後就是寫小楷，這一早晨的時間就這樣過去了，到了下午，隨同母親到外婆家去玩耍，有時也學做些針線。

　　這種生活，雖然很平淡，但是現在回想起來，倒覺得有些留戀。再看看自己現在孤苦伶仃住在這地方，沒有一個親友過問，而且子青一去沒有消息，自己簡直成了一個棄婦，如果被家鄉的父母知道了，不知將怎樣的傷心呢！

　　她想到她的父母，那眼淚更流得急了。她想起第一次見了她的表姐，那正是一個夏天的下午，她正同著母親坐在葡萄架下說家常，忽見門外走進一個二十多歲的女人來，剪著頭髮，身上穿著白印度綢的旗袍，腳上是白色絲襪，淡黃色的高跟皮鞋，態度大方。她和母親起先沒認出是誰來，連忙站了起來，正想說話，忽聽那位女郎叫道：「姑媽和表妹都好嗎？我們竟有五、六年沒有見了呢！」她這才曉得是她的表姐琴芬。當夜她母親就留表姐住在家裡，夜裡琴芬就和她同屋歇息。琴芬在談話之間就問起她曾否進學堂，她說：「父親不願我進學校。」琴芬說：「現在的女子不進學校是不行的，將來生活怎樣能夠獨立呢！……表妹！你若真心要進學校，等我明天向姑丈請求。」她聽了這話高興極了，一夜差不多都沒有睡，最使她醉心是琴芬那種的裝束和態度，她想如果要是進了學校，自然頭髮也剪了，省得天天早晨梳頭，並且她也很愛琴芬的那高跟皮鞋，短短的旗袍。

　　第二天在吃完午飯的時候，琴芬到她姑丈的書房閒談，把許多新時代的事跡，鋪張揚厲，說給那老人家聽。後來就談到她表妹進學校的事情，結果很壞，那老人只是說道：「像我們這種人家的女兒，還怕吃不到一碗現成飯嗎？何必進什麼學校呢！而且現在的女學校的學生，本事沒有學到而傷風敗俗的事情卻都學會了。」

　　琴芬碰了這個釘子，也不好再往下說；但是她很愛惜表妹，雖然失望，可是還沒有絕望，她想姑母比較姑丈圓通得多，還是和姑母說說也許

就成了。這個計畫果然很有效果，當琴芬第二次到姑媽家去的時候，她的表妹第一句話就是報告：「父親已經答應讓我進女子中學了。」

這一年的秋季她就進了女子中學的一年級，這正是革命軍打到她故鄉的時候。學校裡的同學都瘋了似的活動起來，今天開會明天演講，她也很踴躍地跟著活動，並且她人長得漂亮，口才又好，所以雖然是新學生，而同學們已經很推重她，舉她作婦女運動的代表，她用全部的精神吸納新思潮，不知不覺間她竟改變了一個新的人格。

在她進學校的下半年，婦女協會建議派人到武漢訓練部去工作，蘭因恰又是被派的一個，但是這一次她的父母都不肯讓她去，幾番請求都被拒絕，並且連學校都不許她進了。

有一天她的父親到離城十五里地的莊子上去收租，母親到外祖母家去看外祖母的病，本來也叫她同去，但是她說她有些肚子疼，請求獨自留在家裡休息，這卻是一個很好的機會。她打開母親放錢的箱子，悄悄拿了一百塊錢和隨身的衣服，然後她跑到她同學李梅生家裡，她們預先早已計劃過逃亡的事情，所以現在是很順利地成功了。她們雇了兩輛車子跑到輪船碼頭，買好船票，很湊巧當夜十二點鐘就開船了。

自從那一次離開了父母，現在已經三年了。關於父母對她逃亡後傷心的消息，曾經聽見她一個同鄉王君說起，她的父親憤恨得幾乎發狂，人們問到他的女兒呢？他總是冷然地答道：「死了。」母親常常獨自流淚……

呵！這一切的情景，漸漸都湧上心頭……她想到父親若知道她已經和人同居，也許已經變成某人的棄婦時，不知道要憤恨到什麼地步！唉！悔恨漸漸占據她的心靈，一顆一顆晶瑩的淚珠，不斷地沿頰滾了下來。

「砰！砰！」有人在敲亭子間的門了，她連忙翻身坐起來問道：

「誰呵！」

「是我，張小姐！……」

好像是房東的聲音……大約是來討房錢的，她的心不禁更跳得厲害了，打開抽屜，尋來尋去只尋出兩塊錢和三角小銀幣……而房租是每月十塊，已經欠了兩個月，這個饑荒怎麼打發呢？

「張小姐！辰光不早了，還沒有起來嗎？……」

房東的聲音有些不耐煩，她忙忙開了門，讓房東進來。那是一個四十多歲的江北婦人，上身穿著長僅及腰的一件月白洋布衫，下身穿著一條闊褲腳的黑花絲葛褲子，剪髮梳著很光的背頭，走進來含著不自然的微笑，將蘭因的屋子打量了一番，又望蘭因的臉說道：「張小姐！王先生有信來沒有？真的，他已經走了三個多月了，……」

「可不是嗎？……前些日子倒有一封信，可是最近他沒有信來。」

房東太太似乎很有經驗地點了點頭說道：「張小姐！我怕王先生不會再到這裡來了吧！現在的男人有幾個靠得住的，他們見一個愛一個，況且你們又不是正經的夫妻……他要是老不來，張小姐還應當另打主意，不然怎麼活得下去呢！……這些辰光，我們的生意也不好，你這裡的房錢，實在也墊不起，我看看張小姐年輕輕的，臉子又漂亮，如果肯稍微活動活動，還少得了這幾個房錢嗎？只怕大堆的洋錢使都使不盡呢！……」

蘭因已明白房東太太的來意了，本想搶白她幾句，但是自己又實在欠下她的錢，硬話也說不成，況且自己當初和王子青結婚，本來太草率了。既沒有法律的保障，又沒有親友的見證，慢說王子青是不來了，奈何他不得；縱使他來了，不承認也沒有辦法……想回到故鄉去吧，父親已經義斷恩絕，而自己也覺得沒有臉面見他們……

　　房東太太見她低頭垂淚，知道這塊肥羊肉是跑不了的，她湊近張小姐，握住她的手，低聲說道：「張小姐！你是明白人，我所說的都是好話，你想作人一生，不過幾十年，還不趁這年輕的時候快活幾年，不是太痴了嗎？況且你又長得漂亮，還怕沒有闊大少來愛你嗎？將來遭逢到如意的姑爺，只怕要比王先生強得多呢……呵！張小姐！我不瞞你說，這個時代像你這樣的姑娘，我已見過好多，前年我們樓下住著一個姓袁的，也是夫妻兩個，起初兩口子非常的要好，後來那個男人又另外愛上別的女人，也就是把那位袁太太丟下就走了。袁太太起先也想不開，天天寫信給他，又托朋友出來說合，但是袁先生只是不理，他說：我們本來不過是朋友，從前感情好，我們就住在一塊；現在我們的感情破裂了，當然是各走各的路。袁太太聽了這話氣了個死，病了十幾天，後來我瞧著她可憐，就替她想了一個法子，……現在她很快樂了，況且她的樣子，比你差得多呢！……」

　　房東太太引經據典地說了一大套，一面觀察蘭因的臉色，見她雖是哭著，但是她的眼神，是表示著在想一些問題呢！房東太太知道自己的計畫是有九分九的把握了，於是她站起身來說：「張小姐！還不曾用早飯吧？等我叫娘姨替你買些點心來吃。」房東太太說著出了亭子間，走到扶梯就大聲喊：「娘姨！」在她那愉快的腔調中，可以知道她是得到某一件事情的勝利了。

　　一年以後，肅真是由 H 市調到上海來，她依然是辦著婦協的事情，但是她們每談到蘭因，大家都抱著滿肚皮的狐疑，一年以來竟聽不見她的消息。前一個月肅真到崑山去，曾在火車上遇見王子青，向他打聽蘭因的消息，他也說弄不清，究竟這個人到什麼地方去了。這個形跡奇怪的女子，便成了她們談話的資料了。

　　在一個初秋的晚上，肅真去赴一個朋友的宴會，在吃飯的時候，他們

談到廢娼問題。有許多人痛罵娼妓對於青年的危害，比一隻野獸還要可怕，所以政府當局應當將這墮落的娼妓逐出塞外。有的就說：「這不是娼妓本身的罪惡，是社會的制度將她們逼成到墮落的深淵裡去的，考察她們墮落的原因，多半是因為衣食所逼，有的是被人誘惑而失足的，總之，這些人與其說她們可惡，不如說她們可憐，……」

關於這兩個議論，肅真是贊成後面的一個。她對於娼妓永遠是抱著很大的同情的，但是她究竟不清楚她們的生活，平日在娛樂場中看見的妖形媚態的女人，雖然很有時惹起她的惡感，但同時也覺得她們可憐。她每次常幻想著一個妙年的女郎，擁著滿身銅鏽的大腹賈，裝出種種媚態，希求一些金錢的報酬，真是包含著無限的悲慘……因此，她很想去深究一下她們的生活，無論是外形的或內心的。不過從前社會習慣，一個清白少女，絕不許走到這種可羞恥的地方去，可是現在一切都變動了，這些無聊的習慣，沒有保存的必要，於是肅真提議叫條子，大家自然沒有不贊成的。但是肅真說：「可是有一個條件，叫了來只許坐在我的身邊，因為我叫條子的意味，和你們完全不同！」那些男人聽了這話，心裡雖不大高興，但嘴裡也說不出什麼來，只得答道：「好吧！」

「茶房！」肅真高聲地叫著，一個二十多歲的穿白色制服的茶房來到面前，「先生要什麼？」

「你們這個地方有出色的名妓嗎？」

茶房望了肅真一眼，露出殷勤的笑臉答道：「嚇！這地方有的是好姑娘……像雪裡紅、小香水、白玉蘭都是括括叫的一等姑娘，您是叫哪一位？」肅真對於這生疏的把戲，真不知道怎麼玩法。她出了一回神說：「就叫雪裡紅吧！」茶房道：「只叫一個嗎？……先生們若喜歡私門子，最近來

了一個秦秋雯，那更是數一數二的出色人物，又識字，又體面，只要五塊錢就可以叫來。」

「哦！那麼你也把她叫來吧！」蕭真含著好奇的意味說。

茶房去了不久，就聽見外面叫道：「雪裡紅姑娘到！」跟著白布門簾掀動，進來一位二十左右的姑娘，蛋形的臉龐，玲瓏的身材，剪髮，但梳得極光亮，上身穿著一件妃紅色的短衫，下身玄色褲子，寶藍色緞子繡花鞋，妃紅色絲襪，走路的時候，露著她們特有的一種裊娜輕盈的姿式，而且一股刺鼻的香味，隨著她身子的擺動，分散在空氣中，在她的身後跟著一個琴師，大約三十左右年紀的男人，臉上長滿了疙瘩，手裡拿著三絃琴。那雪裡紅走進來，向在座的人微微點頭一笑，就坐在蕭真的身後，蕭真轉過臉來，留神地觀察她。那姑娘看見座上有女客，她似乎有些忸怩，很規矩地唱了一隻小曲，蕭真覺出她的不自然的窘狀來，連忙給了錢打發她走。

雪裡紅走後，那些男人們又發起議論來了。

他們討論到娼妓的心理，據那位富有經驗的高大個子孔先生說：「娼妓的眼睛永遠是注視在白亮的洋錢上，因此她們的思想就是怎樣可以多騙到幾個錢，她們的媚態，她們的裝束，以及她們的一舉一動，都只向著弄錢的目標而進行，所以遊客們只要有了錢，便可以獲得她們的青睞，不然就立刻被擯棄了……」

蕭真很反對這種論說，她說：「人總是一個人，有時人性雖然被貨利的誘惑而遮掩了，但是一旦遇到機會，依然可以發現出來的，……我覺得娼妓的要錢和一般的商賈趨利是一樣可以原諒的行為，不過在獲利以外，他們或她們總還有更高的人生目的，……娼妓的要錢，是為了她們的生

活，她們比一般人都奢侈，也不過為了她們的生活，社會上的男人，要不是為了她們人時妖豔的裝束和能迎合男人們心理的媚態，誰還肯把大捧的銀子送給她們呢？……所以娼妓的墮落，是社會釀成的，我們不應當責備娼妓，應當責備社會呵！」

蕭真的語調十分熱烈，在座的男人們，都驚奇地望著她，孔先生雖然不大心服，但是也想不出什麼有力量的話來反駁她，不知不覺大家都沉默起來。

正在這個時候，忽聽門外有人走路的聲音，那聲音很輕盈，是一個女人穿著皮鞋慢步的聲音，而且是越走越近。大家都不覺把視線移到門外，不久果然門簾一動，走進一個十八、九歲的少女來，身上穿著蛋白色的短旗袍，腳上肉色絲襪和肉色皮鞋，額上覆著水波紋的頭髮，態度很嫻靜，似乎是一個時髦的中學校的學生。那女郎走了進來，一雙秀麗的眼睛向滿屋裡一掃，忽見她打了一個冷戰，怔怔地向蕭真坐的角落裡定視著，那臉色立刻變成蒼白。她一聲不響地回轉身就跑了。大家莫名其妙地向這奇怪的女郎的背影望著，只是她如同夢遊病似的，一直衝到門外漸漸地不見了。

他們回到屋裡，看見蕭真失神地怔坐在一張沙發上，臉上泛溢著似驚似悲的複雜表情，大家抱著滿心的狐疑沉默著。

茶房從外面走了進來說道：「先生們，恰才秦秋雯姑娘來了，怎麼沒坐就走了，……想是先生們看不上吧，您不要叫別位嗎？

孔大可說道：「不要了，你給我們泡壺好茶來吧！」茶房答應著走了出去，忽聽蕭真嘆了一口氣道：「你們知道秦秋雯是誰？……就是張蘭因呵！我們分別以後聽說她和小王同居，誰知她怎麼跑到上海作了暗娼，這真叫

人想不到……可是小王也奇怪，上次我問他蘭因在什麼地方？他神色倉慌地說是弄不清。當時我沒注意，現在想起來，才明白了，你們信不信，一定是小王悄悄地走了，她不能自謀生活，……況且年紀又輕，自然很容易被人引誘……哦！諸位同志！這也是革命的一種犧牲呢！……張蘭因她本來是名門閨秀，因為醉心革命，一個人背了父母逃出來，現在是弄到這種悲慘的結局，能說不是革命誤了她嗎？……而且小王那東西專門會勾引人，他一天到晚喊打破舊道德，自由戀愛，他再也不顧到別人的死活，只圖自己開心，把一個好好的女青年，擠到陷坑裡去。而我們還做夢似的，不清楚他自己的罪惡，提起來真叫人憤恨……同志們！我不怕你們怪，我覺得中國要想有光明的前途，大家的生活應當更忠實些，不然前途只有荊棘了！」

這確是一出使人氣悶的悲劇，人人的心靈上都有著繁重的壓迫，人間是展露著善的，惡的，正的，迷的，各種不同的道途，怎樣才能使人們離開迷途而走正路呢？呵！這實在是重要的問題呢！

這問題縈繞著大家的心靈，於是他們歡樂地夢醒了，漸漸走到嚴肅緊張的世界裡去了。

擱淺的人們

「世紀的潮流雖然不斷地向前猛進，然而人們還不免擱淺地嘆息！」當莉玲從一個宴會散後歸來 —— 正是深夜中，她兀自坐在火焰已殘的爐旁這樣的沉思著。

窗外孤竹梢頭帶些抖顫的低呼聲，悄悄地溜進窗櫺縫，使幽默的夜更加黯淡，寂靜的書房更加荒涼。莉玲起身加了幾塊生炭在壁爐裡，經過一陣霹拍的響聲後，火焰如同魔鬼的巨舌般，向空中生而復卷。莉玲注視這詭異的火舌，彷彿看到火舌背後展露著人間的一幕。

那時恰是溫暖的春天，紫羅蘭的碎花，正點綴著嫩綠的草坪，兩個少女手裡拿著有趣味的文學書臥在草坪上，靜靜地讀著。忽然一個著淺綠色衣裙的少女，抬頭望著蔚藍不染煙塵的雲天說道：「蔚文，畢業後，你打算怎麼樣？」

「我想做一個好教員，……可是你呢，莉玲？」

「我嗎？也想做教員，但是我覺得我還要追著時代跑。」

「追著時代跑？多麼神祕的一句話，我簡直不懂，你能再解釋清楚些嗎？」

「我的意思是說，單做一個教書匠的教員是不行的，同時還要做一個站在時代前面的先鋒。」

「那麼，你是要比時代跑得更快了，豈只追著時代跑？」

「不錯，我也許有點過分的奢望，是不是？」

「不……倘使你想這樣做，我預料你是做得到，不過跑在時代前面，你一定要碰釘子的，上次我們的文學先生不是說過嗎？」

「碰釘子？……就像一股溪水碰在巨石上，不是嗎？那並不是沒有意思的事，平常溪水平和的流，看不到白浪的激湧，那又有什麼趣味？但是等到溪水碰到巨石的時候，那就不同，有飛濺的白沫，那澎湃的音樂，同時也有強烈的生的奮鬥；假使一旦鑿穿那巨石的阻礙，前途就有了更大的開展，小溪 —— 平凡的小溪也許立刻變成了一條詭奇多波浪的大河。蔚文，碰釘子我是不怕的。」

「莉玲，我相信你是勇敢的，我投降你了！」蔚文放下書跑過來握住莉玲的手道：「好，我們以後各人都抱定這個宗旨做人。」

微含幽綠的火舌，現在變成血般的深紅，同時書房裡充滿了熱溫的空氣。莉玲離開壁爐，走近書案旁，一張宴客的卡片排在桌上，這很自然的使她想起今天晚上的宴會。莉玲同蔚文分別以後整整八個年頭不曾見面了，今夜是莉玲的一個朋友楊太太邀她在家裡宴會，在宴客的卡片後面並注著一行小字道：

「蔚文已從俄國回來，她渴想見你，所以今夜請你務必要來。」當然這是非常能打動莉玲心弦的消息。當她還不曾見到這位久別的朋友時，已經用過一番想像和推測的工夫。她想：「見了她時，一定可以談些真摯的話，也許還可使她少女的青春復活。」……真的，這些年了，她在人間所遇到的都是些虛偽的面孔，冷刻的心，敷衍的談話，同時她還打算告訴她的朋友碰釘子的經過，那麼她的朋友也許能為她流一滴同情淚，或讚她一聲勇敢的朋友！唉，這些莉玲所渴望於她朋友的，恨不得立刻就從她朋友

那裡得到，所以還不到宴會的時間，莉玲老早就跑到約她的楊太太家裡去等蔚文。

到了楊太太家裡，莉玲非常關切地問道：「楊太太，你見過蔚文嗎？」

「見過的，她昨天晚上在我家裡吃飯。」

「她老了嗎？……是不是還和從前一樣？」

「似乎瘦了些，其餘還是一樣。」

「樣子雖然不曾改變，但是我想她的思想一定要新得多了。」

「怎麼見得呢？」楊太太似乎有些懷疑。

「一定的，楊太太，……我們是很好的朋友，我的思想既然比從前進步了，她當然也會進步，並且她又曾到過俄國。」

楊太太靜默地望著她，在她的眼神中，表現著反駁她的揣想的意味，同時她伸過手拊在她的肩上，說道：「你是個老好人！」她這時精神似乎挨了一鞭，不由得心裡有些忐忑不安，使她不能不問道：「她談到我嗎？」

「自然談到的。」

「她怎麼說？」

「她問起最近的生活……並且說她聽見你從新組織了家庭，她以為這是不可信的，她追問我是不是真的。……當時我看見她的態度似乎有些不贊成你，所以我只推說不知道。」

「後來她又怎麼說？」

「她說她以為你不至於從新組織家庭，因為一個女性只能終身愛一個人，如第一個愛毀滅了以後，就應當保持片面的貞操，一直到死。」

「呵，真的嗎？楊太太，我做夢也不曾想到她會對我作如是的批

評……」莉玲黯然地說。

「世界竟多夢想不到的事呢！……但是你也不必管她。

一朵烏雲蔽翳莉玲熱望的光明的心，她無精打采地靠在沙發上。過了一刻，她站了起來說：

「楊太太，請恕我，今夜我不想在這裡看見她，……並且我願此生不再見她。」

「你真想不開，世界上像她一樣的人到處都是，你躲避得多少呢！？」

「不，我還是想不見她的好！」

正在這時候，蔚文已從門外進來了，莉玲冷淡地點了點頭，蔚文神氣莊嚴地向楊太太寒暄後，才走近莉玲面前說道：「怎麼樣，好嗎？」

「很好，你呢？」

「我還是這樣。」

「但是太陽的火輪是天天在轉動呢！」

「那是很自然的事實，對於做人發生什麼關係呢？」

「不過你從前是個充滿了生命的少女，而現在卻是老成持重的教授夫人了，這不能說太陽的轉動與你無關吧！」

那位教授夫人淡淡地笑了一笑，莉玲卻不響地狂吸著香菸，使濃厚的煙霧遮住她那陰沉的含淚的面容。

在宴會席上，教授夫人和楊博士 —— 楊太太的丈夫 —— 矜持地談著，她的顯赫的丈夫某教授在國外的怎樣被人歡迎，他們過著怎樣華貴的生活，那種驕慢的氣焰，真使人不敢正眼望一望。全席人的視線都只在那

位儀態萬方，談吐名貴的教授夫人身上繚繞著。這使得莉玲對於她一向的信念不禁有了動搖，站在時代前面碰釘子，到底是個傻念頭，也許正像耶穌為了救世的狂望而被釘在十字架上，被人訕笑他的不識時務一樣的可憐。

教授夫人在發揚過她光耀的生活以後，不知什麼魔鬼把她的目光引向她幼年的好朋友莉玲身上，那時莉玲正徘徊在荒涼的沙漠上，她不求人們的援助，也不希冀人們的同情，更不曾想望這位住在宮殿裡的教授夫人垂青。但不巧，教授夫人偏偏注意到她。教授夫人似乎憐憫般地說道：「莉玲，你現在還在寫文章嗎？……你倒真肯努力，我大約總有幾年不動筆了！」

「寫文章那只是碰釘子的倒楣人的勾當，你當然是可以不動筆了！」

「哪裡的話！我們只是時代潮流中擱淺的人們，和你們想追著時代，跑到時代前面去的人比不得，……不過人生幾十年，我只求過得去就完了，身後名我真不高興去探求。」

「自然你現在是過得去，所以不用去探求，可是我們是過不去的呀！」

「哪裡的話，你現在教書每月也有一、二百元的進款，為什麼過不去？」

「但無論如何，我們總比不上你……」

「你真會說笑話，我將來挨餓的時候，還要求你也給我找點書教呢！」

「等到你們這些大人物都挨了餓，那我們早都餓癟了。」

莉玲談到這裡，覺得這些話毫無意味，不願再繼續下去。她站了起

來，辭別了楊太太，懶懶地回來。……

　　壁爐中的火舌漸漸的淡了下去，窗外孤竹梢頭帶些抖顫的低呼聲，聽得十分清晰，夜更深了。莉玲離開那將殘的火焰，悄然回到寢室去。世界的整個孤寂是包圍了她。

一個情婦的日記

▶ 九月三日

　　早晨我在那間公事房裡碰見他 —— 唉，當時我用著極甜蜜的心情低聲喚著仲謙 —— 他的名字，當然他是不曾聽見，並且所有的人都不會聽見，因為他們都若無其事地招呼我。

　　今天他身上穿了一件銀灰色的袂衣，潔白而清秀的面龐發出奕奕的神采，靜默地伏在案上寫一些什麼報告。他見我走了進去，抬頭向我招呼了一下，那雙深到世界上測數器也不能探到底的眼睛 —— 那裡面有神祕、有愛情、有生命 —— 雖只輕輕地向我身上投來，但是我是被它所眩惑了。一股熱烈的壓迫的情緒從心底升上來，我幾乎發昏，只好靠在一張椅背上，我才勉強支住我的身體。

　　我找到一份報紙，正想找些談話的機會，但他們都像是忙得很，匆匆地寫，忙忙地看。後來仲謙又被一個電話叫了去，我送他到了大門口，想同他談兩句，可是我的心，跳得太厲害，話竟不能即刻吐出，於是時間這殘酷的東西，在它不停息的轉動中那可愛的仲謙的身影已在電車上了。我只得嘆口氣，怨我的命運不濟，悶悶回到寄宿舍去。

　　我是住在一所兩樓兩底的亭子間。這間屋子，前面對著一堵高樓，窗子朝北開，西風陣陣吹進來，由不得使我發生一種秋未到先飄零的嘆息。 —— 況且今天我心緒是這樣頹唐，走進屋，我便倒在床上，我希望

仲謙到我的夢裡來，哪一天我能睡在他的懷抱裡，就是死也覺得甜蜜的。

傍晚時，我從床上被一陣烏鴉的啼聲所驚醒。起來，揉著眼看見桌上放著一封信，連忙拆開來看，原來是瑞玲寄給我的，她邀我今晚到她那裡談談。

昨天才從箱裡拿出來的夾大衣，這時正好穿，我換了一件淡綠色的夾袍，披上大衣，在黃昏的光影中出了家門。在路上我看見一個男人，他的後影活像仲謙，我連忙加緊腳步，趕到面前，仔細一看，原來是個陌生人，這真叫我臉紅，我連忙跳上一部電車躲開了。

在瑞玲那裡吃過夜飯，她很懇切地問我道：「你所愛的究竟是哪一個？」

我說：「你猜猜看。」

她猜了好幾個……但都不是，因為這幾個人裡沒有仲謙，瑞玲因為猜不著，她要想知道的心更切，她叫我暗示她一些，我的心正在跳，我恨不得就把那美麗的悅耳的仲謙兩個字送到她耳殼裡去，可是我終於怕羞只這樣隱隱約約地說：「……他是一個又漂亮又瀟灑的男人，而且他的品格，好像蒼翠的松柏、明朗的秋月。我愛他，深切地愛他。但是他已經結了婚，而且他同太太的感情又很好！」

「哦！我曉得了，」瑞玲這樣叫著拍了我的肩膀一下，「美娟你的眼光果然不錯，他可以算得是一個又蘊藉又有膽識的男子……」

「你別在故意地套我，究竟是哪一個？」我這樣逼著瑞玲問。她只笑嘻嘻地不作聲，我到底不相信她真猜得對，便又說道：「我想你一定猜不著，不然你為什麼不說出名字來。」

「你不要激我，就算我猜不著吧！」她假作生氣地說。

我知道她的脾氣是越激越僵，便連忙柔聲下氣地哀求道：「玲姊姊，別生氣吧！你告訴我是哪個，⋯⋯我還有別的要緊話同你商量咧！」

「來，我告訴你吧，仲謙，是不是？」瑞玲含笑說。

唉，這是多麼美麗的字眼呢，仲謙 —— 我含著深醇的笑向她點頭。

在燈影下我把我對仲謙熱烈的愛慕，全向瑞玲表白了。瑞玲說：「仲謙恐怕還不知道呢！」這當然是對的，不過知道不知道，並不影響我對他的愛，我是一個方在青春的少女，天賦給我熱烈的情緒，而我向任何人身上傾注那是我的自由，他有沒有反應那也是另外的問題⋯⋯不過我同時也極希望他給我個熱烈的反應。

▶ 九月七日

今天我下決心，要給仲謙寫信，雖然我們天天都有見面的機會，不過卻少談話的機會。他太忙，件件事都須他的斟酌。唉，他是個多麼多才多藝的人喲， —— 還不只他的樣子可愛呢！

清晨起來，我就把昨夜買來的漂亮信紙鋪在桌上， —— 那是一張紫羅蘭色的洋信籤。我拿了一桿自來水筆，斟酌了很久，我不知道怎樣稱呼他好，⋯⋯我想寫「先生」可是太客氣了。寫名字又太不客氣了。我想我還是來個沒頭沒腦吧。唉，一張紙一張紙地被我撕了團了，我還是不曾把信寫好。想來我是太沒有藝術天才了，所以我寫不出我內心的熱情。⋯⋯可是天知道越寫不出，我內心的燃燒越猛烈。我幾次拋下筆要想去找仲謙，我不顧一切，將他緊緊地抱在懷裡。我吻他無論什麼地方，我要使密吻如雨點般地落在他的頸子上，臉上，口角上。唉，我發狂了。我放下紙筆，我跑到門外，我整個的心集注在這上面。

命運真會捉弄人，偏偏仲謙又出去了。我坐在他的辦公處整整等了三個鐘頭，他始終沒有來，我只好喪氣地回家了。我打算寫一首愛情的歌讚頌他，想了一個下半天只有兩句：「為了愛，我的靈魂永遠成為你的罪囚；服帖地，幽靜地跪在你的面前！」

我往屜子裡抽出一小張淺紅色的信籤，把這兩句話寫在上面，同時把一卷人家寄給仲謙的報紙，收在一起，預備明天早晨送給他去，一切布置妥帖了。我靜靜地倒在床上，這時天色已經暗下來了，小小的房間裡已充滿了黑暗，但我不願擰亮電燈，只閉著眼，悄悄地在織起那美麗的幻夢：恍惚間仲謙已站在我的面前，我連忙起來，握緊他的手，「呀，仲謙！」我用力地撲了前去。忽然我的臂部感到痛疼，連忙定神，原來是一個夢！屋子裡除了黑暗一無所有。難道仲謙是躲在這暗影裡嗎？有了這一念，我不能不跳起來開亮了電燈，一陣強烈的光，把所有的幻夢打破了。只見一間擺著一些簡陋的家具的小屋子冷清、寒傖的環境，包圍著一個懷人的少女。唉，真無聊呀！

▶ 九月八日

我已經把那張紙條送給了仲謙。不曉得他看了有什麼感想？我希望他回我一封信。因此我一整天都不曾出去。我怕送信來時，沒有人接收。但是一直等到傍晚，還是一無消息。這多麼使我心焦！……我正披上大衣，預備到他住處去找他，忽然聽見有人在敲我的房門。

「哪一個？請進來！」我高聲應著。果然眼看門打開了，原來是友愚，一個中年的男子，是我們團體的同志。我不知道他來幹什麼，想來總是關於團體工作的交涉吧？我拖了一把椅子請他坐下，他從懷裡掏出一個香菸盒來，一面拿香菸，一面說道：「你這兩天精神似乎不很好吧！」

「沒有什麼呀！」我有些臉紅了，因為他同仲謙是好朋友，莫非他已知道我的祕密嗎？我向他臉上一望時，更使我不安，他滿臉躊躇的神色弄得我的心禁不住怦怦地跳動。

「你有什麼事情嗎？」我到底忍不住向他問了。

「不錯，是有一點事情，不過我要預先聲明，我對於你的為人一切都很諒解，我今天要來和你談談，也正因為我是諒解你才敢來；所以，一切的話都是很真誠的，也希望你不要拿我當外人。大家從長計議！」

他的這一套話，更使我不知所措了，我覺得我的喉嚨有些發哽，我的聲音有些發顫。我僅僅低低地應了一聲「是！」

友愚燃著菸，又沉吟了半晌才說道：「今天我看見仲謙，他心裡很感激你對他的情意。不過呢，他家裡已經有太太，而且他們夫婦間的感情也很好。同時他又是我們團體的負責人，當然他不願意如一般人一樣實行那變形的一妻一妾制。這不但是對你不起，也對於他的夫人不起。所以他的意思希望你另外找一個志同道合的愛人。」

「當然，這些事情我早就知道，不過我在這世界始終只愛他一個人。我並不希望他和太太離婚，也不希望他和我結婚。命運老早是這樣排定了，難道我還不明白嗎？但是，友愚，你要諒解我，也許這是孽緣。我自從見了他以後，我就是熱烈地敬他愛他，到現在我自己已經把自己織在情網裡。除非我離開這個世界，我是無法擺脫的。」

我這樣真誠地說出了我的心，友愚似乎是未曾料到，他張著驚奇的眼望著我，停了很久他才沉著地說道：「自然人是有感情的動物，有時要被感情的權威所壓服，也是很自然的。不過同時人也是有理智的動物，我總希望你能用冷靜的理智，壓下那熱烈的感情，因為你也是很有見識的女

241

子，自然很明白事理……」

友愚的話，難道我不曉得是極冠冕堂皇嗎？我當時說不出什麼來，當他走後我便伏在床上痛哭了。唉，從今天起，我要由感情的囚牢裡解放我自己。

▶ 九月十五日

算了，我在這世界上真受夠了蹂躪：幾天以來，我似乎被人從高山巔推到深淵裡去，那裡沒有同伴，沒有希望，沒有生命，我要這軀殼何用？

不知什麼時候，我是被幾個朋友，從街心把我扶了回來，難道我真受了傷嗎？我抬起兩隻手看過，沒有一點傷的痕跡。兩隻腿，前胸後背頭臉我都細細檢查過。總而言之，全身肉還是一樣的好，那麼我怎麼會睡在街心呢？……我想了很久似乎有點記得了，當我從仲謙的辦公室出來時，我心裡忽然一陣發迷，大約就是那樣躺下了吧？我想到這裡，抬眼看見坐在我面前的瑞玲，她皺緊著眉頭，露出非常不安的神色望著我：「美娟，現在清醒了吧！唉，怎麼會弄到這地步！」我握住瑞玲的手，眼裡禁不住滴下淚來，我哽咽著說：「玲姊，我剛才怎麼會睡在街心的呵！我自己一點都不清楚，不知我究竟……」

「唉！美娟你真太痴了，不知你心裡怎樣地受熬煎呢！大家從仲謙那裡走出來時，原是好好的，忽然砰的一聲響，回頭見你昏厥在地上，後來文天把你抬到車上時，你便大聲地叫仲謙，這真把我嚇壞了。」

瑞玲的話，使我又羞愧又悲傷，唉，我恨不得立刻死去，── 我是這樣一個熱情的固執的女孩兒，我愛了他，我永遠只愛他，在我這一生裡，我只追求這一件事，一切的困苦羞辱！我願服帖地愛，我只要能占有

他，——心和身，我便粉身碎骨都情願。

瑞玲陪著我，到夜晚她才回去，臨走時她還勸我解脫。……但是天知道，在人間只有這一個至寶——熱烈的甚至瘋狂的愛，假使我能解脫它，就什麼也都可解脫了，換句話說我的生命也可不要了。

▶ 九月二十日

我對於仲謙的苦戀，已成了公開的祕密了。許多人在譏笑我，在批評我，也有許多人巴巴地跑到我家裡，苦苦地勸我——惡意好意我一概不能接受，除非仲謙死了，我不在這人間去追求他，不然什麼話都是白說——一個孩子要想吃一塊糖，他越得不到越希望得厲害，我正是一樣的情形，人間所有偉大的事業，除了愛的培養永無成功的希望，——我將在仲謙愛的懷抱築起人類幸福之塔，瑞玲罵我執迷不悟，我情願忍受。上帝保佑我，並給我最大的勇氣吧！

今晚我決定去找仲謙。

▶ 九月二十一日

昨夜我坐在仲謙的身旁，雖然他是那樣矜持，但是當我將溫軟的身軀投向他懷裡時，我偷眼望他有一種不平常的眼波在漾溢著。他不會像別的男人一樣魯莽，然而他是靜默地在忍受愛情的宰割……

夜色已經很深了，他鎮靜地對我說：「美娟，我的生命是另有所寄託，愛情是無法維繫我的。我們永遠是個好朋友吧！……而且我不願因一時的衝動，不負責任地破壞一個處女的貞操。」

「呀！這真是奇蹟！」我不等他說完，便這樣叫起來！

「什麼奇蹟？」他莫名其妙地望著我。

「我告訴你吧！仲謙！在這世界上，你竟能碰到一個以愛情為生命的女兒，她情願犧牲一切應有的權利，不要你對她負什麼責任，她此生做你一個忠心的情婦……這難道不是奇蹟嗎？」

「話雖是這樣說，但我仍希望你稍微冷靜些，不要為一時情感所眩惑！」

「不，絕不是一時的情感，你知道你在我心頭，整整供養了三年了，起初我是極力地克制著，緘默著，但是有什麼益處呢？只把我的生趣消沉了，一切的希望摧毀了，我想能救我的只有這一條路！」

唉，我多麼驕傲呀！當我擁抱著仲謙時，我的心花怒放了，我的眼睛看見世界最美麗最調和的顏色；我的耳朵聽出最神祕最和平的歌聲。宇宙的一切，在這剎那間都變了顏色，正如春神來到人間時，那樣的溫和燦爛。

▶ 十月五日

我現在逃出苦悶的漩渦了，我快樂，我得意，我已占有了我所認為人間至寶的仲謙。雖然我是失卻了處女的尊嚴和一個公開妻子的種種的權利，但這又算什麼呢！只要我是追求到我深心所愛慕的東西，我便是人間最幸福的人了。

昨夜，我把一朵白玫瑰花放在枕邊，因為那花是仲謙買給我的，同時它的顏色，它的清香，處處都可以象徵我的情人的風度性格，所以我吻著溫馨的花瓣，走進甜蜜的夢鄉中了。

▶ 十月六日

我從醒來後，只是望著小玻璃窗外的天空出神 —— 真的！我有時不相信多缺陷的人間，竟有這樣使人如願愜意的事情。因此我常懷疑這僅僅也是一個夢。於是我努力地揉著我惺忪的睡眼，再細看看我溫柔的手腕，那上面確然還留有仲謙頸上的香澤。呵，這明切的事實，使我狂喜。我悄悄地輕吻著那臂上的香澤，我的心是急切地搏動著呢。

從床上爬起來，一縷豔麗的陽光正射到我的臉上。秋天的晴空真是又明淨又爽快，我從衣架上，拿下新做的淡綠色的袷衣著好，薄薄地施了一些脂粉，站在那面菱花鏡前，我有些微醉了。 —— 尤其是我想到仲謙那一雙明雋的眼波時，我是痴軟了，呆呆地倚在床欄旁。忽然一聲嗚嗚的汽笛響，到門口就停住了。這是誰呢？我連忙跑到窗前去望，呵！我的心更跳得屬害了，我顧不得換拖鞋，連忙下樓去迎接我的情人 —— 仲謙 —— 同時我覺得他特地坐了汽車來，有些忐忑不安的心情。他見我迎下樓來，似乎有些驚奇地「呵」了一聲，「你不曾出去嗎？」他低聲地問。

「不曾，但是你若不來，我就要去看你了。」

我們一面說著話已經上了樓。當他坐下時，他忽然低下頭沉默起來。我挨近他，坐在他的椅靠上。我的嘴唇不知不覺落在他的頭髮上，他似乎已經覺得了，抬起頭來向我一笑道：「你愛我嗎？」

「你還不明白嗎？我簡直不知道怎樣說才好，這世界上的幾個字幾句話無論如何不能表示我對於你熱烈的心情的！」

「我是明白的，不過我覺得我沒有資格接受你這樣純摯的愛……」

當然我知道仲謙他是深愛著他的妻的，現在仲謙不能以整個的身心屬於我，那不是仲謙的錯，也許在他的妻看來，我還是破壞他們美滿家庭的

罪人呢。但是這是理智告訴我的，我的感情呢，唉，我的心是感著酸哽，在這個世界上我是一個被上帝賦予感情的人，而我的感情又是專為仲謙而有的，什麼道德法律，對於我又有什麼關係！

仲謙見我痴呆地不說一句話，他伸手握住我說：「美娟！你想些什麼？」

「不想什麼。」

「不想什麼，頂好，美娟，我接到家裡信說母親近來身體多病，要我回去看看，所以我今晚就乘船回去了！」

「哦！你就要回去嗎？……什麼時候來呢？」

「那就說不定了，不過至遲一年我仍要出來的，你知道我是把生命交付給國家的，只要我母親略略健旺我就回來的。」

唉，相思債未清，別離味又嘗，這剎那間我的心是被萬把利箭所戳傷，但是我又不能阻止他不去，我除了一雙淚眼望著他離開我，我還有什麼辦法。

……

▶ 十月七日

仲謙昨夜果然走了，我曾親自送他上船。當我看見黃浦灘的大自鳴鐘指到十二點鐘時，仲謙又再三催我回去，我俯在船欄上看那滾滾江流，我渺小的眼淚是連續地滴在那上面。這雖是渺小的離人的一滴淚，然而我痴心想著，它能伴我的情郎回到他的家鄉，不久它又把他送到我的懷抱裡來。

「再會吧！美娟！望你為國家努力，自己多多保重。」仲謙送我下扶

梯，這時電車已經停止開馳，這熱鬧的黃浦灘雖然還是燈火明耀，但是已經沒有多少行人了。我踽踽涼涼地穿過馬路，才雇了一輛黃包車回到家裡來。這時我真如同做了一個夢，我不相信前夜睡在我懷抱裡的仲謙今天已經在長江輪上，這時船大約已出了浦江吧！我的心一直是淒酸的，我不明白世界上怎麼會有這樣糾紛的局面，我為什麼一定要愛他……我也想解脫，但這只是騙人的把戲，今天能解脫，當初就不至於作繭自縛了。愛情真是太神祕了。

▶ 十月八日

天公故意戲弄人，這兩天陰雨連綿，一點點，一絲絲敲在心上，滴在心上，都彷彿是離人眼中的淚珠兒呢。我懶懶憨憨不想起床，也不想吃東西，早晨文天來找我去開會，我推病辭卻了。唉，像我這種心情，什麼事負擔得起？一床薄羅被壓在我身上，都有些禁不起呢。

中午勉強起來，吃了一塊麵包和一杯牛奶。我想給仲謙寫信，攤開信箋更覺得心頭亂如麻，但是我想除了寫信給仲謙更無法消遣這苦悶的日子了。最後我的信是寫好了，錄如下：

親愛的仲謙：

江頭話別，回來時冷月照孤影，淚眼望江湖，這心情真是難寫難描，但覺世界太荒涼，人生如浮鷗，這剎那間沒有雄心壯志，只有病的身，負了傷的心，在人間苦掙扎罷了。

計程你現在已過了武漢，再有兩天就可以到家了，遙想令尊堂倚門含笑歡迎你這遠路歸來的愛子，是如何的神聖而甜蜜呢！至於你的愛妻，……我想她一定是更熱烈地歡迎你，為你整理甫卸的行裝，問你客

中的景況，唉，仲謙，這時節你也許要想到我，不過那只是如曇花的一現 ── 一個情婦在你心頭究竟是佔有什麼地位呢！……唉，仲謙，我很傷心，我太褊狹，你愛你的愛妻是應當的，我不應向你挑撥，而且她又是一個舊式女子，我更應當同情她。仲謙你誠心誠意地愛她吧，不要為了我在你倆之間稍有雲翳。我祈禱上帝，給你們美滿的生活，正如秋月照臨的夜，又幽默，又清淨！

　　　　　　　　　　　　　　　　　　　　　　你的美娟

　　我信是寫完了，但是我心頭依然是梗塞著，當然我是有不可告人的貪心！我不能想像我的愛人，是被抱在別一個女子的懷抱裡，── 那真是侮辱 ── 不，簡直是一種死刑 ── 唉，最後我只有伏在枕上流淚了。

▶ 十月十五日

　　仲謙到家了，他今天有一封信來，他寫著：

美娟：

　　一到家我就接到你的來信，我對於你只有慚愧，……但是我不願騙你，我的妻的確太愛我，她那樣真純溫柔地為我服侍著堂上兩老，愛撫膝下子女，而對於我連年在外面東飄西泊，也毫無怨言憾意，美娟，你想這樣的女子，我怎忍離棄她 ── 可是我不離棄她又覺對你不住，你是一個受過高等教育的女子，你有純真的熱情，偉大的前途，只為了我這微小的人，你犧牲了名譽地位和法律上的權利，我又怎對得住你，所以美娟，我希望在我離開你的這一年中，你能為事業而解脫，另外找一個知心的伴侶，共同過幸福的生活，這是我朝夕所祈禱的，美娟，你接受了我的忠悃之言吧！

　　仲謙實在是個好人，他不是自私自利、虛偽的男人，他勸我何嘗不是好話，但是他哪裡曉得，他的忠誠坦白，更使我不能放下他，我愛他的風度，愛他的人格，愛他的忠實，總而言之除了世上還有一個仲謙，也許可以改變我的心，不然這一生，我無論受何苦難，也難從我的心坎中把仲謙趕掉。上帝啊！給我最大的勇氣，在人間 —— 淺薄的人間，辟一條光明的神奇的道路，人們只知在定見下討日子過，我只尊重我的自我，完成我理想中的愛的偉大。

　　今天我的心情比較爽快，我把心坎中的糾紛，用一把至情的利劍斬斷了，從此以後我只極力地為我理想的愛情做培養的功夫，人間毀譽於我何干？

▶ 十月二十日

　　唉，我自信不是一個俗人，我有浪漫詩人那種奔放的熱情，我也有他們那種不合實際的幻想，我要衝破人間固執的藩籬，安置我的靈魂在另一個世界上。 —— 這是我一向的自信，但是慚愧呵，……昨夜文天來，他坐在冷月的光影裡，更顯得他嚴肅面容的可怕，好像他是負了整個世界，整個人類的使命來向我勸告，他一雙裝滿理智，帶有殘刻意味，深沉的眼，是那樣不放鬆地盯著我，同時他的語調是那樣沉重，他說：「美娟！你現在應當覺悟，你同仲謙的關係，不能再延長下去，這不但對於你不利，尤其是對於仲謙不利。許多平日和他意見不對的人，正紛紛譏彈著他同你的戀愛……」

　　他的話，像是一座冰山 —— 滿是尖峻的冰山，從半天空墜壓在我的頭上、心上，我除了咬緊牙關，不使那顫抖發出聲來，而我的兩手抽搐著，這樣矜持了許久，我到底讓深伏心底的憤怒，由我的言語裡發洩出來

了。——當然我不能哭，我把淚滴咽到肚子裡去，我急促地說：「怎麼，我連戀愛的自由都沒有嗎？……仲謙愛了我，便是不道德，卑賤嗎？」

「美娟，不是這麼說，並沒有誰干涉你的戀愛，除了仲謙，你愛任何人都可以。」他還是那麼固執地、冷刻地往下說。

「怎麼，仲謙就不能愛嗎？」我憤然地駁他。

「可是，美娟，你應當了解仲謙的地位，他是我們團體的負責人，他的一舉一動，是被萬人所注意的，這種浪漫的行為，只有文學家詩人做做，……在他就不能，不信，你只要打聽打聽那一些黨員的論調，就知道並不是我憑空捏造黑白了。」文天的眼光慢慢投向暗陬裡去。我自然了解他對我說並不完全是惡意，可是我仍然不明白，同是一個人，為了地位便會生出這許多的區別來，我只得問他道：「照你的意思，我應當怎麼辦呢？」

「自然我也知道你很痛苦！不過你是有意志、有知識的女子，我望你能完成『愛』的最高形式，為國家犧牲些，把愛仲謙的熱情去愛國愛團體……」

我實在不能反對文天的話，而且我相信他是個忠於團體忠於國家的好同志。不幸就是他有時不能稍替我想想。唉，人類之間的諒解，本來是有限的，我何能獨責於他呢！當時我曾鼓起勇氣，對他說道：「好吧！讓我試試看！」

他聽了這話，連忙站起來，握著我的手說道：「美娟！我願盡我的全力幫助你！」他含著滿意的微笑，閃出門外，我莫名其妙地跟著他的腳蹤，直走到樓梯邊，我才站住了。仰頭看見澄澈的秋空，無雲無霧，一道銀河，橫亙東西，如同一座白玉的橋樑，星點參差，圍繞著那半彎新月，

境清如水，益襯出我這如亂麻般的心情了。

我如鬼影般溜到屋裡，向那張浴著月光的床上一倒，我忘了全世界！唉，在那剎那間我已失了知覺。

▶ 十月二十一日

夜深風勁，我被那作響的門窗驚醒了。舉眼四望，但見青光照壁，萬象蒼涼，身上一陣陣寒戰，連忙拖過棉被來蓋上，極力閉上眼，但是有什麼用呢？越想睡，睡魔越不光臨。悄悄數著更籌，不久東方發白了。弄堂裡已有倒便桶的呼聲，賣油條的叫賣聲，這些雜亂的聲音，雖使我覺得不耐煩，但因此倒壓下了我的愁思，竟有些昏然想睡了。

朦朧間，似乎有人在叫我，張開眼一看，原來是瑞玲來了，她坐在我的床邊，怔怔地望著我，懾嚅著說道：「你的臉色，怎麼這樣紅？」她一下伸手摸我的額角，不禁失聲叫道：「你發燒了！」

「發熱有什麼關係？假使就這樣死了，倒免得活受罪呢！」

我說著禁不住一股酸浪湧上心頭，這一些鹹澀的眼淚，再也嚥不下去了。

瑞玲望著我只是嘆氣，她含了一包同情淚低聲勸我：「看開些！」

我不能怪她不近人情，可是「看開些」這句話，在我實在覺得亦太不關痛癢了。一個人要是能看開些，還有生活的趣味嗎？還有生活的力量嗎？無論誰遇到難關時，都以「看開些」解之，那麼這死沉沉的世界再不會有新局面發展了；就是革命家，也就是因為這一點「看不開」的心，才肯拚命，不惜以一切去奮鬥呵。不過，我是明白瑞玲這時候的心情，她無力來解釋我的愁結，除了勸我「看開些」，她還能更說什麼呢？所以我也

只能向她點頭，表示承受她的好意了。

　　下午瑞玲帶了一個醫生來看我，說是受了涼，吃了一些發散劑就好了。瑞玲替我買了些藥來，看我吃過，她才怏怏地回去，我對於她的熱情，只有流淚喲！

▶ 十月二十五日

　　我感冒已經好了，今天試著起來，兩隻腿覺得無力，仍然不能到外面去，只倚在那張籐椅上，看了幾頁小說，心潮又陡然湧起，尤其渴念遠別的仲謙。我從匣子裡找出他的照片，唉，這真是一個絕大的誘惑，這樣一個精神雋朗的人兒，他給我生命的力，給我宇宙上的最美麗。但這僅僅是曇花一般的遇合，這是誰支配的命運？我對於這命運，應當低頭，還是應當反抗到底？……人們給我的嘴臉太難看，我是否有勇氣承受下去？難道是我的錯嗎？為了愛情，而愛一個有地位、有妻子的男人，是罪惡呢，還是災殃？唉，這是一些我到死也難解的謎喲！

　　仲謙今天有信來，他是那樣輕描淡寫地勸慰我，當然，我也不能怪他太薄情！原是我愛他，他並不曾起意愛我，就是有些愛也是太可憐。他不願背著這艱辛的愛的擔子自是人情，但我呢，既具絕大的決心愛他，我就當愛他到底，縱然愛能使我死，我也不當皺眉呵！最可恨的「愛」這個東西是這樣複雜，靈魂不夠，還要肉體，不然我就愛他一輩子！誰又能批評我呢！

　　這幾天在我心裡起了大屠殺！結果勝負屬誰，連我自己也不敢推測咧！

▶ 十一月三日

文天今日帶了一個同志來看我，他是從東北歸來的。在他風塵僕僕的面容上，使我感到一些新的刺激。後來聽他述說東北同胞在槍林彈雨中的苦掙扎和敵人的殘暴種種，憤怒悲慨的火焰差不多要燒燬我的靈宮。── 同時我覺得有點慚愧，這一向我幾乎忘記了國家，更忘記了東北。一天到晚集注全力在求個人心的解放。唉，這是多麼自私呵！我禁不住滴下羞愧的淚來了。

文天他們走了，我獨自思考了半晌，我決定轉變我生活的形式了。我不但對於至上的愛要勇敢，我對於正義更應當勇敢。這時我覺得愁慘的靈魂已閃著微微的光芒了。聽文天說，我們團體裡要派一部分人到前線去工作，尤其需要一部分女同志做救護的事情。我應當去，這是我唯一的出路，也是仲謙所盼望的吧！

▶ 十一月五日

一切都已準備了，我已決定同他們一同去 ── 去到那冰天雪地裡，和殘暴的敵人相周旋。我要完成至上的愛，不只愛仲謙，更應當愛我的祖國！

今夜是我在上海的最後一夜了。也許便是此生最後的一夜呢！唉！我留戀嗎？不，絕不，這裡的街道固然這麼整齊，建築這麼富麗，可是那裡面含有絕大的恥辱！我不願再看見它。── 即使還有回來的日子，我也盼禱著，同胞們已用純潔的熱烈的鮮血，洗淨了這恥辱。── 我站在窗前，向著那半已凋殘的秋樹，祝它未來的新生！

街道上，車聲人聲漸漸寂靜了。我坐下來，鋪上一張雪白的雲籤；拔

出一管新開的羊毫，刺破了左手的無名指，使那鮮紅、綺麗的血，全滴在一隻白玉盞裡，然後把預備好的紗布，包紮停當，於是濡毫伸紙寫道：

仲謙！

　　我的信仰者。在冷漠陰沉的人間，你正如冬天的太陽，又如火海裡的燈塔，你是深深誘惑了我！從那時起，我虔誠地做你的俘虜。這當然得不到一切人的諒解，可是我仍然什麼都不顧忌，闖開了禮教的藩籬，打破人間的成見，來完成我所信仰的愛，這能不算是稀有的奇蹟嗎？

　　但是，仲謙，古人說得好，「好夢由來最易醒」，這一段美麗的幻想，已成了生命史上的一頁了！現在我才曉得我還不夠偉大，為了個人的幸福而出血，未免太自私太卑陋。所以我不能再隱忍下去，我要找光明的路走，當然你想得出我將往何處去的。　——　好，仲謙，我們彼此被釋放了，好自為國家努力吧！一切詳情我到東北後再報告你！

美娟

　　這一頁血跡淋滴的信寫成時，我內心充滿了偉大的喜悅

春愁何處是歸程：

愛情如幻燈，遠望時光華燦爛，一旦著迷，便覺味同嚼蠟

作　　者：廬隱

發 行 人：黃振庭

出 版 者：崧燁文化事業有限公司

發 行 者：崧燁文化事業有限公司

E-mail：sonbookservice@gmail.com

粉 絲 頁：https://www.facebook.com/
　　　　　sonbookss/

網　　址：https://sonbook.net/

地　　址：台北市中正區重慶南路一段六十一號八
　　　　　樓 815 室

Rm. 815, 8F., No.61, Sec. 1, Chongqing S. Rd.,
Zhongzheng Dist., Taipei City 100, Taiwan

電　　話：(02)2370-3310

傳　　真：(02)2388-1990

印　　刷：京峯數位服務有限公司

律師顧問：廣華律師事務所 張珮琦律師

國家圖書館出版品預行編目資料

春愁何處是歸程：愛情如幻燈，遠
望時光華燦爛，一旦著迷，便覺
味同嚼蠟 / 廬隱 著 . -- 第一版 . --
臺北市：崧燁文化事業有限公司，
2023.09
面；　公分
POD 版
ISBN 978-626-357-551-6(平裝)
855　　112012301

定　　價：350 元

發行日期：2023 年 09 月第一版

◎本書以 POD 印製

電子書購買

臉書

爽讀 APP